L'EXPÉDITION DU *GEVARI*

DANS LA MÊME SÉRIE

1. *Opération* Astrée
2. *La Terre a peur*
3. *La Milice des mutants*
4. *Bases sur Vénus*
5. *Les vainqueurs de Véga*
6. *La forteresse des Six Lunes*
7. *La quête cosmique*
8. *Les glaces de Gol*
9. *Le traître de Tuglan*
10. *Le Maître des mutants*
11. *Le piège à pirates*
12. *L'empereur de New York*
13. *L'étoile en exil*
14. *Mutants en mission*
15. *L'offensive d'oubli*
16. *À l'assaut d'Arkonis*
17. *La menace des Moofs*
18. *La planète piégée*
19. *Les méduses de Moofar*
20. *Les grottes de Gom*
21. *La bataille de Bételgeuse*
22. *L'amiral d'Arkonis*
23. *Le sérum de survie*
24. *Le spectre du surmutant*
25. *Les exilés d'Elgir*
26. *L'invasion des Invisibles*
27. *Le poids du passé*
28. *La citadelle cachée*
29. *Les traquenards du temps*
30. *Délos a disparu*
31. *L'agonie d'Atlantis*
32. *La moisson de Myrtha VII*
33. *Les soleils de Siamed*
34. *L'errant de l'éternité*
35. *La revanche du Régent*
36. *Recrues pour le Régent*
37. *Le prix du pouvoir*
38. *La déroute des Droufs*
39. *Rhodan renie Rhodan*
40. *L'immortel et les Invisibles*
41. *Les Métamorphes de Moluk*
42. *L'arche des aïeux*
43. *Alerte aux Antis*
44. *Le caboteur cosmique*
45. *La flotte fantôme*
46. *Le barrage bleu*
47. *Le désert des décharnés*
48. *Opération « Okal »*
49. *L'homme aux deux visages*
50. *Les dieux oubliés*
51. *L'aventure akonide*
52. *Mannes éphémères*
53. *Complots arkonides*
54. *Opération dernière chance*
55. *Rencontres extragalactiques*
56. *La mort de Mécanica*
57. *Le captif du futur*
58. *La bataille de Panotol*
59. *Les astres noirs*
60. *Médiation protoplasmique*
61. *Opération surprise*
62. *Prisonnier du plasma*
63. *Le Monde-aux-Cent-Soleils*
64. *Le planétoïde hanté*
65. *Le combat des cent-soleils*
66. *Menaces sur les mutants*
67. *Le mirage de la montagne chantante*
68. *La valeur de la vie*
69. *Le fléau de la galaxie*

70. *Le miroir de molkex*
71. *Rébellion sur Euhja*
72. *La métamorphose du molkex*
73. *Le labyrinthe d'Eysal*
74. *Le piège de glace*
75. *Les sauveteurs sigans*
76. *La course contre la montre*
77. *L'effondrement d'un empire*
78. *L'offensive de crétinisation*
79. *La sylve sanguinaire*
80. *Guérilla sur Greendor*
81. *Pas de retour pour Rhodan*
82. *Les soldats stellaires*
83. *Mulots en mission*
84. *La fin de la fuite*
85. *Péril sur Plophos*
86. *Le déclin du dictateur*
87. *Arkonis assassiné*
88. *À l'assaut d'Andromède*
89. *Planète de pénitence*
90. *Les gardiens des galaxies*
91. *La guerre du gel*
92. *Héros de l'Horreur*
93. *Microcosme et Macrocosme*
94. *Les pyramides pourpres*
95. *Le triscaphe titanesque*
96. *Le péril surgi du passé*
97. *Téléporteurs dans les ténèbres*
98. *Les condamnés du Centre*
99. *La cinquième colonne*
100. *Les Coureurs d'ondes de Chrystal*
101. *Invasion interdite*
102. *L'armada akonide*
103. *Les astéroïdes d'Androbêta*
104. *Le satellite secret*
105. *La débâcle des Deux-Nez*
106. *Les sœurs stellaires*
107. *La ville vitrifiée*
108. *Le Monde des Marais*
109. *La sphère spatio-temporelle*
110. *La station de Saar Lun*
111. *Le messager des Maîtres*
112. *L'ingénieur intergalactique*
113. *La revanche des Régénérés*
114. *L'être d'Émeraude*
115. *Tempête sur Téfrod*
116. *Les mercenaires des Maîtres*
117. *Le robot qui rit*
118. *La machine de Multika*
119. *Le transmetteur temporel*
120. *Les temples de Tarak*
121. *L'agent atemporel*
122. *L'Émir et l'éternité*
123. *Les transmuteurs de Tanos*
124. *Le seigneur de Sadlor*
125. *Le sarcophage stellaire*
126. *La piste parapsychique*
127. *La facture des faussaires*
128. *Iago l'Innocente*
129. *Miras le Maléfique*
130. *Naufrage dans le néant*
131. *Le pacte de paix*
132. *L'escapade de l'Émir*
133. *Illusions interstellaires*
134. *La faillite de Faktor IV*
135. *Multidon la maudite*
136. *Terreur sur Tamanium*
137. *Le sacrifice suprême*
138. *Au cœur de la démesure*
139. *L'énigme de* Old Man
140. *Sur la piste des hypno-cristaux*
141. *Cristal-catastrophe*
142. *Sur le fil du rasoir*
143. *Remous dans les Nuages de Magellan*
144. *Des Perlians aux hommes-lions*
145. *Les partisans du Grand Nuage*
146. *Assaut sur Danger-I*

147. *Dans les grottes des Gurrads*
148. *Missions magellaniques*
149. *Le réveil d'un Titan*
150. *Transgressions temporelles*
151. *Dérive intergalactique*
152. *Poison pour une planète*
153. *Le sosie du Stellarque*
154. *De Néréide à Neptune*
155. *Offensive sur* Old Man
156. *Cités spatiales skovars*
157. *Le commandeur des oubliés*
158. *Holocauste halutien*
159. *Les labyrinthes de M 87*
160. *L'enlèvement de l'élu*
161. *La caste des chercheurs*
162. *Les insurgés du* Krest IV
163. *Projet paladin*
164. *Le repaire des Symbiotes*
165. *Uchronies akonides*
166. *Le karma de Khan*
167. *Les pirates de Parjar*
168. *Les cercueils de cristal*
169. *Les léviathans de Léthara*
170. *Le piège des Pelewons*
171. *Les Constructeurs du Centre*
172. *Le gouffre entre les galaxies*
173. *Traîtres en série*
174. *Le gardien de l'Intouchable*
175. *Le spectre du Sepulveda*
176. *Le secret de la pyramide*
177. *Sur les traces du passé*
178. *Le legs des Lémuriens*
179. *Odyssée pour des nefs perdues*
180. *Le poids des Invisibles*
181. *Pont entre les nuages*
182. *La base des Baramos*
183. *Les œufs de Baykalob*
184. *Les spectres verts*
185. *Des Bestians aux Ulebs*
186. *La tanière hors du temps*
187. *Ténèbres sur la Terre*
188. *L'humanité au crépuscule*
189. *La voie transtemporelle*
190. *L'ombre de Corello*
191. *Défi à l'antimatière*
192. *Mutants sans avenir*
193. *Les chronoclastes de Copernic*
194. *Le satellite anti-solaire*
195. *L'adieu aux Accalauries*
196. *Face au supermutant*
197. *La catalyse de l'instable*
198. *Énigmes du passé*
199. *Les ludions du temps*
200. *Les pièges de Gevonia*
201. *Rencontre avec Ovaron*
202. *Expédition sur Zeut*
203. *À l'aube de Lémuria*
204. *Un frère au-delà des siècles*
205. *Le ressuscité de Titan*
206. *Départ pour Gruelfin*
207. *Les conquérants de Takéra*
208. *Le retour d'un banni*
209. *Le vassal galactique*
210. *La ville et le rescapé*
211. *Au nom du Ganjo*
212. *Les Farrogs d'Erysgan*
213. *Apocalypse pour Takéra*
214. *L'offensive des Collecteurs*
215. *L'attaque des clans*
216. *Intelligence en perdition*
217. *Les manipulations de l'Essaim*
218. *La conquête d'Exota-Alpha*
219. *La colère de Sandal Tolk*
220. *L'empire secret*
221. *Le mystère des Conquérants Jaunes*
222. *L'invasion des vaisseaux-ruches*
223. *Les Amazones perdues*
224. *L'expédition du* Gevari

K.-H. SCHEER
et CLARK DARLTON

L'EXPÉDITION DU *GEVARI*

PERRY RHODAN — 224

Fleuve Noir

Titres originaux :
PERRY RHODAN SILBERBAND N° 59
***HERRSCHER DES SCHWARMS* (1997)**
Version révisée par Horst Hoffmann des épisodes originaux
DER DURCHBRUCH de William Voltz
DER SCHWARZE DÄMON de William Voltz
TRANSPORT INS UNGEWISSE de Clark Darlton
GÖTZENDÄMMERUNG de Ernst Vlcek

Série dirigée
par Jean-Michel Archaimbault

Traduit et adapté de l'allemand
par José Gérard

ISBN : 978-2-265-08350-9

CHRONOLOGIE GÉNÉRALE DE LA SÉRIE ET RÉSUMÉ DU CYCLE EN COURS « L'ESSAIM[1] »

Dates et événements

1971 : avec la fusée *Astrée*, Perry Rhodan se pose sur la Lune. Il y rencontre les Arkonides Thora et Krest, naufragés lors d'une expédition spatiale.

1972 : la supertechnologie arkonide permet la constitution de la Troisième Force et l'unification de l'Humanité terrestre.

1976 : l'être spirituel collectif qui règne sur la planète Délos accorde l'immortalité relative à Perry Rhodan et à ses plus proches compagnons.

1984 : de grandes puissances galactiques hostiles, les Arkonides, les Francs-Passeurs, les Arras et les Lourds, tentent de soumettre l'Humanité terrestre qui entame son expansion interstellaire.

2040 : l'Empire Solaire vient de naître ; il incarne désormais un facteur politique et économique de premier plan dans la Voie Lactée. L'Arkonide immortel Atlan, exilé sur Terre depuis près de dix mille ans, fait son apparition et devient l'un des proches de Perry Rhodan.

2326-2328 : des colonies terraniennes sont menacées par les Acridocères et les monstrueux Annélicères. Les

1. Pour un résumé synthétique de chacun des sept cycles précédents, se reporter à l'introduction du volume PERRY RHODAN n° 216 *Intelligence en perdition.*

humains entrent en conflit contre les Bleus qui dominent l'Est galactique.

2400-2406 : Perry Rhodan découvre la Route des Transmetteurs qui relie la Voie Lactée à Andromède. Plusieurs tentatives d'invasion de la Galaxie, orchestrées depuis la Nébuleuse, sont déjouées de justesse. Portant la lutte en territoire ennemi, les Terraniens libèrent les peuples d'Andromède de la tyrannie des Maîtres Insulaires.

2435-2437 : la forteresse-robot géante *Old Man* menace la Voie Lactée ; les Bi-Conditionnés surgissent, à bord de leurs Dolans, pour punir l'Humanité d'avoir effectué des expérimentations temporelles. Perry Rhodan est expédié dans la très lointaine galaxie M 87. Après son retour, la victoire sur les Ulebs – encore appelés la *Première Puissance Fréquentielle* – sera chèrement acquise.

2909 : la Crise de la Seconde Genèse provoque la mort de presque tous les mutants de la Milice.

3430-3434 : presque un millénaire s'est écoulé ; l'Humanité, éparpillée dans la Galaxie, connaît de graves dissensions. Afin d'éviter une guerre fratricide, Perry Rhodan fait déphaser le Système Solaire de cinq minutes dans le futur. De nouvelles menaces, comme le Supermutant Ribald Corello, se font jour et seront vaincues – à l'exception du satellite tueur qui orbite à l'intérieur de la couronne du Soleil. Pour empêcher que l'astre ne se transforme en nova, Perry Rhodan doit effectuer plusieurs voyages dans un passé vieux de deux cent mille ans et y rencontre le Cappin Ovaron, qui s'avère le seul capable de neutraliser l'engin autrefois installé par ses frères de race.

3437 : depuis Gruelfin, la lointaine galaxie-patrie des Cappins, une invasion d'un genre inédit se prépare contre l'ensemble de la Voie Lactée. Perry Rhodan se lance vers cet univers-île inconnu dans une expédition d'envergure dont le but est double : d'une part, contrer le plan des envahisseurs ; d'autre part, rétablir le bon droit en faveur d'Ovaron, souverain légitime dont l'exil a duré deux cent mille ans. Là-bas, les Takérans ont imposé leur hégémonie par la violence et règnent par la répression. Sitôt arrivés, les Terraniens entament la lutte contre les maîtres de Gruelfin puis ils repèrent la trace des Ganjasis, qui s'était apparemment perdue. Elle aboutit à la galaxie naine Morshatzas, isolée du continuum standard dans une bulle hyperspatiale. Ovaron ne tarde pas à être confronté à la Mère Originelle, un cerveau-robot géant dont il avait jadis programmé la construction ainsi que la mission, et qui l'identifie comme l'authentique Ganjo. Alors que la puissance des Takérans est brisée à l'intérieur de Gruelfin, la Mère elle-même intervient dans la Voie Lactée pour faire échec à l'invasion et elle se sacrifie avec son armada de Collecteurs, entraînant la destruction de Pluton.

Action antérieure du cycle en cours

Fin juillet 3438 : une nouvelle panne frappe les convertisseurs hexadim du *Marco Polo* durant son vol de Gruelfin vers la Voie Lactée. Une fois de plus, le coupable est un membre d'équipage de l'ultracroiseur et il se présente comme un *Homo superior*, un type d'humain à l'intelligence très élevée et d'apparition récente. Son but est de retarder le retour de Perry Rhodan, incarnation même du dictateur, pour que ses deux millions de semblables aient le temps de ramener l'Humanité à un mode de vie non technologique, agraire et pacifique. Son complice coupe le navire de toute liaison avec Gruelfin. Suite aux défaillances de fonctionnement des convertisseurs hexadim, le *Marco Polo* subit une dilatation temporelle et n'atteint la périphérie de son objectif que début juin 3441…

C'est alors que surgit du néant une petite galaxie mobile d'à peine quarante mille étoiles, qui s'entoure d'un écran énergétique vert, accélère et file vers le Centre de la Voie

Lactée tandis qu'un curieux engin en forme de raie abaisse la constante gravitationnelle au voisinage de l'ultracroiseur. L'altération induit une perte de concentration puis un abrutissement complet chez la totalité des passagers, hormis les individus psychostabilisés, les mutants et les porteurs d'activateurs cellulaires qui parviennent à détruire la nef-manta et à inverser le processus. Peu après, le *Marco Polo* pénètre dans la Galaxie qui se révèle affectée en totalité par le phénomène. Sur Terre, depuis Empire-Alpha, nouveau cœur de l'Empire Solaire, quelques immunisés tentent de combattre le chaos qui règne partout, dans la Voie Lactée, depuis plus de six mois – tandis que les *Homo superior* profitent de la situation pour dérouler leurs plans…

Les habitants « crétinisés » de Sol III souffrent de famine, d'épidémies et la mortalité augmente. Des catastrophes climatiques consécutives à des sabotages se produisent, et des bandes de pillards commencent à semer la terreur. Après avoir réussi à calmer les *Homo superior*, Perry Rhodan se lance dans une expédition vers l'Essaim, la petite galaxie vagabonde, avec un croiseur qu'il baptise la *Bonne Espérance II* en souvenir des débuts de son histoire.

Tout d'abord, le vaisseau rallie Hidden World, première planète du soleil Rubis Oméga qui se situe dans un secteur déjà traversé par l'Essaim. Une petite colonie minière s'y consacre à la recherche d'eupholithe et à l'extraction d'une huile fossile très particulière. Ses membres n'ont pas échappé au fléau, à l'exception d'un prospecteur qui a été protégé par une chaîne d'eupholithe. Fin juillet 3441, une première victime de l'abrutissement est guérie grâce à cette substance : le géant halutien Icho Tolot.

Près de six mois plus tôt, Edmond Pontonac, ancien officier spécial de la Défense Solaire et ex-commandant militaire de Titan, a réussi à s'évader de Caudor II où il était détenu depuis environ trois ans avec son équipage, suite à sa mission diplomatique qui visait à solliciter l'aide des autres royaumes stellaires pour la Terre menacée par les Takérans. Lui seul a échappé à l'abrutissement provoqué par l'Essaim. Fin juillet 3441, son navire en route vers le Système de Sol s'associe à un convoi spatial de fortune et parvient à immobiliser une nef-manta, l'un de ces engins baptisés « Manipulateurs » et responsables de la crétinisation. À l'intérieur, Pontonac découvre une statue vaguement humanoïde représentant « l'Idole Jaune Y'Xanthymr, qui tue et pleure des pierres rouges ». Le navire étranger se disloque dès que le Terranien essaie de le faire remorquer par une des unités du convoi. Recueilli à bord de l'*Intersolaire*, qui sillonne la Voie Lactée afin de prendre à son bord tous les immunisés, Pontonac fait projeter les films qu'il a pris dans la nef-manta, mais chaque spectateur y voit quelque chose de différent et le mystère s'épaissit encore... Peu après, le vaisseau amiral de Reginald Bull capte un message codé fort sibyllin : « Gardez-vous d'Y'Xanthomryr ! ».

Il émane du propriétaire du yacht spatial *Anniok* qui, arraisonné par des Manipulateurs, a été entraîné au cœur même de l'Essaim jusqu'à une étrange zone sphérique entourée de soleils artificiels, au centre de laquelle plane une structure cubique. Intégré comme *sélecteur* à un être psycho-collectif qui sert d'émetteur-récepteur à l'Idole Jaune Y'Xanthomryr, le Terranien a appris que plusieurs peuples esclaves vivent dans l'Essaim. En se rebellant, il a réussi à forcer le collectif à envoyer le message, mais le conglomérat spirituel l'a ramené à l'obéissance puis définitivement dissous...

Sur Sol III, la capitale de l'Empire, Terrania, est de plus en plus menacée par les attaques répétées de redoutables bandes organisées. En août 3441, Serkano Staehmer, agent de l'O.M.U. opérant pour la Défense Solaire, infiltre l'une des bandes, tue son chef en duel et prend sa succession. Il entre en contact avec Grohaan Opinzom, un *Homo superior* rejeté par les siens et qui, s'il tenait sous contrôle hypnotique l'homme éliminé par Staehmer, ne peut rien contre ce dernier car il est psychostabilisé... Opinzom est un infirme condamné à vivre dans une chambre stérile, obscure et silencieuse à cause de l'hyper-réceptivité de ses organes sensoriels et de ses réactions allergiques à tout élément du milieu extérieur. Consternés par ses actes, ses semblables se liguent contre lui et il se suicide. Avec sa mort, un calme relatif s'installe dans la capitale de l'Empire Solaire.

Suivant l'Essaim dans sa course à travers la Voie Lactée, les passagers de la *Bonne Espérance II* assistent à l'expulsion d'un disque de vingt kilomètres de diamètre qu'abrite un écran protecteur hémisphérique. Deux Terraniens débarquent sur cette drôle de planète plate dont les habitants viennent de capturer et maltraitent un petit humanoïde au corps couvert d'écailles pourpres, soi-disant missionnaire de l'Idole Jaune Y'Xanthymona. Les visiteurs tentent de le libérer, sont faits prisonniers et conduits dans une immense forteresse dont le maître, une créature insectoïde, leur apprend que si le disque a été chassé hors de l'Essaim, c'est parce que sa population s'est révoltée contre la puissance dominante de la galaxie errante. Les deux Terraniens prennent la fuite juste avant que la plateforme n'accélère et ne disparaisse.

Peu après, sur les traces d'un gros vaisseau cubique jailli à son tour de l'Essaim, Rhodan et ses compagnons s'approchent d'Exota-Alpha, une colonie quasi oubliée. L'astrocube s'y pose et des colonnes de Petits Pourpres en sortent, obéissant à un plan précis et n'hésitant pas à massacrer tous les habitants qu'ils rencontrent. Immunisé suite à un accident, le jeune Sandal Tolk voit ainsi périr tous les siens et se lance dans une action implacable de vengeance. Thamar ben Kassan, responsable du comptoir commercial terranien et seul à avoir conservé son intelligence car c'est un *Homo superior*, émet des S.O.S. que capte la *Bonne*

Espérance II. Sitôt la nef cubique repartie vers l'Essaim, le croiseur atterrit sur Exota-Alpha et détruit les étranges constructions émettrices édifiées par les Pourpres. Sandal Tolk, qui a tout perdu, décide de s'en aller avec le Stellarque et ses hommes.

À la tête de cent quarante-sept immunisés, l'amiral Cadro Taï-Hun, de l'O.M.U., s'est lancé dans la recherche d'une planète idéale afin d'y rassembler tous ceux qui ont gardé la raison. Pour cela, il entreprend d'investir Quinto-Center et d'en faire le point de ralliement de tous les « Quêteurs de Paradis ». Le Q.G. de l'O.M.U. bascule dans le chaos, et même le rusé Roi Danton est incapable de concilier les partis en présence. C'est alors qu'intervient CheF, un Cheborparnien à la morphologie humano-caprine, avec le petit groupe d'immunisés qu'il a embarqués sur un cargo. Le prenant pour le Diable en personne, les crétinisés de Quinto-Center plongent dans la panique et le Sigan qui accompagne CheF en profite pour rétablir la situation. Les Quêteurs de Paradis sont finalement expulsés.

Début novembre 3441, plusieurs milliers de gros vaisseaux brusquement surgis de l'Essaim se mettent en route vers le Sud galactique. Trois Terraniens et le jeune Exotan Sandal Tolk précèdent l'un des navires et se posent sur Indice de Rorvic, seconde planète du soleil Structure-Alpha, où ils découvrent de gigantesques astroports abandonnés laissant à penser que le conglomérat stellaire vagabond pourrait régulièrement traverser la Voie Lactée et que ses habitants y possèderaient d'importantes bases fixes. Pour quelle raison, c'est une autre histoire… Le commando est confronté à d'étranges robots, à des nains dotés de carapaces de tortue, trouve des dispositifs qui neutralisent l'influx abrutissant mais ne peut pousser davantage ses investigations car dès que l'unité étrangère s'approche, Rhodan rappelle ses hommes. Sandal Tolk, lui, choisit de rester sur Indice de Rorvic.

Peu après, rejoint par Atlan et par le Halutien Icho Tolot, il voit atterrir un énorme navire noir en forme de champignon, dont débarquent de bizarres créatures longilignes que le jeune Exotan baptise les « Installateurs de l'Essaim ». Au bout d'un temps d'observation, il laisse libre cours à sa fureur vengeresse, se lance avec ses alliés les robots à l'attaque des inconnus et, grâce à ses talents d'archer, fait dans leurs rangs un véritable massacre. Interrompus en pleine construction de sortes d'antennes géantes, les Installateurs survivants repartent avec la nef discoïdale dissimulée au sommet de leur vaisseau monstrueux qui, transformé en une tête d'Idole Jaune, est abandonné sur la planète. Ce que les fugitifs ignorent, c'est la présence à leurs côtés d'un passager clandestin, Sandal Tolk, déterminé à poursuivre sa vengeance jusqu'au cœur de la microgalaxie errante…

Mi-novembre, le mulot-castor L'Émir et le télépathe Fellmer Lloyd captent des S.O.S. de l'Immortel, menacé par les bouleversements dus à l'Essaim. La *Bonne-Espérance* rallie Délos II, le nouveau monde artificiel de l'être collectif qui nage en plein délire, et les Terraniens réparent son système de propulsion linéaire. Une fois dans l'entr'espace, l'Immortel, qui a repris possession de ses moyens, livre quelques révélations essentielles sur un passé vieux de plus de mille ans et oriente Rhodan vers le Monde-aux-Cent-Soleils des Bioposis qui, se situant hors de la zone d'influence de l'Essaim, pourra constituer le lieu propice à la mise au point d'une contre-offensive.

À la même époque, sur la planète Perle, Potschyben, immunisé et chef d'une base de l'Astromarine Solaire, assiste à l'atterrissage d'un vaisseau-champignon. Peu après, l'abrutissement s'estompe localement mais les *Homo superior*, eux, se mettent à décliner. Avec ses hommes et des colons, Potschyben lance plusieurs assauts contre le navire déserté par les Installateurs qui en ont tous débarqué. Cependant, la nef déploie de monstrueuses défenses et les humains, sous peine d'être massacrés, sont contraints de se replier sur un autre continent.

Sur Dessopato, la deuxième planète du soleil Heykla-Beru, le Stellarque de Sol a réussi à organiser la première conférence des immunisés. Le but est de former une nouvelle Alliance Galactique pour tenter de lutter contre l'Essaim. Mais un engin spatial en forme de disque apparaît soudain, semant la perturbation et le doute : ses passagers, des humanoïdes vêtus de noir, se présentent comme les émissaires d'un Empire Secret menacé par la microgalaxie errante. L'émersion subite de celle-ci, dont les vaisseaux-champignons avaient au préalable « marqué » le secteur, met fin à la conférence qui s'est hélas avérée plutôt stérile. Avant de repartir, les envoyés de l'Empire Secret, très sibyllins, conseillent à Perry Rhodan de chercher dans le passé la clef des énigmes du présent et de l'amas stellaire vagabond…

Pouvant maintenant suivre les orientations données par l'Immortel et la demande pressante de son gendre, le génial Geoffry Abel Waringer, le Stellarque lance une expédition vers le Monde-aux-Cent-Soleils, hors de la Voie Lactée. Là-bas, les scientifiques crétinisés seront libérés de l'influence néfaste et pourront travailler à l'élaboration d'une arme contre l'Essaim. Hélas, les Quêteurs de Paradis de l'amiral Cadro Taï-Hun ont déjà pris le pouvoir chez les Bioposis, coupant l'interaction entre Protoplasme Central et hyperimpotonique puis asservissant l'un et l'autre à leur volonté. Rhodan et ses compagnons délivrent les captifs de Suntown, la colonie terranienne, et rétablissent l'unité entre les deux organes centraux gouvernant les biorobots. Lorsque le vaisseau des Quêteurs prend la fuite, le Protoplasme le fait abattre sans tenir compte de l'avis plus pacifique du Stellarque.

Début 3442, le mulot-castor L'Émir tente de renouer le contact avec Harno, la sphère télévisuelle qui voyage à travers l'Espace et le Temps. Son périple astral lui fait rencontrer l'Idole Jaune Y'Xanthomryr, dont il apprend qu'une nouvelle planète de la Galaxie va bientôt être capturée par l'Essaim. Avec Ras Tschubaï, Alaska Saedelaere et l'Étrusien Toronar Kasom, l'Ilt va vivre en direct cette opération après laquelle un vrai miracle leur permet de fuir. Peu de temps plus tard, le mulot-castor entre en liaison télépathique avec Harno, prisonnier d'un monde artificiel et creux qu'il appelle le Cristal des Âmes Captives. Les quatre audacieux éclaireurs découvrent qu'il s'agit d'un émetteur et amplificateur psychique géant dans lequel les Conquérants Jaunes, *a priori* les maîtres de l'Essaim, rassemblent des mutants de diverses races. Au centre de l'étrange planète se dresse une statue géante de l'Idole Y'Xanthomryr, à laquelle Harno sert d'Œil de la Connaissance…

Détruisant l'imposante figure, un robot semi-organique qui contrôlait les mutants captifs, L'Émir libère la sphère télévisuelle puis, avec ses compagnons, se réfugie sur un monde de déserts et de montagnes qui sera bientôt expulsé hors de l'Essaim.

Sur Terre, mi février 3442, les crétinisés commencent à guérir de l'abrutissement. Simultanément, les *Homo superior* tombent en léthargie puis leurs corps se décomposent. Rien ne s'avère possible pour leur venir en aide, et cette race éphémère d'Hommes Nouveaux ne tarde pas à s'éteindre. Quelques scientifiques émettent une hypothèse reliant ce drame aux apparitions apparemment cycliques de l'Essaim dans la Voie Lactée, à des millions d'années d'intervalle.

Simultanément, sur Aggrès, une ancienne colonie arkonide dévastée par un holocauste nucléaire et dont les habitants actuels sont un très curieux peuple d'insectes guerriers, s'effectue un atterrissage massif de vaisseaux-ruches géants dont débarquent des nuées de Petits Pourpres, s'occupant sans délai à déployer des installations dont la finalité demeure inexplicable. L'Émir et Ras Tschubaï sont envoyés sur Aggrès pour secourir l'*Explorateur* terranien qui a donné l'alerte sur cette offensive. Ils n'en sauvent que deux membres d'équipage, du fait que l'attraction gravitationnelle planétaire vient de doubler et que la température atmosphérique est montée jusqu'à des valeurs insupportables à cause d'un phénomène encore inconnu provoqué par les navires étrangers…

Quelques mois plus tôt, fin novembre 3441, le jeune Exotan Sandal Tolk s'est embarqué en tant que passager clandestin à bord d'un engin discoïdal des Installateurs de l'Essaim. La nef effectuant une transition en simultané avec le conglomérat stellaire, le chasseur-guerrier réussit à s'introduire à l'intérieur de celui-ci. Le petit vaisseau s'écrase sur Vetrahoon, un véritable enfer volcanique où Tolk fraternise avec Tahonka-No, un être vaguement humanoïde en fuite et en rébellion contre les maîtres de la microgalaxie vagabonde. Échappant à leurs poursuivants, les deux frères d'armes assistent à l'atterrissage d'un énorme vaisseau-champignon avec lequel repartent tous les Installateurs. Restés seuls sur Vetrahoon, qui constitue l'une des centrales planétaires alimentant en énergie les divers peuples de l'Essaim, Sandal et No font cause commune et entament un fabuleux périple dont le moteur n'est autre que le désir de vengeance de l'Exotan.

Hasard ou non ? Le duo d'aventuriers finit par découvrir une piste menant jusqu'aux Premiers Serviteurs de l'Idole Jaune Y'Xanthymr, qui commandait les Pourpres lors de la conquête d'Exota-Alpha. Le but de la quête porte désormais un nom : l'Île des Bienheureux. Mais elle est entourée de redoutables cercles défensifs où d'innombrables périls guettent les audacieux et les contraignent à utiliser les moyens de transport les plus surprenants dont, à la fin, un monstrueux reptile volant qui leur sert de monture aérienne.

Le « saint des saints » se révèle être une gigantesque clinique dont médecins et patients sont des Premiers

Serviteurs de l'Idole Y'Xanthymr. Avant d'avoir pu comprendre pourquoi certaines de ces créatures perdent leur forme et deviennent des masses de substance ocre jaune qui se coulent ensuite dans des tubes hexagonaux, les deux frères d'armes sont contraints de fuir et de se dissimuler dans l'un de ces tubes vides, bientôt embarqué dans un vaisseau-ruche avec lequel ils quittent finalement l'Essaim.

Le dix-neuf mars 3442, le navire se pose sur Diane, colonisée près d'un millénaire plus tôt par cinq mille femmes et deux cent cinquante hommes volontaires pour une expérience sociologique. Ce monde où a prévalu un matriarcat très strict a basculé dans une monstrueuse guerre civile dès l'instant où il a émergé de l'abrutissement. Rejoints par Perry Rhodan, Sandal Tolk et Tahonka-No assistent à la division d'une masse piriforme de protoplasme ocre en sept individus qui sont eux aussi des Conquérants Jaunes. Les conditions régnant à l'intérieur des vaisseaux-ruches sont donc celles nécessaires à la reproduction de ces êtres qui occuperaient près de trois mille planètes dans l'Essaim mais sont obligés d'en sortir lorsque sonne l'heure de leur multiplication. Sur Diane, leur prolifération très rapide sonne le glas pour les infortunées amazones…

Mi avril 3442, Dalaïmoc Rorvic, Tatcher a Haïnu et leur commando rejoignent la *Bonne Espérance II*. Après la conférence de Dessopato, ils ont suivi le discoïde noir des émissaires de l'Empire Secret et découvert Redmare, une planète dont la civilisation, aux débuts de l'astronautique, s'avère sous la férule de sept des mystérieux étrangers. Ils se dénomment des Cynos et disposent de pouvoirs particuliers allant de la projection psionique au métamorphisme. Mais pour ne pas se dévoiler, les Sept Puissants de Redmare se suicident dès l'entrée des Terraniens dans leur base…

Si cette péripétie n'a pas permis d'élucider la relation que l'on suspecte entre les Cynos et l'Essaim, le premier commando terranien à s'introduire délibérément et non sans risques à l'intérieur du conglomérat stellaire vagabond va bientôt se trouver confronté aux phénomènes biologiques déconcertants centrés sur les Conquérants Jaunes et leur protocole de reproduction. De sacrées surprises en perspective, pour les membres de L'EXPÉDITION DU GEVARI...

CHAPITRE PREMIER

Avril 3442, au voisinage de l'Essaim

Blazon Alpha était sur le point de prendre vingt-trois solars à Roi Danton quand le détecteur de masse du *Gevari* bipa. Le fils de Perry Rhodan posa ses cartes sur la table et se leva.

— Eh, un moment ! protesta son adversaire. Vous devez finir cette donne !

— Je parie qu'il s'est arrangé avec les émo-astronautes de l'*Intersolaire*, ricana Blazon Bêta.

Au contraire de son frère jumeau, qui mesurait un mètre soixante-dix-neuf, c'était un petit homme sec, au visage ridé et au nez pointu. Son crâne était en partie rasé, et le reste de ses cheveux était rassemblé en une natte épaisse qui lui tombait presque jusqu'aux talons.

Blazon Bêta remarqua le changement de couleur sur les joues de son frère. D'ordinaire, Alpha était une personne sympathique et conciliante, mais à la table de jeu, toutes ses bonnes dispositions semblaient fondre comme neige au soleil.

Il quitta lui aussi son siège et jeta ses cartes d'un revers rageur de la main.

Le fils du Stellarque avait pris place aux commandes. Sur le moniteur de la détection, plusieurs courbes étaient apparues. Un écho particulièrement net se dessina.

— Nous y sommes ! C'est l'*Intersolaire*.

Blazon Alpha se laissa tomber dans un fauteuil avec un air grincheux. Danton se détourna des écrans et le regarda. L'homme était musclé, avec des cheveux sombres coupés court. Les deux frères, qui l'avaient accompagné sur Dernière Chance à bord du *Gevari*, se distinguaient non seulement par leur apparence physique, mais aussi par des caractères très différents. Ils partageaient toutefois la même profession : spécialistes en physique hexadimensionnelle.

— On doit attendre notre arrivée avec impatience, supposa Roi.

Alpha avait déjà surmonté sa déception devant l'interruption de la partie de cartes et recouvré son flegme habituel.

— Certes, renchérit-il. Nous convoyons la dernière cargaison d'hexalgonium en provenance de la planète-laboratoire. Quatre kilos. C'est plus que ne peut en manipuler Corello.

— Plusieurs tentatives seront peut-être nécessaires, rappela Danton. Nous serons heureux de pouvoir disposer d'une réserve.

— Quoi qu'il en soit, je suis sceptique, commenta Blazon Bêta. Nous savons trop peu de choses sur l'écran-enveloppe élastique qui englobe l'Essaim.

Sur la galerie panoramique, Roi pouvait voir une partie de la funeste formation. Bien qu'ils n'aient qu'une infime chance de détourner le fléau qui menaçait de faire sombrer la Voie Lactée, ils devaient pénétrer à l'intérieur de l'Essaim et combattre le mal à la racine. Mais le principal obstacle à ce projet était l'écran-film – encore dit « cristallin » en raison de sa morphologie – car il ne se révélait perméable que dans la mesure où les habitants de l'amas errant en autorisaient la pénétration.

— Nous devons exploiter toutes les options, dit Roi. En outre, Corello sait exactement ce qu'il veut, et il ne nous ferait pas accomplir ce vol sans une bonne raison.

Il se remémora une fois encore ce que projetait le Supermutant. Le choc psychologique subi lors de sa « récupération » par les Terraniens lui avait fait perdre une grande partie de ses anciennes facultés, mais il pouvait toujours expédier jusqu'à sept cent cinquante grammes de matière à la façon d'un transmetteur fictif.

L'hexalgonium que Danton et les physiciens de Dernière Chance avaient apporté serait transféré par Corello, qui le ferait exploser directement devant la cible. Durant le transit par l'hyperespace, la sursaturation de l'hexalgonium perdrait de sa stabilité. Ce fait avait été établi lors de précédentes expériences. L'énergie psionique contenue dans le matériau serait libérée par cette déstabilisation, et les savants supposaient que cette décharge endommagerait l'écran. Abstraction faite de la possibilité d'un échec total, l'entreprise projetée présentait aussi en elle-même le risque d'une catastrophe. Personne ne pouvait dire exactement comment les forces atypiques du bouclier cristallin se comporteraient en réaction au contact avec l'hexalgonium. L'on ne pouvait exclure que toute la Voie Lactée subisse de violents ébranlements dans sa trame spatiotemporelle.

Quel que soit l'angle sous lequel on considérait cette opération, l'on constatait que c'était une tentative désespérée d'êtres intelligents qui luttaient pour la survie même de leur espèce.

— À quoi pensez-vous ? demanda Blazon Alpha à Danton.

— À quoi, croyez-vous ? Nous nous trouvons face à un problème et un seul : empêcher que les planètes de la galaxie ne soient submergées par les Conquérants Jaunes. Or, cet événement semble imminent. Jusqu'à maintenant, nous n'avons eu à faire qu'à leur avant-garde.

Avant que l'un des frères n'ait l'occasion de répondre, le moniteur de l'hypercom s'illumina et le visage énergique de Perry Rhodan s'y dessina.

— Michael ! Tu as un jour de retard ! furent les premiers mots du Stellarque.

— Nous avons pris le temps de faire une révision complète du *Gevari* sur Dernière Chance. Tu sais que ce vaisseau est pour nous d'une importance capitale.

— D'accord, ce n'est peut-être pas plus mal, jugea Rhodan. Le *Gevari* devra amener notre « cinquième colonne » à l'intérieur de l'Essaim. (Il scruta du regard les deux physiciens.) Avez-vous l'hexalgonium ?

— Naturellement ! confirma Danton à leur place. Sans cela, nous ne serions pas ici. Nous en avons quatre kilos, assez pour plusieurs tentatives.

— Range le *Gevari* bord à bord avec le sas de l'*Intersolaire*, le pria son père. Il est inutile que nous fassions apponter ton aviso.

Roi savait que c'était une mesure de précaution ; il approuva d'une inclinaison de la tête.

Le *Gevari* était un modèle spécial. Extérieurement, il ressemblait à une *Gazelle*, mais de plus grande taille : il mesurait cinquante mètres de diamètre pour vingt-cinq de haut. Ses réacteurs à cœur noir, de construction ultracompacte, lui conféraient une accélération atteignant les huit cents kilomètres par seconde carrée, et il était capable de franchir huit cent mille années-lumière en vol linéaire. L'équipage pouvait compter jusqu'à dix membres. En outre, le *Gevari* abritait dans ses hangars six lentilles spatiales et était armé de deux canons transformateurs, compacts eux aussi.

Devant la caméra, Rhodan céda la place à Ribald Corello, soutenu par son robot-porteur. Le mutant au corps de nain et à la tête hypertrophiée avait l'air nerveux.

— Je craignais déjà qu'il ne vous soit arrivé quelque chose, Roi.

— J'ai expliqué à mon père que notre retard est dû à des vérifications supplémentaires sur le *Gevari*.

Ribald agita ses petites mains.

— L’essentiel est que vous ayez l’hexalgonium.

— Nous l’avons : quatre kilos !

— Très bien ! approuva le mutant. Cela devrait suffire.

— Il ne reste plus d’hexalgonium sur Dernière Chance, précisa Danton. Et il n’y a là-bas personne qui pourrait en produire à partir d’howalgonium. Aussi devrez-vous traiter notre colis avec délicatesse.

Corello se taisait. Il semblait réfléchir.

— J’ai malheureusement perdu mes capacités de dématérialiseur psionique, dit-il enfin. Sinon, j’aurais pu dégager l’énergie dont nous avons besoin à l’aide de mes facultés parapsychiques.

En son for intérieur, le fils du Stellarque dut reconnaître qu’il n’était pas mécontent de l’amoindrissement desdites facultés du Supermutant. Certes, celui-ci s’était montré loyal depuis sa guérison, mais il n’en était pas moins une personne moralement instable qui pouvait toujours subir une crise. Un Corello qui aurait été dématérialiseur psionique en plus de transmetteur fictif vivant, eût échappé à toute possibilité de contrôle, alors que s’il perdait sa maîtrise de soi dans sa condition actuelle, on pourrait encore le neutraliser.

Danton se secoua. Il ne voulait même pas imaginer une telle conduite de la part de Ribald. Le mutant était leur arme la plus importante dans la lutte contre les Conquérants Jaunes qui, pour d’obscures raisons, voulaient ou devaient effectuer dans la Voie Lactée la division inhérente à leur multiplication.

Le *Gevari* quitta l’espace linéaire. Il n’était qu’à six cent mille kilomètres de l’*Intersolaire*. Rhodan et plusieurs autres personnages de premier plan se trouvaient à bord de l’ultracroiseur parce que celui-ci était mieux adapté que la *Bonne Espérance II* pour préparer l’opération projetée. Roi se rappela que l’Humanité unie ne disposait plus que de deux unités lourdes pleinement opérationnelles : la *Bonne Espérance II* et l’*Intersolaire*. En comparaison de la quantité d'appareils que l'Essaim pouvait déployer, c'était infiniment trop peu.

Sur les écrans, Danton vit que l'ultracroiseur se déplaçait avec une accélération nulle. Il naviguait sur un cap parallèle à celui de la galaxie errante, à une distance de deux années-lumière, que Perry Rhodan estimait sûre. Il ne voulait pas se laisser surprendre.

Roi dirigea son aviso vers l'*Intersolaire*.

Il comptait qu'il se passerait encore quelques jours avant que le *Gevari* ne commence sa mission. L'équipe devait être sélectionnée et recevoir ses instructions, en particulier Ribald Corello, qui aurait la tâche la plus lourde.

Le Supermutant revint précisément en ligne. Rhodan se tenait à ses côtés et prit la parole :

— L'hexalgonium sera provisoirement stocké dans les conteneurs spéciaux à bord du *Gevari*.

Une mesure de sécurité supplémentaire, se dit Danton.

Son père était pleinement conscient du danger que présentait cette substance qu'ils voulaient mettre en œuvre.

L'hexalgonium, se remémora Roi, *est produit par bombardement quintitronique d'howalgonium, sous une intensité de neuf cent dix milliards de wariquintrons.*

Cet élément au rayonnement violet avait été synthétisé pour la première fois lors de l'élaboration du syntosenseur Dakkar destiné au déformateur-annulateur temporel. Corello avait contribué de façon décisive à la transmutation et à la stabilisation de l'howalgonium hypersaturé issu du bombardement quintitronique.

Blazon Alpha et Blazon Bêta étaient déjà en poste sur Dernière Chance durant les premiers essais. Ils n'avaient pas participé au vol vers le Monde-aux-Cent-Soleils en compagnie des autres scientifiques ; ils avaient continué leur travail dans les immenses installations de la planète-laboratoire.

Entre-temps, le *Gevari* s'était approché de l'*Intersolaire*, dont la gigantesque coque envahissait maintenant la moitié du paysage que Danton contemplait par la coupole de plastoverre blindé du poste de pilotage. Le fils de Perry Rhodan amorça la manœuvre d'accostage.

Il ne lui fallut que quelques minutes pour poser son navire discoïdal sur l'enveloppe de l'ultracroiseur, à côté du sas principal, et de l'y ancrer par des aussières magnétiques.

— Enfilons nos spatiandres, ordonna Roi. Vous avez entendu que l'hexalgonium doit demeurer provisoirement à bord.

— Une décision raisonnable, approuva Blazon Bêta.

Alpha, qui était renfermé et taciturne hors des tables de jeu, se contenta d'incliner légèrement la tête.

— Cette concoction diabolique peut nous envoyer rejoindre nos ancêtres en un clin d'œil, commenta Bêta pendant qu'il fermait son casque. Si l'hexalgonium devient instable, le *Gevari* et l'*Intersolaire* sont perdus. Cela ne servira pas à grand-chose que nous soyons restés sur la coque au lieu d'apponter dans un hangar.

— La seule intention de mon père est de pouvoir éloigner rapidement le *Gevari* si une situation critique se présentait. Vous êtes prêts ?

Blazon Bêta indiqua du doigt son frère.

— Il est un peu lent.

Alpha ne se laissa pas troubler. Il termina tranquillement de boucler sa tenue, puis adressa un signe à Danton.

L'ancien souverain des Libres-Navigants, qui, ces derniers mois, avait travaillé presque exclusivement sur la Terre, ouvrit l'écoutille. Il activa son propulseur individuel et plana vers le grand sas de l'*Intersolaire*. Les deux physiciens Dakkar le suivaient.

À bord du *Gevari* patientait un conteneur à l'air inoffensif, dans lequel une masse à l'éclat violet pulsait régulièrement.

*
* *

Le robot-porteur de Ribald Corello glissa dans la salle de conférences et, sur une injonction du Supermutant, s'arrêta juste à côté de l'entrée. L'engin évoquait toujours chez Danton une araignée de métal.

Assis au bout de la table, Perry Rhodan lisait un rapport détaillé de la centrale de détection. Il releva les yeux.

— Nous sommes au complet, constata-t-il.

Il se redressa, s'appuya des deux mains sur le plateau poli et regarda l'assistance. Tous les immunisés importants s'étaient rassemblés, ainsi que les mutants.

— Vous connaissez le but de cette réunion, commença le Stellarque. Il s'agit de l'expédition de notre « cinquième colonne » dans l'Essaim.

Il activa une projection holographique de la formation, et en indiqua la tête.

— C'est là que se trouvent les plus grandes concentrations de vaisseaux spatiaux à l'intérieur de la microgalaxie errante. Le *Gevari* y serait tout de suite repéré. En n'importe quel autre endroit, nos chances sont meilleures. En revanche, l'écran élastique ne s'y ouvre que rarement, voire jamais. Nous ne pouvons pas attendre que le hasard nous favorise. Nous devons prendre l'initiative. Si le plan de Corello fonctionne, il permettra au *Gevari* de franchir l'obstacle en un point où l'équipage n'aura pas à compter avec la présence de navires adverses. Telle est la situation initiale.

Il fit un signe de tête au Supermutant.

— Ribald vous expliquera comment nous allons procéder mais avant, je voudrais vous annoncer qui seront les huit membres qui composeront le groupe d'infiltration.

Dans la salle de conférences, le silence se fit. Les participants avaient les yeux fixés sur Rhodan alors qu'il prenait une liste à la main. Tous se seraient immédiatement portés volontaires ; or, ceux qui exécuteraient la mission devaient être choisis selon des critères précis.

— Certains parmi vous s'étonneront peut-être que nous engagions dans cette opération des gens qui nous sont très précieux, continua le Stellarque. Telle était effectivement notre ligne de conduite : préserver les mutants et les personnes les plus douées afin de pouvoir recourir à eux en cas d'urgence absolue.

« Nous devons aujourd'hui changer notre fusil d'épaule. Il faut réussir à établir une tête de pont dans l'Essaim, et ce, avant que la grande masse de Conquérants Jaunes prêts à se diviser n'inonde les planètes de la Voie Lactée.

Il fit une pause, attendant les objections. Il n'y en eut pas.

— Plus nous agissons avec rapidité et efficacité, reprit Perry, meilleures seront nos chances d'arrêter l'adversaire. Je me demande toujours, médita-t-il, pourquoi la naissance des Conquérants Jaunes ne se fait pas à l'intérieur de l'Essaim alors qu'il s'y trouve assez de mondes adéquats, ou tout au moins manipulables. Peut-être suffirait-il d'une intervention mineure pour dissuader les Conquérants Jaunes de quitter la galaxie errante. L'une des tâches principales de nos infiltrés sera de le déterminer. Ils devront recueillir un maximum de renseignements sur l'Essaim et ses occupants. J'espère que nous aurons la possibilité de rester en contact avec cette équipe.

Il sourit lorsqu'il remarqua la tension grandissante dans l'assistance.

— Je ne vais pas mettre plus longtemps vos nerfs à l'épreuve. Le chef de mission sera Alaska Saedelaere. (Il adressa un signe de tête à l'homme au masque.) Je pense que vous serez d'accord.

L'intéressé, assis à la droite d'Atlan, se leva et déclara :

— Je ferai tout pour que cette opération soit un succès.

Il se rassit et rajusta son artéfact facial.

— Le *Gevari* devra bien sûr avoir un excellent pilote,

car il pourra se trouver dans des situations où il devra son salut à des manœuvres rapides. J'ai donc décidé d'y affecter un émo-astronaute, Mentro Kosum.

À l'autre bout de la table, le grand gaillard sourit avec assurance et déclama :

— De toute la Flotte
« Meilleur pilote !
« De bon matin,
« Sus à l'Essaim !

— Pitié ! s'écria Rhodan. Attendez donc votre retour pour rimailler !

— Comme vous voulez, répondit tranquillement le poète incompris. Mais je suis sous pression depuis le début de cette réunion. Je devais absolument lâcher la vapeur.

Le Stellarque eut un petit geste impatient et continua son énumération.

— Ribald Corello. Il sera chargé de faire exploser l'hexalgonium devant l'écran élastique.

— Je me demande quand on va parler de moi ! intervint soudain L'Émir. Je suis tout indiqué pour participer à cette opération. Je m'étonne déjà qu'on ne m'ait pas nommé chef de mission.

— Patience, petit ! Tu seras de la partie. Sans ton compère Ras Tschubaï, que nous garderons ici en réserve. Deux autres mutants embarqueront à bord du *Gevari* : Balton Wyt et Merkosh. L'un de vous deux a-t-il des objections ?

— Au contraire ! claironna le vitroïde en déployant sa trompe évasée. Je crois que tout cela sera très amusant !

Le télékinésiste se contenta d'incliner la tête. Il n'était pas surpris car Atlan avait discuté avec lui avant la conférence et lui avait révélé qu'il appartiendrait au commando.

— Les scientifiques récemment arrivés, Blazon Alpha et Blazon Bêta, compléteront l'équipage. (Rhodan replia sa liste.) En tant qu'experts en physique hexadimensionnelle, ils pourront, s'il y a lieu, conseiller Ribald Corello. Ce dernier partira avec son robot auxiliaire afin de bénéficier de la plus grande liberté d'action possible.

« À bord du *Gevari* se trouvent deux transmetteurs : un fixe et un portable. Peut-être pourrons-nous vous envoyer du renfort par cette voie, bien que j'en doute vu les propriétés de l'Essaim et de son bouclier.

Il poussa ses documents sur la table.

— Bien ! Je mets le plan à la discussion. J'attends vos questions et suggestions… Oui, Ribald ! À vous l'honneur…

*
* *

Deux heures plus tard, Alaska Saedelaere, allongé sur sa couchette, essayait de trouver le sommeil. Il savait qu'il était important pour lui de se détendre. L'opération à l'intérieur de l'Essaim exigerait de lui une parfaite concentration.

Il avait verrouillé à double tour la porte de sa cabine, et s'était débarrassé de son artéfact facial. Le fragment cappin brillait doucement. De temps en temps, Saedelaere avait l'impression qu'il allait étouffer sous son masque. Une prothèse biologique aurait été plus sûre et certainement plus confortable, mais l'inclusion étrangère rejetait ce type de matériau.

Alaska avait croisé les bras derrière la tête et réfléchissait. Il pressentait qu'il ne parviendrait pas à dormir. Il était bien trop préoccupé par les problèmes auxquels devaient faire face l'Humanité et toutes les autres espèces intelligentes de la Galaxie.

Les événements lui apparaissaient irréels. Il se croyait parfois plongé dans un rêve dont il ne pouvait pas se réveiller. Mais ce sentiment, il le connaissait déjà : il le vivait depuis son accident de transmetteur, depuis que le fragment cappin s'était incrusté dans son visage.

Quelqu'un frappa à la porte. Saedelaere tressaillit.

— Un instant ! répondit-il.

Il bondit hors du lit et s'empara de son masque. Il se hâta de le fixer sur sa tête et s'assura, dans le miroir, qu'il était correctement en place. Jusqu'à ce jour, ceux qui avaient posé ne fût-ce qu'un regard sur l'inclusion allogène avaient presque toujours perdu la raison, voire la vie.

Alaska ouvrit le panneau.

— Monsieur Blazon ! fit-il, quelque peu surpris.

— Blazon *Alpha* ! précisa l'homme de haute taille qui patientait dans le couloir. Mon frère se trouve avec Corello à bord du *Gevari*. Ils prélèvent six cents grammes d'hexalgonium afin de le conditionner pour le transport.

— Et vous ? Pourquoi n'y êtes-vous pas ?

— Hum ! fit le scientifique en se frottant le menton. Nous nous connaissons à peine. Puisque nous allons devoir passer un certain temps ensemble dans un espace restreint, je me suis dit que cela ne pouvait pas nous faire de tort si nous prenions un peu la mesure l'un de l'autre.

— Mais… certainement ! approuva Saedelaere. (Il se retira et invita son visiteur d'un geste de la main.) Entrez donc et… mesurons-nous… !

Une fois à l'intérieur, Blazon se retourna.

— Et comment peut-on apprendre à se connaître mieux qu'en jouant ?

— Pardon ? s'étonna cette fois franchement Alaska.

— Mais oui, insista le physicien Dakkar. Faisons une petite partie. (Il disposa sur la table des dés, des cartes et des dominos en forme de losange.) Je vous laisse le choix !

L'homme au masque ne put retenir son rire. L'approche du scientifique était plutôt originale. C'était manifestement un joueur invétéré, mais jamais Saedelaere n'aurait imaginé que cette passion pût s'exprimer ainsi.

Alpha attrapa une chaise.

— Je me suis demandé avec qui je pourrais jouer pendant le vol, expliqua-t-il. Les mutants ne font pas l'affaire, évidemment, difficile de les bluffer. Kosum sera très occupé avec le pilotage. Mon frère n'aime pas jouer contre moi. Donc, je me suis rabattu sur vous. Voulez-vous m'affronter ?

— Je suis un peu surpris, avoua Alaska. Mais pourquoi pas ?

Blazon le menaça du doigt.

— Je vous préviens : je suis bon. Je gagne presque toujours.

Saedelaere se cala contre le dossier de sa chaise et regarda quelques secondes son vis-à-vis.

— Dans ce cas, je serai un bon perdant, assura-t-il enfin.

*
* *

Le robot avait soulevé le conteneur avec une de ses pinces et le tenait devant le visage de Corello.

Blazon Bêta admirait l'habileté avec laquelle le mutant travaillait, la précision des mouvements de ses petites mains.

— Vous devez traiter ce matériau comme si c'était quelque chose de vivant, murmura Ribald. En un sens, il l'est, d'ailleurs.

Le physicien lui adressa un coup d'œil sceptique.

— Vous pensez que j'exagère ? demanda Corello. Nous pouvons peut-être manipuler jusqu'à un certain point l'énergie que recèle cet hexalgonium, mais nous ne pouvons pas la contrôler. Elle est aussi mystérieuse que l'énergie de la Vie.

— C'est trop mystique pour moi, commenta Blazon.

Le Supermutant interrompit sa tâche et se retourna.

— Je regrette que votre frère ne soit pas là. Pourquoi n'est-il pas présent pour nous aider ?

— Lui et Saedelaere s'affrontent au jeu, expliqua le

scientifique avec un sourire d'excuse. Si nous devions avoir vraiment besoin de lui, il viendrait immédiatement.

— Et comment saura-t-il que sa présence est requise ?

— Il le sentira, dit le petit Plophosien.

— Sentira ? répéta Ribald en plissant le front.

— Chacun de nous perçoit si l'autre a besoin de lui. Cela n'a rien à voir avec des facultés parapsychiques. Cela doit être lié à un autre phénomène.

Le robot tendit un deuxième conteneur à Corello.

— Nous transvasons six cents grammes de matière, déclara le mutant. Avec le poids de l'enveloppe, notre petite bombe pèsera sept cent cinquante grammes. C'est là ma limite.

Il introduisit les deux réceptacles dans une enceinte de travail protégée des radiations et ferma la porte.

— À vous de jouer, maintenant, Blazon Bêta.

Le savant inclina la tête. Il saisit la télécommande. Dans l'espace confiné, derrière la vitre blindée, un robot s'activa. Il ressemblait à une grande sauterelle. Ouvrant les deux conteneurs, il préleva la quantité prescrite et la reversa. L'hexalgonium avait l'aspect d'une bave pâteuse. Dans son nouveau récipient, il se mit aussitôt en boule et commença à pulser.

— Vous voyez ! fit Ribald. Peu importe qu'on le divise. Chaque part d'hexalgonium possède une vie propre.

En réponse aux instructions transmises par Blazon, l'unité manipulatrice scella les deux réceptacles. Corello vérifia qu'ils ne laissaient filtrer aucun rayonnement.

— Comme toute énergie, l'hexalgonium peut s'utiliser à de bonnes ou à de mauvaises fins, dit-il. Constructives ou destructrices.

— Où voulez-vous en venir ?

— À la polarisation ou à la dualité que présente toute chose.

Le Supermutant ne développa pas davantage. Il ouvrit l'enceinte de travail et en retira le plus petit conteneur.

— J'imaginais que la tâche serait plus difficile, avoua le physicien. Sur Dernière Chance, nous prenions une foule de précautions avant de fractionner de l'hexalgonium.

— Ça dépend des circonstances de l'opération, affirma Ribald. Du degré de compréhension qui règne entre vous et cette énergie.

— C'est absurde ! s'exclama Bêta, exprimant cette fois ouvertement ses doutes.

Le visage du Supermutant se rétracta. Blazon comprit qu'il souriait.

— Tout ce qui existe est né d'une particule initiale, poursuivit Ribald. Vous, moi… ainsi que cet hexalgonium. Si étrange que nous paraisse encore cet élément, il n'en est pas moins une partie de nous-mêmes. Nous avons une origine commune.

Il semblait convaincu de la justesse de ses vues et Blazon ne voulait pas heurter sa sensibilité bien connue ; aussi renonça-t-il à argumenter. Mais en tant que scientifique, il ne prisait guère la mythification des processus physiques. Tout pouvait s'expliquer par des formules. Et tout ce qui demeurait encore obscur serait un jour expliqué par des formules.

L'Univers n'était qu'un vaste ensemble d'équations mathématiques.

Corello insista, en revenant à leur sujet précédent.

— Vous disiez qu'il existe un mystérieux lien entre vous et votre frère. Pourquoi n'admettez-vous pas que moi, je puisse percevoir ce qui se passe au sein de cet hexalgonium ? Par exemple, je remarquerais immédiatement s'il entrait en phase critique.

— Vous possédez des dons parapsychiques, vous !

— Je crois que chaque personne en possède à l'état latent. Ils ne s'expriment que chez quelques rares individus.

Le robot-porteur du Supermutant accrocha le petit conteneur à sa structure.

— Nous en avons terminé ici, conclut Ribald. Nous pouvons nous occuper des autres préparatifs.

*
**

Blazon Alpha glissa son dernier solar sur la table. Devant Saedelaere s'élevait un monticule de pièces, d'une valeur non négligeable.

— Avez-vous signé un pacte avec le Diable ? s'exclama le physicien. Vous m'avez délesté de dix-huit solars en une demi-heure !

Alaska ramassa ses cartes.

— Mais j'ai enfin compris, continua Blazon. D'habitude, je peux voir le visage de mon adversaire. Je suis entraîné à identifier les moindres réactions : le tressaillement d'un muscle, un léger tremblement des lèvres, les pupilles qui s'élargissent…

— Voulez-vous que j'enlève mon masque ? s'enquit tranquillement Saedelaere.

Alpha pâlit quelque peu, ne trouvant pas la plaisanterie très fine, puis hocha négativement la tête et jeta son jeu sur la table.

— C'est bon, je me couche.

Alaska prit le dernier solar de son adversaire et le posa sur l'une de ses piles de monnaie.

— Maintenant, je me demande bien contre qui j'aurais une chance à bord du *Gevari*, réfléchit le physicien.

— Que diriez-vous, tout simplement, de ne pas jouer ?

— Ne pas jouer ? (Blazon secoua vivement la tête). Jouer fait partie de ma vie. Je ne peux pas me passer du jeu.

— Dans ce cas, mieux vaudrait que vous emportiez beaucoup d'argent pour ce voyage, lui recommanda Saedelaere. Mais consolez-vous : peut-être n'aurons-nous pas énormément de temps pour nous distraire.

CHAPITRE II

Le *Gevari* se détacha de la coque de l'*Intersolaire*.

Durant les heures précédentes, Mentro Kosum s'était familiarisé avec le pilotage du navire discoïdal. L'émo-astronaute appréciait beaucoup cet appareil. La résille T.R.E.S. améliorée permettait un contact encore plus étroit avec le vaisseau que les modèles antérieurs. Les impulsions étaient toujours échangées et exploitées à une vitesse prodigieuse, celle de la pensée.

Perry Rhodan et Atlan se tenaient devant la galerie panoramique, dans le central de l'ultracroiseur, et regardaient s'éloigner l'aviso. La *Bonne Espérance II* stationnait à proximité. Les deux nefs étaient parées à intervenir en cas de nécessité. Le Stellarque comptait en effet avec la possibilité d'une attaque sur le *Gevari* avant même qu'il n'ait atteint sa destination. Tant qu'il se trouverait encore en dehors de l'Essaim, son équipage pourrait s'enfuir via les transmetteurs embarqués.

— Crois-tu qu'ils réussiront ? demanda Rhodan à son ami.

— Je me fais quelques soucis, avoua Atlan. Le plan présente beaucoup d'incertitudes. Il peut mal tourner dès la tentative de franchissement de l'écran. Et quand le *Gevari* aura pénétré dans cette galaxie errante, il sera en perpétuel danger. Objectivement, les chances de nos gens ne sont pas des meilleures.

— Aurions-nous dû nous abstenir de lancer cette opération ?

— Je me suis posé la question. Néanmoins, tous nos renseignements indiquent que la division des Conquérants Jaunes qui séjournent à l'intérieur de l'Essaim est imminente. Si elle devait se produire sur les planètes de notre galaxie, toutes les civilisations seraient menacées. Il faudrait aux différents peuples des millénaires pour se remettre d'un tel coup. Tu connais la vieille expression selon laquelle une personne qui se noie se raccroche au moindre fétu de paille. Elle décrit parfaitement notre situation. Nous sommes désespérés au point d'essayer n'importe quel moyen. Le *Gevari* est notre fétu de paille. Nous ne croyons pas que ce navire et son équipage peuvent faire pencher la balance, mais nous l'espérons malgré tout.

Le Stellarque était du même avis : leur position était désespérée.

Quand il pensait à la taille de l'Essaim, il lui paraissait impossible qu'un petit vaisseau comme le *Gevari* puisse arriver à quelque chose. Le hasard leur viendrait-il en aide ?

— Nous travaillons trop lentement, continua l'Arkonide. Il ne peut en aller autrement alors que la plupart des gens se préoccupent essentiellement de préserver leur propre existence. Nous ne pouvons entreprendre aucune riposte convaincante. Telles sont les conséquences de l'abrutissement.

— L'équipe de Geoffry, sur le Monde-aux-Cent-Soleils, parviendra peut-être à développer un dispositif qui lève définitivement la perte d'intelligence.

— De nouveau, ce n'est qu'un espoir. Nous devons nous en tenir à ce que nous avons maintenant.

Perry reporta ses regards vers l'écran panoramique. Le *Gevari* n'était plus qu'un petit point lumineux dans le lointain.

*
* *

Les communications fonctionnaient sans problème. Au voisinage de l'Essaim, tout restait calme. Si quelqu'un observait le *Gevari*, il le considérait comme inoffensif.

Cela ne durerait pas.

Quand les six cents grammes d'hexalgonium exploseraient devant l'écran enveloppant, les maîtres de l'Essaim comprendraient que les immunisés de la Galaxie passaient à la contre-offensive.

Du visage de Mentro Kosum, on ne voyait que la partie inférieure. Les nouveaux systèmes T.R.E.S. étaient plus grands et plus lourds que les modèles précédents. Une large fenêtre munie de dispositifs optiques était ménagée au niveau des yeux de l'émo-astronaute. Partant du sommet de la résille, de nombreuses connexions étaient raccordées aux commandes et à la positronique de bord. Saedelaere, assis à côté du pilote, sentait que celui-ci avait atteint un étroit contact avec le navire. Toutes les manœuvres du *Gevari* étaient exécutées avec rapidité et précision. L'homme au masque laissa son regard errer sous la coupole hémisphérique transparente. Ribald Corello était installé sur la « selle » de son unité porteuse. Il avait fermé les paupières et donnait une impression de concentration. Balton Wyt et L'Émir conversaient à voix basse. Les deux physiciens Dakkar étudiaient des tableaux de chiffres. Merkosh semblait dormir, mais Alaska savait qu'il n'en était rien.

— Notre cap nous conduit droit sur l'Essaim, déclara Kosum. Comme convenu, nous suivrons une course parallèle à une distance de trente-cinq kilomètres du bouclier et nous la conserverons jusqu'à ce que Corello ait terminé son travail. Ensuite, nous déciderons si nous essayons de pénétrer dans la galaxie errante.

La bombe à hexalgonium, dans son enveloppe antimagnétique, était toujours fixée à l'extrémité d'un bras du robot auxiliaire du Supermutant.

Blazon Alpha leva les yeux.

— Mon frère et moi, nous avons tout réexaminé en détail. Il est impossible de prévoir le comportement de l'écran-film. Nous ignorons également comment réagira la trame du continuum espace-temps.

— Pensez-vous à des phénomènes de grande ampleur ? demanda Saedelaere.

— Nous avons déjà mis Perry Rhodan en garde contre cette possibilité, répondit Alpha. Cette phase de l'opération présente toute une série de risques. Ce secteur spatial pourrait subir une décharge énergétique aux conséquences dévastatrices, qui mettrait en danger ce vaisseau, la *Bonne Espérance II* et l'*Intersolaire*. Ainsi que, bien sûr, tous les systèmes stellaires de la région.

— Alors, Alaska, ça te botte ? s'enquit L'Émir. Ou vas-tu laisser tomber ?

— Nous avions connaissance de ces risques dès le départ, répliqua tranquillement l'interpellé. Peut-être n'est-ce que l'imminence de la manœuvre décisive qui nous en donne une conscience plus aiguë.

Corello ferma les yeux.

— Je me concentre, annonça-t-il.

Blazon Alpha se frottait nerveusement les mains.

— C'est maintenant que j'aurais besoin d'une petite partie comme dérivatif…

Quelques instants plus tard, Ribald ordonna à son robot-porteur de poser la bombe dans ses mains. Comme statufié sur son siège, le Supermutant tenait à présent le cylindre devant lui.

Le *Gevari* ralentit.

Saedelaere expédia à l'*Intersolaire* l'impulsion prédéfinie correspondant à cette phase.

— Les détecteurs restent muets, fut la réponse de

Rhodan. Aucune réaction particulière à l'intérieur de l'Essaim.

Alaska grimaça un sourire.

— Un vaisseau du tonnage de notre *Gazelle* ne doit pas inquiéter grand monde…

Du coin de l'œil, il remarqua que Kosum avait tourné la tête.

— Position atteinte ! Je passe sur cap parallèle, rapporta l'émo-astronaute d'une voix sourde.

L'homme au masque sentit un frisson courir sur sa peau. La tension fit monter son timbre dans les aigus quand il demanda :

— Êtes-vous prêt, Ribald Corello ?

— Oui !

Sur les moniteurs, le miroitement de l'écran cristallin couvrait tout le champ de vision. Le *Gevari* avait aligné sa vitesse sur celle de la galaxie errante, afin que le Supermutant puisse envoyer sa bombe sur une cible immobile relativement au vaisseau.

Sur la positronique, une série de témoins s'allumèrent. Par l'intermédiaire de la résille T.R.E.S., Kosum s'était connecté au cerveau P de bord. Dès que l'explosion se serait produite, l'aviso devrait se précipiter à travers une éventuelle faille ouverte dans la structure du bouclier adverse.

Ça, c'est la théorie ! se dit Saedelaere. *Ce qui va se passer en réalité, personne ne peut le prévoir.*

Dans le poste central du *Gevari*, le silence se fit. Tout le monde avait les yeux fixés sur Corello. Ce serait lui qui déciderait du moment de l'attaque.

Saedelaere avait la gorge sèche. Il était content de ne pas devoir communiquer par radio en cet instant.

Kosum se pencha un peu en avant. Il attendait.

La bombe se trouvait toujours dans les mains du mutant. Ses petits bras tremblaient. Il avait à peine la force de porter sept cent cinquante grammes.

L'Émir avait quitté sa place ; il se dandinait de Balton Wyt aux frères Blazon et retour. Merkosh semblait dormir, il avait abaissé le dossier de son siège et croisé les bras derrière la tête.

Alaska consulta son chronographe. Ils avaient changé de cap depuis deux minutes.

À cet instant, Rhodan se manifesta.

— Quelque chose ne va pas ?

— Non, Monsieur ! souffla l'homme au masque d'une voix contenue, pour ne pas troubler le Supermutant. Corello prend son temps.

Le Stellarque ne semblait pas convaincu.

— Peut-être est-il trop faible…

Saedelaere examina attentivement le sujet de leur conversation.

— Il n'est pas très vigoureux mais il peut y arriver !

— Je ne vous dérange pas davantage, conclut Rhodan. Appelez-nous au cas où les choses ne se déroulent pas selon le plan.

Alaska était sûr que Corello avait entendu ; il s'abstint cependant de l'interroger. Le Supermutant devait savoir s'il voulait ou non poursuivre l'expérience.

Pourquoi tarde-t-il ainsi ?

La sensibilité de Ribald Corello était connue. Chaque crise psychique pouvait influencer ses capacités mentales. Le poids de la bombe atteignait la limite de ce qu'il pouvait téléporter en tant que transmetteur fictif. Allaient-ils devoir faire demi-tour et construire un conteneur plus léger ? Cela impliquait une bombe moins puissante, donc des chances de succès plus faibles.

Alors que Saedelaere s'interrogeait encore, l'objet disparut des mains de Corello. Aussitôt, un légère hyperonde de choc secoua le *Gevari*. Alaska crispa les mains sur les accoudoirs de son fauteuil. Avant que l'équipage n'ait l'occasion de commenter, un enfer énergétique éclata à trente-cinq kilomètres de là. L'hexalgonium, devenu instable, libérait d'un coup l'énergie psionique qu'il renfermait. Les yeux écarquillés, l'homme au masque vit l'écran élastique se déchirer sur une distance d'au moins un mois-lumière. Le colossal déferlement d'énergie rompit la trame du continuum standard et chercha un exutoire dans l'hyperespace. Ce spectacle haut en couleurs n'empêcha pas Saedelaere de prendre conscience du danger lorsqu'il lut les indications des détecteurs.

— Corello ! s'écria-t-il. Il se produit une liaison supradimensionnelle via l'hyperespace avec la Zone Dakkar !

— J'avais mis en garde contre cette possibilité, répliqua le mutant. Faites attention, le *Gevari* va se trouver pris dans l'aspiration énergétique.

Alaska se retourna. Bien que les filtres optiques se soient mis en place à l'atténuation maximale, l'intensité lumineuse du phénomène restait douloureuse à la vue. L'homme au masque ne distinguait que le bord extérieur de l'ouverture apparue suite à l'explosion de l'hexalgonium. Par contraste, l'intérieur de l'Essaim paraissait sombre alors qu'il diffusait en réalité une lumière normale. Les franges de la déchirure avaient l'air de bourrelets de caoutchouc qui brillaient d'une teinte rouge.

— J'ai perdu le contrôle du vaisseau ! annonça Mentro Kosum. La résille T.R.E.S. ne fonctionne plus !

Saedelaere s'empara du micro, mais le lâcha immédiatement. Au milieu de cette tempête d'énergie, il était inutile de songer à contacter l'*Intersolaire* ou la *Bonne Espérance*.

Sur le moniteur qui affichait l'analyse supradimensionnelle du processus, le chef de mission observa l'endroit où le continuum einsteinien s'était déchiré. Un sorte de serpent d'énergie pure s'étendait jusqu'à l'espace Dakkar.

Alaska déglutit nerveusement. Le flux était encore unidirectionnel, mais cela ne durerait pas car toutes les lois connues de l'hyperphysique exigeaient qu'un rééquilibrage se produise. Le *Gevari* n'était pas directement menacé.

Son écran S.H. suffisait pour absorber le rayonnement émis par le phénomène. Les décharges les plus dangereuses s'écoulaient dans la zone intermédiaire entre les cinquième et sixième dimensions.

Saedelaere observait l'énergie qui affluait des régions avoisinantes de l'écran cristallin sans pouvoir combler la brèche qui s'était ouverte. Ainsi, le vortex qui traversait les continuums voyait son alimentation renouvelée en permanence.

Le surplus s'accumulait à la périphérie de la déchirure.

Et cela ne durait que depuis quelques secondes…

L'homme au masque se sentait comme paralysé. Il savait qu'ils ne pouvaient pas contrôler ces événements. Tout ce qui leur restait à faire était d'en attendre le développement.

Alaska entendit Blazon Alpha pousser un soupir oppressé. Manifestement, le physicien Dakkar était arrivé à des conclusions qui s'avéraient tout sauf agréables pour l'équipage du *Gevari*.

— Que va-t-il se passer, à présent ? demanda le chef de mission.

Le silence qui pesait sous la coupole lui devenait insupportable.

— Il va y avoir un retour de flamme ! prédit le Plophosien. Aucun de nous n'avait compté avec des flux énergétiques d'une telle intensité. Ni l'hyperespace, ni la Zone Dakkar ne vont supporter cela. Ils vont se protéger à leur manière.

— Ce qui signifie… ? demanda Balton Wyt.

— Qu'ils vont déverser de l'énergie dans notre continuum afin de rééquilibrer le système, expliqua Blazon Bêta.

— De nature supradimensionnelle ? interrogea Saedelaere.

Le physicien hocha la tête pour le confirmer, puis ajouta :

— Mieux vaudrait que nous disparaissions d'ici.

— C'est trop tard, annonça alors Mentro Kosum. Les commandes ne répondent plus.

Avant que quelqu'un n'ait le temps de réagir, l'effet décrit par les deux physiciens se produisit. Le vortex par lequel l'énergie était injectée dans les dimensions supérieures enfla. Des éclairs d'une taille et d'une violence prodigieuse fusèrent. Après quelques fractions de seconde, un deuxième courant de puissance naquit à l'intérieur de la liaison intercontinuum et s'écoula de la Zone Dakkar vers l'univers einsteinien. Il se ruait dans la faille qu'avait provoquée l'explosion de l'hexalgonium.

Alaska déglutit. Il voyait les bords de l'ouverture se modifier à nouveau suite à la collision des énergies de nature différente.

— L'attraction ! cria Corello. Faites attention ! Si nous sommes aspirés, nous serons avalés par le vortex et projetés dans l'espace Dakkar.

Mentro Kosum jura furieusement en arrachant la résille T.R.E.S. de son crâne. Ses mains tâtonnèrent en direction des commandes manuelles. Cette ultime tentative de sauvetage ne fut cependant pas couronnée de succès. Le vaisseau discoïdal fut enveloppé par les énergies supradimensionnelles et emporté.

Saedelaere voulut bondir de son siège, mais il ne parvint pas davantage à accomplir ce mouvement de défense plus ou moins instinctif. La fulgurante douleur d'une dématérialisation le cloua dans le fauteuil. Alors qu'il luttait pour reprendre son souffle, il eut conscience du fait que l'aviso avait été catapulté dans l'hyperespace.

Le tremblement qui secouait le navire constituait en cet instant leur unique lien avec le monde réel. Les parois du *Gevari* s'étaient évanouies. Les écrans semblaient s'être éteints, ils avaient l'air de fenêtres ouvertes sur une obscurité infinie. L'homme au masque avait la sensation que son corps gonflait. Il tourna la tête, et ce fut tout son environnement qui parut entrer en giration. Les autres membres de l'équipage étaient affalés dans les sièges. Leur corps semblait sans poids, leurs mouvements ralentis.

Saedelaere voulait parler, mais il n'y parvenait pas. Au-delà de la coque devenue transparente se profilèrent de grandes ombres informes, qui traînaient derrière elles des sphères incandescentes. Dans le lointain tourbillonnaient des brumes éthérées et d'étranges phénomènes lumineux.

Pour compléter ce tableau surréaliste, le sol que touchaient les pieds d'Alaska était également invisible, et quand il tendit les bras, il remarqua que son propre corps commençait à devenir lui aussi translucide. Effrayé, il regarda ses compagnons, pour constater que le même effet se manifestait chez eux. Les secousses n'avaient pas cessé.

L'homme au masque s'aperçut qu'il avait perdu le sens de l'orientation et la notion du temps. Tout semblait se passer en un unique instant. Le passé et le futur n'avaient plus aucune signification. Il lui était difficile d'appliquer le concept même d'espace à ses alentours. Il dut consentir un gros effort de volonté pour accepter le plancher du central comme étant « le bas ».

Où sommes-nous ? s'interrogea-t-il.

Sa deuxième pensée claire fut :

Comment allons-nous partir d'ici ?

Il tourna la tête de l'autre côté et examina Mentro Kosum. L'émo-astronaute avait l'air d'un vitroïde. Il répondit au regard de son chef de mission et lui fit signe. Il semblait lui aussi incapable de parler. Alaska ne saisit pas le sens de son geste, à cause de l'effet de ralenti dont il était affecté.

Saedelaere comprit qu'ils ne se trouvaient plus dans le continuum standard. Comme les physiciens Dakkar l'avaient craint, le *Gevari* avait été projeté dans un univers étranger. La question était maintenant de savoir si cet environnement hostile allait retenir le vaisseau ou l'expulser. Cela ne dépendait finalement que de l'existence du vortex : s'il s'était entre-temps effondré, il n'y avait plus aucun espoir.

*
* *

Sur les moniteurs de l'*Intersolaire* et de la *Bonne Espérance II*, la faille structurale qui sabrait l'écran de l'Essaim était nettement visible. Perry Rhodan et Atlan avaient été témoins de l'aspiration qui avait saisi le *Gevari*, puis de la disparition de l'aviso. La tempête énergétique les avait également atteints et secoués mais, la positronique centrale ayant coupé tous les appareils sensibles, aucun dégât n'était à déplorer. Depuis, tous les systèmes avaient été réactivés. La brèche dans le bouclier cristallin diffusait encore des ondes de choc, qui étaient cependant trop faibles pour menacer les deux nefs.

— Je regrette que Geoffry ne soit pas ici, dit Rhodan sans quitter des yeux les écrans. Il aurait sans nul doute pu nous conseiller utilement. Peut-être était-ce une erreur que de laisser embarquer les deux physiciens Dakkar en même temps à bord du *Gevari*.

Atlan hocha négativement la tête.

— Les frères Blazon sont inséparables. Ils travaillent bien mieux en duo qu'individuellement.

— Peu importe, éluda le Stellarque. Le fait est que l'aviso a disparu. Nous n'avons aucun contact radio, et pas davantage de liaison par transmetteur.

— Nous connaissions les risques ! rappela Bully.

Perry regarda son vieil ami et bras droit.

— Je ne veux pas croire que nous ayons perdu l'équipage du *Gevari*.

— Nous ne pouvons pas nous voiler la face, dit gravement Ras Tschubaï. Moi aussi, je souhaite revoir mes camarades, mais l'espoir est mince.

Rhodan s'adressa à Maddock Holm, l'un des responsables scientifiques de l'*Intersolaire.*

— Quelle est votre évaluation de la situation ?

Le savant aux cheveux gris prit son temps avant de formuler sa réponse. Il était évident qu'il ne comprenait pas complètement les processus qui se déroulaient à la frange de l'Essaim.

— Le fait que la brèche se maintient prouve que la connexion avec les plans de dimensions supérieures n'est pas encore rompue, exposa-t-il enfin. Si le *Gevari* a été projeté dans l'un des espaces supradimensionnels, ce qui ne peut pas être exclu d'après les résultats de nos mesures, la possibilité d'un retour n'est pas invraisemblable. Il est connu que l'hyperespace ne peut retenir aucun corps hétérogène, c'est même l'une de ses caractéristiques. En ce qui concerne la Zone Dakkar, nous n'en savons pas assez pour l'affirmer avec une probabilité raisonnable.

— L'ouverture dans le bouclier existe encore… prononça lentement Reginald.

— Je vois où tu veux en venir, sourit le Stellarque, mais il n'est pas question d'engager l'*Intersolaire* ou la *Bonne Espérance* à l'intérieur de l'Essaim. Nous ne savons pas encore ce qu'il est advenu du *Gevari*. De plus, nos deux vaisseaux sont trop importants pour que nous les risquions dans une telle manœuvre.

Le rouquin grimaça. Il n'était pas d'accord avec la décision de Rhodan.

— Bully a peut-être raison, appuya Atlan. Nous avons percé ce bouclier et nous n'exploitons pas la chance qui s'offre à nous.

Mais le Stellarque ne se laissa pas fléchir : aucun des deux vaisseaux ne quitterait sa position d'attente.

Une demi-heure plus tard, ils tentèrent d'établir une communication avec le *Gevari* par faisceau directionnel ultrafocalisé, sans succès.

Rhodan arborait une expression de plus en plus sombre.

Il finit par s'installer devant une console et se mura dans le silence. Personne ne pouvait prendre sur soi la responsabilité qui pesait sur les épaules du Terrien : celle de la vie des huit membres de l'équipe de reconnaissance.

— Nous n'avons certes aucun contact avec l'aviso mais cela ne signifie pas qu'il ait fait naufrage, déclara Atlan, espérant remonter le moral de son ami.

— Non, c'est sûr, rétorqua celui-ci, sarcastique. Il fait juste une petite escapade dans l'espace Dakkar.

— Le silence radio indique peut-être que le vaisseau a bien pénétré à l'intérieur de l'Essaim, suggéra Maddock Holm.

— L'effet d'aspiration avait attiré l'aviso vers la brèche avant qu'il ne soit dématérialisé mais dans ces circonstances, tout a pu arriver. Le *Gevari* peut se trouver n'importe où dans notre continuum, à moins qu'il ne soit dans un autre univers.

La discussion se poursuivit. Rhodan n'y participait plus vraiment. Il était en pensée avec les membres du commando. Leur mort représenterait une perte irremplaçable pour l'Humanité. Elle libérerait aussi définitivement le chemin de la Voie Lactée pour les Conquérants Jaunes.

*
* *

Le *Gevari* était toujours suspendu dans cet espace étrange où l'avait catapulté le tourbillon énergétique. Alaska Saedelaere s'était levé et arpentait le poste central. Il se sentait très mal. Il ne pouvait pas parler. Chacun de ses mouvements était exagérément lent. Il se déplaçait comme à travers un fluide épais. Ses regards étaient dirigés vers les deux physiciens Dakkar avachis dans leurs sièges, avec l'apparence d'outres gonflées à l'enveloppe transparente. L'homme au masque se contraignit à ignorer l'étrangeté des alentours. Il devait partir du principe que rien de ce que lui communiquait son sens de la vue ne correspondait à la réalité.

Car des yeux humains n'étaient pas capables de percevoir des contours solides au sein de l'hyperespace. Les organes des humains étaient adaptés au continuum standard. Dans des univers relevant de dimensions supérieures, le cerveau était surchargé et incapable de traiter l'information.

Maigre consolation! se dit Alaska.

Il s'arrêta devant les frères Blazon. Il n'oubliait pas qu'il devait avoir pour eux l'air aussi sinistre qu'eux pour lui. Mais c'étaient eux les scientifiques pour qui l'extraordinaire était monnaie courante. Aussi Saedelaere espérait-il qu'ils parviendraient à se distancier des événements.

Il leva la main. Il lui sembla que ce geste lui prenait une bonne minute, mais il savait que ce pouvait n'être qu'une illusion. Nul n'était à même de déterminer le rythme temporel réel à l'intérieur d'un supra-espace.

Les deux Plophosiens le fixaient. Blazon Bêta leva lui aussi la main.

Alaska essaya une fois encore de parler, mais il ne produisit aucun son. Il fit un pas vers Blazon Bêta et voulut lui prendre le bras; il passa à travers le corps transparent du physicien. Effrayé, il se retira.

Blazon Alpha quitta son siège. Comme un petit ballon, il se mit à planer vers le haut.

Saedelaere montra le tableau de commande.

L'Émir surgit à côté de lui. Le mulot-castor avait effectué une tentative désespérée pour employer ses facultés parapsychiques, et échoué.

Lentement, le chef de mission s'approchait des contrôles. L'Ilt et Blazon Bêta le suivaient.

Ils constatèrent que Mentro Kosum avait eu la même idée. Toutefois, les mains de l'émo-astronaute glissaient à travers la console. Il ne pouvait rien faire. De même, quand il voulut coiffer sa résille T.R.E.S., il fut incapable de s'en saisir.

Ce fut à ce moment qu'Alaska remarqua que ses pieds semblaient aussi s'enfoncer légèrement dans le sol qu'il croyait fouler.

Dans ces conditions, ils n'avaient aucune chance d'accéder aux systèmes de pilotage du *Gevari*. Saedelaere réfléchit au moyen d'entrer en contact avec ses coéquipiers. L'écriture était exclue puisque le stylo traverserait le support.

La lumière ! s'exclama-t-il en pensée. *Je dois essayer avec des signaux lumineux.*

Il s'approcha d'un pupitre et posa sa dextre devant un voyant. En vain. L'éclat du témoin traversait sa main immatérielle.

Il tenta de former les mots avec ses lèvres afin que les autres puissent les lire ainsi, mais cela allait si lentement que ses compagnons ne le comprenaient pas.

Il se laissa tomber dans un fauteuil, où il s'enfonça partiellement sans ressentir la moindre résistance du matériau. Plus rien n'avait de densité ni de substance.

Devant le vaisseau bouillonnait un brouillard lumineux. Au-delà, Saedelaere distinguait des formations sphériques de tailles diverses.

Sont-ce des galaxies ? Des univers ? Ou des entités composées d'énergie pure, la matière première de la Création ?

Alaska ferma les yeux. L'image ne disparut pas : il voyait à travers ses paupières transparentes !

Il se tourna vers Mentro Kosum, qui s'efforçait toujours d'atteindre les commandes. Les chocs qui parcouraient le navire avaient diminué. Le chef de mission s'en inquiétait plus qu'il ne s'en rassurait, car si l'aviso ne bougeait plus, cela pouvait signifier qu'il avait été assimilé par cette dimension étrangère.

Combien de temps peut-on exister dans un tel espace ? Probablement succombe-t-on à la folie avant de mourir…

À l'arrière-plan, Saedelaere crut apercevoir une formation mobile dont la clarté tranchait parmi les sphères voisines.

Serait-ce la faille qui s'ouvre sur le continuum einsteinien ? Loin… Très loin…

L'homme au masque s'étonnait de ce qu'ils puissent encore respirer. À moins qu'ils n'eussent plus aucun besoin d'oxygène ? Il quitta de nouveau son siège et entreprit de franchir la paroi du vaisseau. Il n'y parvint pas. Bien qu'il ne sente aucune résistance, son corps était arrêté. Il ne pouvait pas gagner l'extérieur.

Il y avait donc ici aussi des frontières solides, des obstacles au mouvement.

Blazon Bêta tenta de faire la même chose. Tous les autres l'observaient.

Alors que le petit homme plongeait partiellement dans la coque sans pouvoir aller plus loin, des vibrations se remirent à parcourir l'aviso.

Saedelaere fit signe à Bêta. Les deux hommes revinrent à leur place.

Alaska attendit la suite des événements. La situation pouvait difficilement s'aggraver. Le *Gevari* tremblait de plus en plus violemment. L'environnement devint flou et indistinct. L'aviso parut chuter vers l'une des sphères qui planaient dans le néant. Il était le jouet impuissant d'un incompréhensible déchaînement de forces.

Soudain, le paysage spectral disparut. Une lumière claire afflua par la coupole de plastoverre blindé et aveugla Saedelaere.

Il avait l'impression que le *Gevari* accélérait à pleine puissance.

— Kosum ! appela-t-il d'une voix rauque. Kosum ! Faites quelque chose !

Ma voix ! pensa-t-il. *J'ai récupéré ma voix !*

Devant eux s'étendait une immense tache rouge orangé, vers laquelle l'aviso fonçait à toute allure.

CHAPITRE III

— Une étoile !

Comme un lapin sorti d'un chapeau, L'Émir surgit soudain à côté du fauteuil de Saedelaere. L'homme au masque comprit que le mulot-castor avait tenté un court saut téléporté, avec succès cette fois.

Désorienté, Alaska se tourna vers les cadrans du panneau de contrôle. Sous ses yeux, les indications chiffrées tremblotaient, mais il parvint à lire les valeurs.

— Une étoile avec quatre planètes. Nous nous en sommes sortis !

Pendant qu'il parlait, Mentro Kosum coiffa la résille T.R.E.S.

— Nous avons été emportés par le flux inverse, expliqua Blazon Alpha aussi tranquillement que s'ils revenaient d'un vol touristique. Heureusement, l'ouverture dans l'écran cristallin semble se maintenir.

Saedelaere se redressa. Il était toujours troublé. Regardant par la coupole de plastoverre, il put observer l'immense faille qui zébrait le bouclier. Le *Gevari* devait avoir parcouru une distance considérable car la vue se présentait maintenant sous un angle complètement différent.

Son cœur commença à battre plus vite et ses paumes se couvrirent de sueur. Il comprenait ce qui s'était passé : le vortex avait aspiré le *Gevari* et l'avait catapulté dans l'hyperespace, puis le navire avait été expulsé à l'intérieur de l'Essaim.

Ils avaient atteint leur but.

Mais une nouvelle alerte tempéra la satisfaction du chef de mission.

— L'étoile rouge ! annonça Mentro Kosum. Elle attire le vaisseau.

— *Praspa* ! souffla Ribald Corello, installé sur son unité porteuse. C'est Praspa !

Alaska savait que le mutant avait jadis eu pour habitude d'employer un langage qui lui était propre.

— Qu'est-ce que cela signifie ? s'enquit-il.

— Rouge et hostile, traduisit Ribald.

Ses doigts minces glissèrent sur le panneau de contrôle installé devant son siège spécial. C'est ainsi qu'il transmettait les impulsions à son robot auxiliaire. Celui-ci s'approcha des moniteurs sur lesquels apparaissait la troisième planète du système solaire inconnu.

— Croyez-vous que ce soit un hasard si nous avons émergé précisément ici ? demanda Balton Wyt aux physiciens Dakkar.

Les deux frères ne répondirent pas. Tout comme les autres membres de l'équipage, ils observaient les écrans de la détection longue distance : il s'y affichait un monde de la taille de la Terre, entouré d'un réseau sphérique de lignes énergétiques de toutes les couleurs.

Jamais Saedelaere n'avait contemplé pareil spectacle.

— La planète est enveloppée dans un cocon d'énergie, dit Blazon Bêta d'une voix sourde.

— « Cocon » serait donc un nom opportun pour ce monde, déclara l'homme au masque.

— Ces lignes énergétiques ont l'air de rails de guidage, constata Mentro Kosum. Je voudrais bien savoir qui en est à l'origine. Car il ne s'agit en aucun cas de formations naturelles.

— Quoi qu'il en soit, nous pouvons être sûrs que nous avons été attirés par ce système lors de notre éjection hors de l'hyperespace, conclut Blazon Bêta.

Saedelaere nota avec soulagement que les ébranlements qui malmenaient le *Gevari* perdaient en intensité. Kosum lui aussi se détendit. Il regagnait peu à peu le contrôle du navire discoïdal. Le danger qu'il soit piégé par le soleil rouge s'éloignait.

— La faille dans l'écran élastique est toujours ouverte, intervint Merkosh. Nous pourrions nous en retourner.

Alaska hocha la tête. Il se pencha sur les commandes de l'hypercom et tenta de contacter l'*Intersolaire*. Sans succès. Un rideau d'énergie s'interposait entre les vaisseaux et empêchait toute liaison.

— J'estime que la brèche restera ouverte durant une heure encore, annonça Corello. Alors seulement, la situation se stabilisera.

— Nous nous tiendrons pour l'instant à distance de ce monde entouré de lignes énergétiques, décida Saedelaere. Il serait trop risqué de s'en approcher dès maintenant. Nous devons d'abord prendre quelques repères. Mieux vaut que nous atterrissions sur l'une des autres planètes.

Kosum se pencha en avant pour observer les écrans de la détection.

— Je propose la planète extérieure, Alaska. Regardez.

— Elle a l'air d'un monde à dominante aquatique, constata Balton Wyt.

— Et assez froid, ajouta l'homme au masque. Toutefois, les mers ne sont pas gelées.

— Nous nous intéressons beaucoup au cocon énergétique, intervint Blazon Bêta. Pourtant, étant donné les circonstances, nous pensons également qu'il est préférable de nous chercher avant tout une base sûre.

Saedelaere s'adressa à L'Émir.

— Petit, perçois-tu des impulsions mentales ?

— Oui. Et fortes, de surcroît. Mais je n'arrive pas à déterminer par qui elles sont diffusées. Il y a trop d'interférences.

Saedelaere fut soulagé de ne voir nulle part de vaisseaux

des habitants de l'Essaim. Cela semblait confirmer la supposition d'Atlan selon laquelle la flotte de surveillance ne se rendait que là où il s'agissait d'absorber délibérément des planètes qui se trouvaient sur la trajectoire du conglomérat stellaire. Même pour les habitants de celui-ci, il serait difficile de localiser un objet de la taille modeste du *Gevari*, d'autant plus que les impulsions émanant de l'aviso étaient encore masquées par les décharges qui sabraient l'écran-enveloppe.

Les intrus pouvaient raisonnablement présumer qu'on ne les avait pas encore découverts.

Alaska n'avait donc pas de réticences à ce qu'ils choisissent tranquillement une base. Ils en avaient déjà fait plus qu'il ne l'eût espéré dans ces conditions. Il convenait maintenant d'exploiter cet avantage. Avant tout, il fallait trouver une possibilité de contacter les deux vaisseaux qui stationnaient à l'extérieur.

Le *Gevari* s'éloigna du soleil rouge. Kosum avait complètement repris le contrôle des commandes. Cependant, les résultats des détecteurs demeuraient incertains, car les appareils devaient composer avec les émanations énergétiques en provenance d'une part, de la planète au réseau et, d'autre part, de la faille dans le bouclier de l'Essaim. L'émo-astronaute dirigea le *Gevari* vers le monde aquatique. Cocon était hors de vue, mais ses impulsions constituaient la principale source de perturbations.

Quand ils se furent rapprochés de leur destination, Saedelaere lut les données de la télédétection.

— Il y a seulement un petit continent, avec plusieurs îles. Aucun signe de civilisation.

— Plongeons malgré tout sous la mer, suggéra Balton Wyt. C'est là que nous serons le plus à l'abri.

— C'est aussi mon plan, approuva l'homme au masque. Mentro, amenez le vaisseau sous la surface. Nous nous poserons sur un endroit plat.

L'émo-astronaute se concentra sur les manœuvres de descente.

— Pas de passage en orbite haute ! ordonna Alaska Saedelaere. Cela ne ferait qu'augmenter le risque de repérage. Plus vite nous serons en bas, mieux ce sera.

Kosum haussa les épaules. Il y avait plusieurs moyens pour guider le *Gevari* jusqu'au sol. Si le chef de mission optait pour la plus dangereuse, c'était son affaire.

Pour la première fois depuis leur rematérialisation, Alaska prit le temps de se livrer à quelques observations astronomiques interstellaires. Le domaine dans lequel ils avaient abouti aurait pu appartenir à l'espace « normal ». Il différait à peine d'un secteur galactique quelconque. Des étoiles aussi proches les unes des autres, on en trouvait également dans les régions centrales de la Voie Lactée. Seule la lueur de l'écran-film enveloppant, qui portait jusqu'à leur position, prouvait à l'homme au masque qu'ils naviguaient à l'intérieur de l'Essaim, où les Terraniens étaient en passe de créer une tête de pont.

Peut-être Waringer développerait-il bientôt un autre système pour pénétrer en ces lieux. Corello était trop sensible et trop faible pour pouvoir répéter souvent cet exercice.

En outre, l'utilisation combinée des facultés du mutant et d'une bombe à hexalgonium s'était révélée des plus périlleuse pour tous les participants.

La voix aiguë de L'Émir l'arracha à ses réflexions.

— Sans Ribald, nous ne serions pas ici, et nous ne l'avons pas encore félicité !

— Inutile, objecta le Supermutant. Personne ne sait comment tout cela va tourner. Le fait que nous ayons été attirés par Cocon me donne matière à penser. Ce monde présente manifestement une importance particulière dans l'Essaim. Nous nous trouvons dans un secteur dangereux.

Merkosh pointa du doigt l'écran, sur lequel s'inscrivait l'hémisphère nord de la planète aquatique.

— Nous serons bientôt en sûreté.

— Nous devrons bien quitter notre cachette un jour ou l'autre, fit remarquer Blazon Bêta. Cela ne nous avancera pas de rester dissimulés sous la surface.

— Nous avons besoin de temps, expliqua Saedelaere. Nous devons reconnaître tranquillement les lieux et procéder à des analyses. Après seulement, nous ferons le pas suivant.

Sans aucun doute, il nous rapprochera de Cocon, songea-t-il.

Ce monde était si mystérieux qu'ils ne pouvaient pas ne pas s'en occuper. Les frères Blazon seraient les premiers à vouloir y effectuer des investigations.

La planète aquatique, que Mentro Kosum appelait « Praspa IV » selon le nom choisi par Corello, semblait inhabitée. Les mesures indiquaient que l'atmosphère était ténue mais respirable. Praspa IV devait jadis avoir été un monde chaud. Probablement avait-elle, comme tant d'autres corps célestes, été absorbée par la galaxie errante. Alors que le *Gevari* n'était plus qu'à quelques kilomètres d'altitude, l'équipage n'avait toujours détecté aucune trace de vie intelligente à la surface. L'unique continent paraissait être d'origine volcanique : des montagnes de lave brun foncé s'étendaient d'une côte à l'autre. Les îles, inhabitées, offraient le même paysage désolé. La mer était relativement calme.

Brusquement, le *Gevari* perdit encore de la hauteur.

— Je suis une trajectoire de descente assez raide, expliqua Kosum, qui semblait avoir perçu les pensées interrogatives de ses compagnons. Comme ça, nous serons plus vite en bas.

L'aviso survola un groupe d'îles puis aborda le continent. Les côtes étaient abruptes et constituées exclusivement de roches volcaniques nues. À l'intérieur des terres, quelques vallées abritaient des plantes herbacées et des buissons chétifs. Sur les pentes s'accrochaient des lichens et des mousses, qui teintaient de brun la roche noire.

— Personne ne vit ici, dit Alaska, non sans soulagement. Il y a certainement des poissons, mais ils ne présentent pas de danger.

Ils poursuivirent leur vol jusqu'à une immense région où l'eau apparaissait plus claire.

— Nous sommes au-dessus de montagnes sous-marines, annonça Balton Wyt. Je suis sûr que nous trouverons une aire d'atterrissage convenable dans ce secteur.

— Nous plongeons ! ordonna Saedelaere.

Le *Gevari* s'inclina et se rapprocha de la surface selon un angle de vingt degrés, réduisant sa vitesse initiale de huit cents kilomètres à l'heure afin de s'immerger sans choc brutal.

Comme toutes les chaloupes, l'aviso était amphibie. Ses concepteurs étaient partis du principe que ce type de vaisseau serait employé sur des mondes comme celui-ci. Le vol se stabilisa de nouveau. Kosum continua à décélérer.

L'atmosphère de la planète Praspa IV amortissait une partie des impulsions perturbatrices, de sorte que les résultats des détecteurs s'étaient sensiblement normalisés. Saedelaere savait que cela s'améliorerait encore quand ils se trouveraient sous l'océan.

La coque du *Gevari* fendit l'eau, et le navire s'enfonça. L'équipage ne ressentit qu'un léger choc. Kosum enleva sa résille T.R.E.S. Il souriait.

— Pour piloter un sous-marin, je peux m'en passer.

Mais le sourire s'effaça rapidement de ses lèvres.

— Les sas prennent l'eau. Leur contrôle positronique doit être défaillant : il semble qu'il les ait ouverts juste avant que nous n'atteignions la surface.

Saedelaere se redressa dans son siège.

— Vous devez vous tromper ! s'alarma-t-il.

Le pilote hocha énergiquement la tête.

— Les chambres sont inondées ! Nous coulons !

Alaska réagit avec sa promptitude habituelle.

— Branchez les champs de contention ! Paré aux

turbopompes s'ils ne suffisent pas ! Nous devons reprendre le contrôle.

À travers le plastoverre de la coupole, l'équipage du *Gevari* pouvait contempler les bancs de poissons. Parmi eux se mouvaient d'autres spécimens, de taille plus respectable, de la faune sous-marine. Quelques-uns s'approchaient avec curiosité pour voir quel était le monstre qui avait pénétré dans leur domaine.

— L'endroit n'est pas particulièrement profond, constata Kosum avec satisfaction.

Il s'apprêtait à actionner les champs de refoulement quand il marqua une hésitation et retira sa main.

— Regardez donc ça ! interpella-t-il soudain ses compagnons en montrant l'un des moniteurs correspondant aux caméras extérieures.

Saedelaere tourna la tête.

Le spectacle qu'il découvrit fit grimper son rythme cardiaque. Latéralement par rapport à leur trajectoire, dans une vallée sous-marine, entre les pentes abruptes des massifs volcaniques, se nichait une ville.

Elle se composait de plusieurs dizaines de bâtiments semblables à des bunkers, aux formes indistinctes car ils étaient pour la plupart couverts de sédiments et envahis par les plantes aquatiques. Outre ces constructions, les flancs des montagnes sous-marines étaient percés de grottes. Les tunnels et les entretoises de soutènement n'étaient sans aucun doute pas d'origine naturelle. Au centre de la cité s'étendait une place immense sur laquelle reposaient les fragments d'un obélisque abattu. Le sol, qui avait probablement été lisse des millénaires plus tôt, ressemblait à un tissu chiffonné. Le sable et la végétation tapissaient le fond. À de rares exceptions près, les bâtiments étaient rassemblés autour de cette esplanade.

— Nous descendons droit vers cet espace dégagé ! déclara Mentro à voix basse mais néanmoins audible pour tous. Dans ces conditions, il n'est pas nécessaire de vider les sas, il suffit de redresser pour nous poser comme une fleur.

Il interrogea Alaska du regard.

— D'accord, approuva l'homme au masque. Peut-être trouverons-nous dans ces constructions un abri convenable. Je n'imagine pas qu'il subsiste là des habitants. Il n'y a que des poissons et autres créatures des profondeurs.

— Je perçois de faibles impulsions mentales, rapporta L'Émir.

— Elles peuvent provenir des animaux marins, avança Saedelaere avec un regard méfiant sur l'écran.

Mais il n'y avait rien d'extraordinaire à observer.

Les bancs multicolores s'écartaient de l'aviso avec légèreté. Des poissons plus gros adoptaient des attitudes combatives puis, le plus souvent, se retiraient rapidement. La lumière qui pénétrait à cette profondeur suffisait tout juste pour révéler quelques vagues détails.

Peu avant que le *Gevari* ne touche le fond, Kosum alluma les puissants projecteurs extérieurs. Un pinceau de lumière balaya l'obélisque renversé. Il était de section carrée, taillé dans un matériau volcanique, et mesurait dix mètres dans sa plus grande largeur. Il était brisé en plusieurs parties et sa pointe se trouvait bizarrement au milieu des autres débris.

Un deuxième projecteur était braqué sur un bâtiment éloigné. Les boyaux qui y donnaient accès étaient partiellement effondrés. Les algues proliféraient sur les parois et ondulaient devant les entrées comme des rideaux dans la brise. Les poissons se glissaient dans les ouvertures ou en sortaient.

— Une ville submergée, commenta Balton Wyt. Oubliée depuis des millénaires.

— Je ne suis pas sûr que cette cité ait été submergée, objecta Blazon Bêta en jouant avec sa longue natte. Elle a plutôt été construite ici même. Ces bâtiments semblables à des fortifications, et toute l'architecture, indiquent que quelqu'un a cherché refuge en ces lieux.

Il y eut un choc à peine sensible quand le *Gevari* se posa. Les étançons s'enfoncèrent d'un demi-mètre dans la vase. Kosum désactiva la propulsion et s'appuya contre le dossier de son siège.

— Nous y voilà !

Saedelaere espérait que la découverte de la ville sous-marine serait la dernière surprise avant un bon moment. Ils avaient besoin de temps pour effectuer des observations. La commande positronique défectueuse des sas devait être réparée afin d'éviter d'autres incidents.

L'esplanade entre les vieux bâtiments apparaissait au chef de mission comme un emplacement idéal. En cas de nécessité, les membres de l'équipe pourraient enfiler leur tenue de combat et se retirer dans les tunnels et les galeries.

— Je vais maintenant refouler l'eau hors des sas, annonça Mentro Kosum en manipulant les commandes correspondantes. Nous les remplirons à nouveau pour sortir.

— Devons-nous passer nos vêtements protecteurs ? s'enquit Blazon Bêta.

— J'irai d'abord avec Wyt, décida Alaska. Il s'agit en priorité de s'assurer qu'aucun danger ne nous menace.

— Qu'est-ce qui pourrait bien présenter un danger ici ? demanda Kosum. Tout est parfaitement calme.

Alaska ne releva pas la remarque de l'émo-astronaute.

— Seuls Wyt et moi sortons, répéta-t-il. Les autres n'ont pas besoin de leur tenue pour l'instant.

Il changea l'orientation des projecteurs et les promena sur la place couverte de plantes aquatiques et de vase. Par endroits, il y avait de petits monticules, là où les courants avaient accumulé le matériau, à moins que ce ne fussent des ruines ensevelies. Quelques-uns, de forme très étirée, évoquaient de longues banquettes.

Le rayon de lumière remonta sur le mur d'un bâtiment. La paroi était sérieusement lézardée. Tôt ou tard, l'édifice finirait par s'écrouler. On ne devinait rien de sa couleur originelle, envahi qu'il était par les algues et les coquillages. Saedelaere estima ses dimensions à vingt mètres de base et dix de haut. L'arrière était ancré dans la roche. Il était possible que quelques-unes des constructions s'enfoncent loin dans la montagne sous-marine. L'homme au masque activa un sondeur à haute résolution. Sur le grand écran apparut une image grossie de la paroi arrière du bâtiment. Alaska dirigea l'objectif vers le bas, jusqu'à une entrée à moitié effondrée. Après quelques secondes, il lâcha un petit sifflement.

— Tu as trouvé quelque chose ? questionna L'Émir.

— Je n'en suis pas sûr... Regarde le mur, des deux côtés de l'entrée.

Le mulot-castor tirailla sur ses oreilles.

— Je ne vois rien de spécial.

— Vraiment pas ? insista Saedelaere en ajustant son masque pour pouvoir mieux observer. On dirait qu'il y a moins de coquillages et d'algues autour de l'entrée.

— C'est peut-être dû à un courant, suggéra Kosum.

— Ou peut-être quelqu'un emprunte-t-il souvent cette voie, ce qui a peu à peu éclairci la végétation.

Les autres gardèrent un silence dubitatif.

— Vous pensez à un gros poisson ? dit enfin Merkosh.

Il était si perplexe qu'il en avait oublié d'assourdir sa voix. Les frères Blazon, qui n'y étaient pas accoutumés, se bouchèrent les oreilles. Le vitroïde s'excusa.

— Pas nécessairement un poisson, continua le chef de mission. Nous pouvons imaginer d'autres créatures marines de grande taille. Cela signifie que nous ne devons pas quitter le *Gevari* sans arme. La prudence la plus extrême est de rigueur.

Il réorienta les senseurs et une autre entrée apparut sur le moniteur.

— On observe le même phénomène ! constata Balton Wyt. Je suis sûr que cela vient d'un courant.

Tous les accès qu'examina Saedelaere dans les minutes qui suivirent montraient eux aussi une végétation clairsemée dans leurs alentours directs.

— Si c'est vraiment le résultat du passage de gros animaux, je m'étonne que nous n'en ayons pas vu au moins un, déclara Mentro Kosum.

Alaska persévéra dans ses observations. Il ne savait pas clairement ce qu'il espérait trouver, mais son obstination était suscitée par une inquiétude indéfinissable.

Entre-temps, l'émo-astronaute avait vidé les sas et refermé les portes extérieures. Balton Wyt avait enfilé sa tenue. Celle de Saedelaere attendait son propriétaire.

Par-dessus son épaule, L'Émir désigna du doigt son équipement et demanda, impatient :

— Alors, tu vas encore poireauter longtemps ? Dois-je y aller moi-même avec Balton ?

— Non !

Saedelaere regarda Corello. Le Supermutant avait fermé les yeux et respirait régulièrement. Il s'était endormi. L'expérience avec la bombe à hexalgonium avait exigé de lui une énorme dépense d'énergie.

— Ne parlons pas trop fort, pour ne pas le réveiller, recommanda Alaska. Je vais encore une fois passer en revue toute la place et les bâtiments. Si nous ne trouvons rien, Wyt et moi sortirons.

Les poissons, qui s'étaient d'abord enfuis, s'étaient entre-temps habitués à la présence de l'intrus et étaient revenus onduler dans les rayons lumineux.

Les images se succédèrent plus rapidement sur les écrans d'observation. Néanmoins, Saedelaere n'oublia pas un mètre de terrain. Par moments, à la limite des faisceaux, il croyait apercevoir les mouvements de plus gros animaux. Mais il n'était pas sûr que ce ne soit pas une illusion d'optique.

Soudain, la caméra s'immobilisa.

— Qu'y a-t-il ? demanda le télékinésiste.

— Là ! Dans le sable, devant le bâtiment plat !

Balton fronça les sourcils. Il retournait son casque entre ses mains.

— Une série de petits creux…

— Non ! dit fermement Alaska. Non, ce sont des empreintes. La trace des pieds d'un être vivant !

*
* *

L'arc énergétique du grand transmetteur de l'*Intersolaire* se déploya.

Holander Loomen s'efforçait de cacher sa nervosité à l'assistance. Pourtant, il était certain qu'au moins Perry Rhodan connaissait son état d'esprit.

Les techniciens qui avaient ajusté le transmetteur annoncèrent que tout était en ordre.

Le Stellarque s'approcha du jeune ingénieur.

— Je dois attirer encore une fois votre attention sur les dangers inhérents à votre tentative, Monsieur Loomen. Bien que la faille structurale soit toujours ouverte dans l'écran cristallin, personne ne peut garantir que c'est dans le transmetteur du *Gevari* que vous vous rematérialiserez. Nous ne savons pas exactement où se trouve notre aviso. Si c'est à l'intérieur de l'Essaim, vous avez de bonnes chances de l'atteindre. Il est également possible que vous soyez rejeté, et blessé dans le processus. Vous pouvez aussi rester en suspens quelque part dans l'hyperespace.

Loomen déglutit convulsivement. Avant la vague d'abrutissement, il travaillait sur la technologie des transmetteurs. Ses travaux sur un inverseur automatique de polarisation avaient fait grand bruit. Il en avait presque terminé la mise au point quand la catastrophe s'était abattue sur la Galaxie.

En tant qu'immunisé, il avait rejoint l'équipage de l'*Intersolaire.* Aujourd'hui, il avait une chance exceptionnelle de procéder en personne à une expérimentation.

— J'ai conscience de tous les risques, répondit-il à Rhodan. Je sais ce que représente un tel saut dans l'inconnu. Vous savez les raisons pour lesquelles je me suis porté volontaire.

Le Stellarque hocha la tête.

— Si nous vous laissons y aller, intervint Atlan, ce n'est pas par intérêt scientifique. Dites-vous qu'il s'agit du *Gevari* et peut-être même de l'avenir de cette galaxie.

— J'ai aussi conscience de cela, Lord-Amiral, répliqua Loomen.

Il souhaitait bien évidemment que les membres de l'équipage du *Gevari* soient secourus. Il espérait aussi qu'on réussirait à sauver la Voie Lactée de l'emprise des Conquérants Jaunes. Plus que quiconque, il voulait réaliser ce saut.

C'était loin d'être son premier passage par un transmetteur de matière, mais cela avait toujours été – relativement – sans danger.

Cette fois, la situation était différente.

Il parcourrait les années-lumière sans savoir exactement quelle serait sa destination. Puisque les transmetteurs avaient été synchronisés, il pouvait escompter que ce serait le *Gevari* – à condition toutefois que celui-ci se trouve quelque part dans le continuum standard.

La voix de Rhodan se fraya un chemin à travers ses pensées.

— Nous ne vous laisserions pas faire cette tentative si la brèche dans l'écran n'existait plus. Ce fait constitue, croyons-nous, un facteur de réussite.

— J'ai insisté pour effectuer cette mission, rappela Holander. Et je vous suis reconnaissant de m'y autoriser.

— Nous n'avons aucun contact radio avec le *Gevari*, poursuivit gravement Perry. Or, nous devons savoir si notre percée a réussi. La suite de nos actions dépend des renseignements que nous recevrons de l'intérieur de l'Essaim.

Loomen le regarda en face.

— Je vous ramènerai ces renseignements.

Il vit que Rhodan restait sceptique.

Il n'a probablement aucun doute quant à mes motivations, se dit-il.

Il ajouta, toujours pour lui-même :

Bah ! Et après ?

En tant que scientifique, il voulait atteindre son objectif. L'inverseur de polarisation éliminerait à jamais tout risque dans les sauts par transmetteur. Quelqu'un qui entrerait dans un transmetteur et ne pourrait pas atteindre son but serait automatiquement ramené à son point de départ grâce à l'inverseur. Il lui suffirait pour cela de porter sur lui l'appareil développé par lui, Loomen.

— Nous aurions de toute façon envoyé quelqu'un, précisa Rhodan. Toutefois, nous pensions à un astronaute expérimenté.

L'ingénieur considéra attentivement le Stellarque. Allait-il changer d'avis au dernier moment ? Retirer son autorisation ?

— Quoi qu'il en soit, nous préférons que ce soit un volontaire, reprit Perry, au soulagement de Holander. Et en l'occurrence, vous possédez une expérience technique qui sera très utile.

Loomen hocha la tête et ferma le casque de son spatiandre. Il était équipé comme s'il devait se rendre sur une planète inhospitalière. Cependant, il doutait que cet attirail lui soit d'un quelconque secours là où il irait si le saut ne le menait pas à bord de l'aviso. Un échec signifierait pour lui la fin.

Holander avait exclu cette option de son esprit : il *devait* tout simplement réussir, dans son propre intérêt comme dans celui de l'équipage du *Gevari*.

La question de Rhodan lui parvint par le haut-parleur intégré de sa tenue.

— Êtes-vous prêt, Monsieur Loomen ?

Le jeune savant sentit son corps se tendre. Il regarda la

surface noire et ondulante du champ de transmission, sous l'ogive lumineuse.

— Je suis prêt !

Sa propre voix lui apparaissait à cet instant étrangère ; elle résonnait sourdement dans le casque.

— Avancez lentement vers le transmetteur. Bonne chance !

Sans plus se retourner, Loomen se mit en marche. Ses pensées vagabondaient, bien qu'il essayât de les concentrer sur la tâche qui l'attendait.

À sa ceinture pendait un inverseur automatique de polarité. Il s'agissait du prototype, et ceci constituait son tout premier test pratique. Mais Holander avait confiance en son invention. Elle le sauverait au cas où quelque chose se passerait mal.

L'ingénieur avait presque atteint le seuil du transmetteur. Nul, dans la grande salle, ne remarqua sa brève hésitation. Il fit le pas décisif.

Bien qu'intense, la douleur due à la dématérialisation ne fut pas insupportable.

Quand la structure atomique du corps de Loomen se reconstitua, le savant vécut juste assez longtemps pour réaliser où il avait émergé. Il flottait, infime partie d'un formidable tourbillon d'énergie qui recouvrait tel un manteau l'ouverture pratiquée dans l'écran cristallin.

Holander Loomen se désintégra.

Ce qui restait de lui se dispersa dans l'hyperespace.

Dans la salle des transmetteurs de l'*Intersolaire*, un éclair flamboya sous une ogive lumineuse. Perry Rhodan ferma les yeux et se détourna. Personne n'avait besoin de lui expliquer ce que cela signifiait.

CHAPITRE IV

Dans le sas ouvert, Alaska Saedelaere, engoncé dans sa tenue protectrice, les bras légèrement repliés, ressemblait davantage à un monstre marin qu'à un être humain. Il avait allumé son projecteur frontal, même si ceux du *Gevari* éclairaient largement le terrain que lui et Wyt allaient explorer.

Le télékinésiste se glissa à côté de lui.

— Allons-nous tout de suite à l'endroit où vous croyez avoir vu des… traces ?

Saedelaere le regarda.

— Vous doutez que ce soient des traces ?

— Oui, confirma Balton. Ces creux dans le sable peuvent être n'importe quoi. Et puis, qui pourrait bien circuler ici en bas ?

Alaska vérifia son matériel. C'était un peu inhabituel pour lui que de se déplacer ainsi sous l'eau. Wyt n'avait pas davantage d'expérience en la matière, mais les deux équipiers savaient qu'il n'y avait guère de différence avec une sortie dans l'espace. Les tenues de protection assuraient la compensation de pression.

— Allons donc voir cela de plus près, proposa l'homme au masque.

Il s'élança et commença à nager. Wyt le suivit directement.

Saedelaere apercevait furtivement son ombre sur le fond. Devant lui jaillit un banc de petits poissons argentés.

Sur le côté, un animal qui avait l'air d'une feuille géante nageait et virevoltait en rasant les sédiments. Il possédait plusieurs trompes qu'il promenait dans la couche de sable, d'où il tirait à l'évidence sa nourriture. Il ne se souciait nullement des deux intrus ; probablement n'était-il même pas conscient de leur présence.

Plus ils s'approchaient des bâtiments, plus ceux-ci apparaissaient sinistres à Alaska.

Quel drame s'était déroulé là, des millénaires auparavant ?

Ceux qui avaient cherché refuge dans cette cité avaient-ils péri malgré tous leurs efforts, ou avaient-ils quitté la région quand le danger avait été écarté ?

— Tout est calme ! rapporta Saedelaere au *Gevari*.

— L'Émir et Merkosh ont enfilé leurs tenues, dit Mentro Kosum. Ils sont prêts à vous venir en aide au cas où il y aurait un incident.

— Ils ne sortiront du vaisseau que si j'en donne l'ordre, rétorqua Alaska.

Il connaissait l'impatience de l'Ilt, qui n'attendait probablement que l'occasion de quitter le *Gevari*. Wyt rejoignit l'homme au masque et pointa le doigt vers l'une des constructions.

— C'est par là, de l'autre côté !

La lumière des projecteurs du vaisseau accompagnait les deux explorateurs sur leur chemin. Saedelaere éprouvait un léger malaise à la pensée que Wyt et lui étaient illuminés comme sur une scène pendant que d'autres créatures profitaient peut-être de la semi-obscurité pour les observer depuis les coulisses. Involontairement, il porta la main vers son arme, à sa ceinture.

Il ne redoutait pas grand-chose de la faune marine.

Mais peut-être y avait-il d'autres êtres vivants…

Alaska se secoua.

C'est absurde ! Rien n'indique vraiment la présence de créatures dangereuses…

Il constata que la plupart des bâtiments présentaient des lézardes. Certains murs et toitures s'étaient écroulés. Le délabrement de cette cité sous-marine paraissait irréversible. Dans un millier d'années, seules quelques vagues ondulations de terrain témoigneraient peut-être encore de son existence.

Soudain, Saedelaere découvrit un fossé qui sinuait comme le lit d'une rivière à travers les sédiments. Il mesurait un mètre et demi de large et présentait des bords abrupts. L'homme au masque s'arrêta et attira l'attention de Wyt.

— Ce doit être récent, jugea le télékinésiste, sinon les courants l'auraient comblé de matériau et il n'en resterait qu'une petite dépression.

— Il est d'origine artificielle. Voyez le tracé : le fossé relie deux bâtiments.

— C'est exact… approuva pensivement Balton. Mais à mon avis, c'est un hasard.

— Et sur combien de hasards devrons-nous encore tomber avant que vous n'admettiez qu'il y a ici quelque chose d'étrange ? s'irrita Alaska.

Il se laissa glisser dans le canal et nota que les bords présentaient des stries verticales.

— Le fossé a été creusé, commenta-t-il. En outre, on y travaille continuellement. Quelqu'un veut empêcher qu'il se rebouche naturellement.

Wyt était toujours sceptique.

— Je ne vois vraiment pas à quoi cet ouvrage pourrait servir…

— C'est une ligne de communication entre deux maisons, affirma Saedelaere. Je suis sûr que nous en trouverons d'autres si nous faisons l'effort de les chercher.

Le télékinésiste soupira.

— Et quelle conclusion tirez-vous de tout ça ?

Le sable dans lequel Alaska avait posé les pieds était très fin. Quand l'homme au masque se déplaça, il en souleva une petite quantité, qui s'écoula en ruisselets dans le fossé.

Il estimait la profondeur de l'ouvrage à un mètre. Pour autant qu'il puisse en juger, elle était régulière. Ce fait lui aussi plaidait en faveur d'une origine artificielle.

— Je ne sais pas ce que je dois en conclure, dit Saedelaere, répondant enfin à la question de son équipier. En tout cas, ce fossé a l'air assez frais.

Il fit rapport au *Gevari*, où l'on accueillit ses nouvelles avec une grande excitation.

— Si nous voulons nous installer ici, nous devons savoir qui séjourne dans le coin, dit Kosum.

— Qu'indique la détection longue portée ?

— Aucun vaisseau à signaler dans tout le système de Praspa.

Le chef de mission fut satisfait : c'était à ses yeux une preuve que leur entrée dans ce secteur était réellement passée inaperçue. Les occupants de l'Essaim n'avaient pas localisé le modeste aviso. Dans ces circonstances, établir une base sous-marine serait idéal.

— Wyt et moi, nous continuons, annonça Alaska. S'il y a ici des êtres intelligents, nous pourrons envisager de conclure une alliance avec eux. Je ne crois pas que les empreintes et le fossé datent des anciens habitants de ces ruines. Quelqu'un d'autre en est responsable. Peut-être les créatures qui ont repris ces édifices à leurs constructeurs.

Il fit signe au télékinésiste.

— Nous suivons ce fossé en direction du bâtiment.

Ils nagèrent plus lentement. Saedelaere ne quittait pas leur but du regard. Les plantes aquatiques semblaient pousser par massifs composés d'une seule espèce à chaque fois. Cela lui parut curieux.

Les végétaux auraient-ils été intentionnellement disposés ainsi ?

Il renonça à attirer l'attention de Balton Wyt sur ce nouveau « hasard ».

— Les poissons ! appela soudain Kosum. Attention aux poissons, Alaska !

Les deux aquanautes pivotèrent sur eux-mêmes. Dans la lumière des projecteurs du vaisseau, l'homme au masque vit venir vers lui une multitude de créatures longues d'un mètre environ. Il ne dégaina son radiant qu'avec hésitation, ne croyant pas que ces animaux constituaient une menace. Alors que ceux-ci se rapprochaient, il nota qu'ils étaient pourvus de longues excroissances qui brillaient dans l'eau.

Avant qu'il n'ait l'occasion d'y réfléchir, les poissons l'avaient atteint et virevoltaient autour de lui. Lorsque leurs appendices lumineux entrèrent en contact avec les tenues protectrices, ils produisirent des centaines de petites décharges électriques.

Saedelaere décolla et traversa la nuée de créatures. Wyt était littéralement enveloppé d'une masse de poissons qui l'attaquaient furieusement.

Le banc se sépara en deux. Une partie des animaux s'en prit de nouveau à l'homme au masque. Leur énergie naturelle était d'un niveau tel que l'écran protecteur d'Alaska se renforça automatiquement.

Ces poissons électriques ne pouvaient pas s'avérer dangereux pour Wyt et lui, mais une créature marine dénuée de protection aurait probablement été tuée par leurs décharges.

Ainsi soudainement qu'ils étaient apparus, les assaillants se retirèrent.

— Ils ont abandonné, commenta le télékinésiste avec soulagement.

Saedelaere pouvait comprendre les sentiments de son compagnon. Même s'il n'y avait eu pour eux aucun péril direct, cette sinistre agression ne pouvait s'expliquer logiquement.

— Nous avons pénétré dans leur domaine, supposa précisément Balton. C'est pour cela qu'ils ont attaqué.

L'homme au masque hocha la tête.

— Je crois plutôt que quelqu'un a lancé ces animaux sur nous.

— Quoi ? s'exclama Wyt. Comment cela ?

Son équipier n'avait aucune réponse. Néanmoins, il se prépara à subir d'autres attaques. Selon lui, les inconnus qui contrôlaient ce banc de poissons essaieraient encore de chasser les deux intrus.

— Il faut être prudent, Alaska ! intervint Mentro Kosum. Vu la situation, je propose que L'Émir et Merkosh sortent eux aussi.

— Pas encore !

Les explorateurs avaient presque atteint le bâtiment. Le mur miroitait d'un gris-bleu veiné par le noir des fissures. Le fossé se terminait directement à côté de l'entrée. La dernière partie était en creux, comme si quelqu'un se glissait souvent dehors par là, ou rampait à l'intérieur.

À l'exception de quelques petits poissons que la curiosité poussait à proximité, aucune créature vivante n'était en vue.

Saedelaere pointa un doigt vers le haut.

— Nous pénétrons dans le bâtiment !

Il tenait son arme prête à tirer car ils abordaient un terrain qui n'était plus illuminé par les projecteurs du *Gevari*.

Alaska choisit une voie d'accès située directement sous le toit. Une partie du mur s'était effondrée, ce qui avait élargi l'entrée d'origine. Wyt à ses côtés, l'homme au masque glissa la tête dans l'ouverture et éclaira l'intérieur avec son projecteur frontal. Dans l'eau trouble, quelques petits poissons nageaient. Il ne distingua pas d'autres détails.

S'accrochant des deux mains aux bords du trou, Saedelaere se propulsa lentement dans le bâtiment. Il comptait avec une attaque surprise et faisait preuve de la circonspection requise. Mais il ne lui arriva rien. Il pénétra donc complètement dans le vaste local. Regardant derrière lui, il vit Wyt qui le suivait sans mot dire.

Il éclaira la paroi intérieure. Elle se distinguait à peine du mur extérieur : tapissée de plantes aquatiques et de coquillages.

Saedelaere eut soudain la nette impression d'une présence à proximité.

Il se retourna aussitôt, mais à l'exception d'une sorte de méduse qui recula avec des mouvements pulsés, il ne vit rien ni personne.

D'une nage prudente, il continua de s'avancer vers le bas de la pièce.

Le sol était entièrement recouvert de végétaux d'un mètre de haut. D'autres créatures pouvaient trouver là une excellente cachette. Mû par la curiosité, Alaska descendit encore. Il frôlait maintenant des jambes l'extrémité des plantes. Quelques poissons, effrayés, en émergèrent.

— Il n'y a personne, dit-il à son équipier. Nous devons pénétrer plus profondément dans le bâtiment.

Il relâcha ainsi son attention une ou deux secondes. Mal lui en prit.

Tout autour de lui, les végétaux déployèrent des tentacules qui lui enserrèrent les jambes. Avant qu'il ait le temps de réagir, il avait été happé vers le sol. D'autres plantes s'enroulèrent sur ses cuisses et sa taille. Il fit quelques mouvements puissants, sans pouvoir se dégager. Des tiges se pressaient sur la partie transparente de son casque. Ses épaules furent elles aussi entravées, puis il fut retourné comme une crêpe.

— Balton ! Allez-vous-en ! cria-t-il.

— Je suis au-dessus de vous, Alaska ! répondit le mutant. J'ai réussi à m'échapper.

Saedelaere se calma quelque peu. Wyt était avec lui. Si la situation devait évoluer défavorablement, L'Émir et Merkosh viendraient à leur aide.

— Je ne peux pas vous voir ! lui expliqua le télékinésiste. Vous êtes enseveli sous ces plantes.

L'homme au masque hocha furieusement la tête. Il était comme emprisonné dans un cocon. Sa liberté d'action était réduite au minimum. Il ne pouvait ni saisir son arme ni modifier les réglages de son générateur.

Les tentacules se resserraient de plus en plus autour de son corps. Saedelaere sentait les mouvements saccadés qui parcouraient toute ce « filet ».

Il ne se laissa pourtant pas envahir par la panique.

— Les plantes ont été disposées ici intentionnellement, comme piège, dit-il. Elles retiennent tous les visiteurs indésirables.

— Je ne sais pas trop ce que je dois faire, avoua Wyt avec embarras. Je ne vous vois pas, et si je descends davantage, je vais me faire avoir aussi.

Kosum intervint.

— Cette fois, j'envoie L'Émir et Merkosh. Sous *ma* responsabilité.

Saedelaere ne répondit pas. Il savait qu'il était impuissant. La situation dans laquelle il se trouvait était plus dangereuse qu'il n'avait voulu l'admettre. Si ses amis entreprenaient de le libérer de force, ils couraient le risque de le blesser ou même de le tuer. Et on ignorait encore si les mutants pouvaient quelque chose contre ces végétaux.

— Essayez la télékinésie, Balton ! ordonna Alaska. Peut-être arriverez-vous à les faire battre en retraite.

Pendant un moment, le silence régna. L'homme au masque se sentit devenir nerveux.

— Ressentez-vous un certain soulagement ? demanda enfin Wyt.

Pour toute réponse, Saedelaere jura furieusement.

— J'en déduis que non ! interpréta le mutant. Ça ne marche pas. Les plantes ne montrent aucune réaction.

Alaska n'avait pas d'autre option que d'attendre patiemment. Il devait laisser les prochaines initiatives à ses compagnons. Dans quelques minutes, Merkosh et L'Émir arriveraient peut-être à le délivrer.

Sa crainte que les plantes ne finissent par l'écraser ne semblait heureusement pas devoir se concrétiser. Jusqu'à maintenant, sa tenue protectrice résistait à la constriction.

Mais cela pouvait changer rapidement.

*
* *

Mentro Kosum avait coupé la radio du *Gevari* pour que Saedelaere et ceux qui étaient dehors n'entendent pas son évaluation :

— Nous n'aurons pas d'autre possibilité que de dégager Alaska avec des armes radiantes. Cela peut devenir dangereux pour lui.

Les frères Blazon, assis devant les commandes, échangèrent un bref regard. Ils avaient imaginé autrement le début de l'installation de la nouvelle base.

— Nous perdons du temps, dit Bêta.

— En outre, nous aurions dû depuis longtemps prendre contact avec Rhodan, ajouta Alpha.

Corello, qui était réveillé depuis un moment, objecta :

— Nous ne pouvions pas nous attendre à ce que tout se passe sans anicroche. Partout nous rencontrerons des difficultés. Nous ne devons pas perdre courage. Allons ! Nous sommes en route depuis une demi-journée seulement.

Blazon Bêta lâcha un rire rugueux.

— C'est ce que disent les chronographes de bord ! Mais qui veut savoir combien de temps nous avons réellement passé dans l'hyperespace ? Peut-être des semaines… des mois… (Son visage s'assombrit davantage encore.) Ou même des années…

Il l'avait dit ! C'était la crainte que tous nourrissaient secrètement, et elle venait ouvertement sur le tapis pour la première fois.

Kosum fit de la main un geste tranchant.

— Je ne crois pas que nous ayons été victimes d'un effet temporel particulièrement important.

— Personne ne peut le savoir, répliqua Blazon Bêta. Nous avons probablement séjourné dans l'espace Dakkar. La suspension peut avoir duré beaucoup plus longtemps que vous ne pouvez le croire.

Kosum abattit son poing sur le panneau de contrôle, si fort qu'il cliqueta.

— Nous en reparlerons si cela devait poser un véritable problème. Maintenant, ce qui importe, c'est de secourir Alaska.

Il rebrancha la radio. Balton Wyt se manifesta immédiatement.

— L'Émir et Merkosh sont arrivés. Je crois que nous avons localisé Saedelaere. (Il marqua une brève pause avant de continuer.) Nous voyons sur le fond une espèce d'agglomérat arrondi, complètement entouré de plantes. Ce pourrait être Alaska.

— Pourquoi hésitez-vous ? demanda l'émo-astronaute.

— Le sol est assez encombré, répondit évasivement le mutant.

— On dirait, intervint Corello, que cette entrée cachait un piège de taille. Je suis sûr qu'il s'agit de plantes carnivores.

Kosum pâlit.

— Saedelaere est protégé par son écran, se rassura-t-il.

— Néanmoins, Wyt et les deux autres doivent se dépêcher de le sauver, insista Ribald.

— Je n'y arrive pas non plus ! dut reconnaître L'Émir. Ces plantes ne réagissent pas aux impulsions télékinétiques. Apparemment, elles ont la capacité d'édifier une sorte de champ anti-psi naturel autour d'elles.

Merkosh nageait à côté de l'Ilt. Même dans sa tenue de plongée, il avait l'air faible et fragile.

— Sous l'eau et dans ce costume, je ne peux pas employer ma voix mauvaise.

— La situation me paraît claire, conclut Balton. Nous devons extraire Alaska, et pour y parvenir, nous allons griller un chemin au radiant. Soyez prudents, évitons de devoir entreprendre une deuxième tentative de libération.

Wyt planait maintenant si près au-dessus des dangereuses plantes qu'il aurait pu les toucher de ses bras tendus. Il s'étonnait de ne pas apercevoir la clarté du projecteur de Saedelaere. Soit les végétaux enserraient sa tête en ne laissant filtrer aucune lumière, soit l'homme au masque se trouvait sur le ventre.

Le télékinésiste attendit que L'Émir et Merkosh le rejoignent.

— Vous voyez cet enchevêtrement ? demanda-t-il alors. La taille correspond à celle d'Alaska.

Les trois équipiers réglèrent leurs radiants combinés sur le mode désintégrateur et firent feu. L'eau se mit à chauffer et à bouillonner. De grosses bulles montèrent vers le plafond. Les faisceaux des armes traversaient l'élément liquide sous la forme de minces fils verts. Sous les yeux des explorateurs, une partie des plantes commença à se dissoudre.

— Prudence ! recommanda Balton. Il ne faut pas blesser Alaska.

Il se laissa glisser dans la trouée qui se formait lentement mais sûrement.

— Nous allons vous tirer de là, maintenant, Saedelaere ! appela-t-il.

Un rire de soulagement lui répondit.

— Il est plus que temps, Wyt. La pression sur mon corps augmente graduellement. Je crains que ma tenue protectrice ne finisse par céder.

Les trois mutants se frayaient avec acharnement un chemin vers la concentration sombre qu'ils tenaient pour la position de l'homme au masque. Ils ne voyaient toujours pas le projecteur de son casque.

— Êtes-vous tourné sur le ventre, Alaska ? se renseigna Balton.

— Oui. Pourquoi ?

— À cause de votre projecteur frontal.

— Je comprends. Il est allumé. Je vais me…

La voix s'interrompit sur un gémissement.

— Alaska !

Le télékinésiste descendit encore de deux mètres, au mépris de sa propre sécurité, et continua à tirer. Plusieurs plantes lancèrent vers lui leurs tentacules et l'agrippèrent. Il trancha leurs tiges. Tels des serpents ondulants, elles furent entraînées par le courant.

— Alaska ! appela de nouveau Balton.

— La pression… gémit Saedelaere. Vous devriez vous dépêcher.

De l'autre côté, L'Émir et Merkosh s'approchaient du nœud de végétaux. Wyt avait des sueurs froides à l'idée qu'ils pourraient s'être trompés de cible. Peut-être Alaska se trouvait-il cinquante mètres plus loin, en train de lutter pour sa vie.

Le télékinésiste diminua la puissance de son arme au minimum afin de réduire les risques en désintégrant les plantes.

Il sursauta quand, soudain, tout s'éclaira autour de lui. Le local baignait maintenant dans une vive lumière. Wyt leva la tête. Du plafond tombaient lentement trois silhouettes sphériques. C'était d'elles qu'émanait la clarté.

— Ce sont des poissons ! s'exclama Merkosh. Des poissons géants !

Les nouveaux venus mesuraient environ trois mètres de diamètre et possédaient de larges gueules qu'ils ouvraient à intervalles réguliers. Il était difficile de déterminer de quelle manière ils se déplaçaient car ils ne possédaient ni nageoires ni queue.

Balton Wyt se demandait comment ces poissons lumineux avaient pu pénétrer dans le bâtiment par ses entrées étroites. Cinq mètres au-dessus des aquanautes, ils s'arrêtèrent. Ils éclairaient tout le local. Les murs intérieurs étaient en tout point semblables aux parois extérieures de l'édifice. À l'arrière-plan, le télékinésiste repéra un passage vers la pièce voisine. Le sol était entièrement envahi de plantes tentaculaires.

— Merkosh, gardez ces lanternes ambulantes à l'œil ! ordonna Wyt. L'Émir et moi, nous nous occupons d'Alaska.

Il repointa son arme vers le corps emprisonné par les plantes qui couvraient le fond de la grande salle. Il fut très étonné lorsque les amas de végétaux se séparèrent puis se redressèrent. Ils libérèrent leur victime, dont le faisceau du projecteur frontal réapparut. Les plantes s'étirèrent ; elles ne bougeaient plus que sous l'effet du courant.

En guise de test, Balton toucha l'une des tiges avec les pieds.

Aucune réaction !

La lumière que diffusaient les trois poissons-globes avait mué les plantes carnivores en végétaux inoffensifs. Wyt ne prit pas le temps de réfléchir à ce phénomène, mais se précipita vers Saedelaere. Il le souleva du sol.

— Tout va bien ? s'inquiéta-t-il.

— Oui, répondit péniblement Alaska. Il était temps que vous me sortiez de là.

— Le mérite en revient aux poissons-globes. D'une façon qui nous échappe, ils ont provoqué une modification dans le comportement des plantes.

L'homme au masque releva la tête vers ceux à qui il devait son salut.

— Et si ces deux espèces vivaient en symbiose ?

— Je perçois de fortes impulsions mentales ! les interrompit L'Émir. Il semble y avoir des créatures intelligentes à proximité.

Balton et Alaska remontèrent pour rejoindre leurs deux équipiers.

Excepté les trois globes et quelques animaux plus petits, il n'y avait personne.

— Les impulsions sont-elles émises par les poissons lumineux ? demanda Merkosh.

Le mulot-castor fit signe que non.

— Je suis sûr que les inconnus se trouvent dans ce bâtiment.

Il confirmait ainsi l'hypothèse de Saedelaere : quelque part dans ces anciennes fortifications vivaient des êtres doués de raison.

Alaska était résolu à prendre contact avec ces timides indigènes. Peut-être les Terraniens pourraient-ils, sur ce monde aquatique, apprendre quelque chose sur les habitants et les maîtres de l'Essaim, ou au moins sur le système de Praspa.

— Nous fouillons le bâtiment, décida le chef de mission. Même si nous prenons ainsi le risque que les étrangers nous considèrent comme des ennemis et attaquent. Je suis sûr qu'ils ne disposent que des armes naturelles dont nous avons déjà fait la connaissance. Elles ne constituent pas vraiment une menace pour nous.

Il s'adressa à L'Émir.

— Tu pourrais diffuser des impulsions télépathiques rassurantes. Peut-être y réagiront-ils.

— Je le fais depuis un certain temps déjà, mais je ne peux pas te promettre que ça marchera.

D'une seconde à l'autre, les poissons-globes s'éteignirent. La lumière des projecteurs frontaux paraissait faible en comparaison. Leurs faisceaux éclairaient les sommets des plantes, qui s'étaient remises à l'affût d'une victime.

— Remarquable, commenta Balton Wyt. Dès que les poissons ne diffusent plus leur lumière, les plantes redeviennent agressives.

— Maintenant, nous savons que nous devons nous montrer très prudents, dit l'homme au masque.

Il appela le *Gevari* et fit un bref rapport à Kosum.

— À présent, nous allons examiner les autres salles, annonça-t-il finalement. Tôt ou tard, nous établirons le contact avec les inconnus.

La perspective de voir ses quatre équipiers s'exposer à d'autres dangers était loin de ravir l'émo-astronaute.

— Je ne peux pas vous en dissuader, Alaska, mais n'oubliez pas pourquoi nous sommes ici.

La liaison fut interrompue. Tout en se maintenant à une distance raisonnable des plantes, les explorateurs gagnèrent l'accès vers le local suivant.

— Les étrangers se retirent, déclara L'Émir d'une voix traînante.

Sans doute y avait-il des issues partout dans cet édifice, de sorte que ses occupants ne seraient pas forcés de se montrer aux intrus s'ils ne le désiraient pas.

Saedelaere cessa de nager.

— Cela ne sert à rien de les poursuivre. Ils sont trop discrets. Nous devons essayer autrement.

— Et comment ? s'enquit Wyt.

— Nous devons les attirer hors de leurs cachettes. Demi-tour. Avec les autres, nous allons organiser un petit spectacle sur l'esplanade entre les bâtiments. Je suis certain que cela nous fera progresser.

*
**

Étonnamment, ce fut le taciturne Blazon Alpha qui adopta le premier l'idée de Saedelaere.

— Arrangeons quelques jeux, proposa-t-il. J'ai une ou deux bonnes idées.

Alaska avait rangé sa tenue de plongée et s'était installé dans un fauteuil.

— Les mutants joueront les rôles les plus importants.

L'Émir et Wyt peuvent se livrer à quelques démonstrations de télékinésie. D'abord, nous allons entasser dehors tout ce dont nous n'avons pas absolument besoin. Les étrangers doivent voir que nous voulons leur faire des cadeaux.

Mentro Kosum et les frères Blazon enfilèrent donc leur équipement puis débarquèrent plusieurs conteneurs remplis d'outils et autres objets utilitaires. L'émo-astronaute choisit de les disposer autour de l'obélisque abattu. Les projecteurs du vaisseau furent orientés vers les offrandes.

— Maintenant, à vous de jouer, disait Saedelaere aux deux télékinésistes.

Wyt et L'Émir quittèrent l'aviso et, sous les feux de la rampe, présentèrent quelques tours d'adresse. Ils jonglèrent avec les débris de l'obélisque, firent tourbillonner des colonnes de sable et virevolter des guirlandes de coquilles vides.

Dès le début de leur exhibition, le mulot-castor put informer le *Gevari* qu'il percevait une excitation croissante chez les mystérieux habitants des profondeurs.

— Aucun doute, ils nous observent. Ils sont curieux.

— Continuez ! ordonna Saedelaere.

L'Émir et Wyt soulevèrent les cadeaux hors des conteneurs. Alignés l'un derrière l'autre, les objets glissèrent en direction du plus grand des bâtiments, devant lequel ils décrivirent un virage serré, et revinrent à leur point de départ.

— Avec tout ça, nous avons dû les mettre en appétit, dit l'Ilt avec espoir.

Pourtant, les habitants de la cité sous-marine ne se montrèrent pas. Une heure de spectacle ininterrompu demeura sans effet.

Balton Wyt finit par se décourager face à l'inanité de leurs efforts.

— Nous abandonnons, déclara-t-il. Peut-être quelqu'un aura-t-il une meilleure idée.

Mais quand les deux mutants furent de retour à bord du

Gevari, plusieurs poissons-globes s'illuminèrent devant les vieux bâtiments. Ils éclairaient un espace circulaire devant l'une des maisons.

— Qu'est-ce que cela signifie ? s'interrogea Corello, tendu.

Il ne dut pas attendre longtemps. Lentement, prudemment, dix étrangers émergèrent de l'un des édifices.

CHAPITRE V

Les dix créatures se livraient à une étrange chorégraphie sous la lumière des poissons-globes. Tout en les observant, Alaska Saedelaere se demandait si les humains avaient le droit de s'immiscer dans le milieu d'autres peuples.

Aujourd'hui, il fallait répondre à cette question par l'affirmative : il en allait de l'existence des Terraniens et de la survie de la Voie Lactée avec tous ses habitants.

Mais peut-être les autochtones ignoraient-ils tout des actions de l'Essaim. Il était même imaginable qu'ils ne sachent absolument pas que leur monde faisait partie d'une formation qui errait de galaxie en galaxie.

— Que font-ils donc ? demanda doucement Corello. Est-ce vraiment une danse, ou une provocation avant une attaque ?

Les êtres qui se déplaçaient dans la lumière des poissons-lanternes évoquaient pour Saedelaere des enfants. Ils étaient nus, possédaient une peau verte et squameuse, et avaient le haut des cuisses et des bras palmés. Les mains et les pieds n'étaient que faiblement développés. La tête, sphérique, comportait de petits appendices cylindriques aux extrémités arrondies, qui semblaient être les yeux. Un côté de la tête présentait une excroissance en forme de sac de presque vingt centimètres de long. Alaska supposait qu'il s'agissait d'une bouche.

Aucune des créatures ne dépassait les soixante-dix centimètres.

— Ils n'ont pas l'air particulièrement dangereux, jugea Kosum. J'aimerais pourtant savoir à quoi rime le spectacle qu'ils nous jouent là.

— Ils se sont peut-être posé les mêmes questions il y a quelques minutes, commenta Corello.

Saedelaere hocha pensivement la tête.

— Vous pensez qu'ils s'amusent à répondre à l'exhibition de Wyt et L'Émir ?

— On dirait.

Les petites créatures s'étaient prises par la main et formaient un cercle. Leurs mouvements étaient gracieux et fluides. Elles tournaient en rond tout en planant vers le haut puis vers le bas. Les poissons-globes, immobiles au-dessus d'eux, leur dispensaient la lumière de leur corps.

— Je me demande bien comment ils s'entendent avec ces poissons, s'interrogea Balton Wyt.

— Cela vous paraît extraordinaire seulement parce que cela se passe sous l'eau, expliqua Blazon Bêta. Tous les peuples développant un minimum d'intelligence domestiquent des animaux qu'ils savent utiliser à leur profit.

Les habitants des profondeurs rompirent le cercle et se laissèrent descendre sur le fond de la mer. Ils y demeurèrent tranquillement un instant, puis ils réalisèrent une série de curieux sauts et disparurent l'un après l'autre dans un fossé.

— Serait-ce de nouveau à notre tour ? se demanda Alaska.

Blazon Bêta, à côté de lui, montra l'écran sans rien dire.

De l'entrée d'un bâtiment émergeait un poisson noir long d'une bonne dizaine de mètres. Juste derrière sa tête, un habitant des eaux était assis. Il dirigeait sa monture grâce à des végétaux flexibles fixés en travers de la gueule de l'animal. Le cavalier se distinguait de ses congénères par la chaîne de coquillages argentés qu'il portait autour du cou.

— Cela semble être le chef, supposa Saedelaere. C'est un bon signe qu'il apparaisse maintenant.

Le poisson noir s'avança en ondulant jusqu'à l'esplanade et s'arrêta tout près de l'obélisque renversé.

— Je lis les pensées de ce « poissonnier », déclara L'Émir. Tout en guidant sa monture, il attend que quelqu'un sorte, avec qui il puisse s'entendre.

— Poissonnier ? s'étonna Merkosh.

— Eh bien oui, répondit Mentro Kosum à la place de l'Ilt. Cheval, chevalier, poisson…

— Tout juste, le poète ! renchérit L'Émir en découvrant son incisive.

Alaska saisit son casque.

— C'est à moi d'y aller.

— Ne soyez pas trop confiant, lui recommanda l'émo-astronaute.

— Je ne lis que de la réserve dans son esprit, compléta le mulot-castor. Pas d'agressivité ni de haine. Dans ces conditions, tu peux tenter le coup.

Saedelaere inclina gravement la tête et se prépara. Alors que le sas se remplissait d'eau, il regretta de ne pas avoir emmené Wyt ou Merkosh. Mais le cavalier aquatique était lui aussi venu seul. La chambre était maintenant pleine. Le panneau extérieur glissa de côté. Les projecteurs du *Gevari* baignaient d'une vive lumière les alentours de l'obélisque.

Alaska brancha la lampe de son casque et se propulsa en avant. Il nota que le poisson noir frétillait impatiemment, mais que son maître le contrôlait. À l'arrière-plan, il vit des dizaines d'aquatiques apparaître dans les entrées des bâtiments. Ils ne s'avancèrent pas vers l'esplanade, se contentant d'observer à distance respectueuse ce qui se passait au milieu de leur ville.

Sans hésiter, l'homme au masque nagea vers celui qui portait le collier de coquillages.

Il avait quitté le *Gevari* sans armes. Son équipement se composait de son générateur dorsal, de son ceinturon de commande et d'un traducteur sur l'utilisation duquel il avait plus que quelques doutes.

Il savait aussi qu'il était couvert. S'il était attaqué, l'armement du *Gevari* entrerait en action.

Il espérait qu'on n'en arriverait pas là. Il était décidé à s'entendre avec le chef des aquatiques.

Il s'arrêta quelques mètres devant l'inconnu.

Les deux êtres si différents se regardèrent en silence.

Saedelaere prit conscience du fait qu'il devait avoir l'air terrible dans sa tenue protectrice. Pour ne pas effrayer l'autre, il éteignit son projecteur frontal. Le cavalier comprit peut-être qu'il avait devant lui une créature dont l'eau n'était pas l'élément naturel, car le sac faisant chez lui office de bouche s'étendit soudain dans sa largeur : il souriait à Alaska.

Cette expression presque humaine fit une forte impression sur l'homme au masque. Il éprouva une bouffée de sympathie inattendue pour cette créature. Il leva un bras.

Ensuite, pendant un certain temps, rien ne se produisit. Ils continuèrent à se regarder. Le poisson noir s'impatientait de plus en plus et devait être fréquemment remis au pas. Il n'était pas habitué à devoir rester calme.

Saedelaere était plongé dans la contemplation de son vis-à-vis. Il sursauta quand la voix de Mentro Kosum retentit dans son haut-parleur.

— Que se passe-t-il, maintenant, Alaska ?

— Nous nous regardons, répliqua-t-il sèchement, mécontent d'être dérangé, bien que l'excitation des autres soit compréhensible.

Quelques minutes plus tard, l'aquatique glissa de sa selle et nagea vers l'homme au masque, qui se raidit face à la possibilité d'une attaque. L'étranger tourna deux fois autour de lui. Il semblait s'intéresser particulièrement à son équipement dorsal. L'identifiait-il comme ne faisant pas partie du corps de l'explorateur ?

Le Terranien ne bougea pas ; il laissait l'étranger agir à sa guise.

Enfin, celui-ci s'enhardit et vint tout près. Saedelaere pouvait observer comment les palmures de ses membres se déployaient et se repliaient. C'était un mode de propulsion assez complexe, mais il ne semblait pas fatiguer la créature.

Alaska baptisa l'aquatique du nom de « Roi des Coquillages », à cause de la chaîne qu'il portait. L'habitant des profondeurs s'immobilisa et tendit un bras, touchant presque le visiteur. Répondant à une impulsion instinctive, l'homme au masque saisit la fragile petite main. De l'autre, le Roi des Coquillages lui fit un signe. Le cœur battant, Saedelaere comprit ce que voulait l'autochtone : qu'il le suive jusqu'au poisson noir. Il hésita. La petite créature tira sur sa main.

Enfin, Alaska céda, parce qu'il ne voyait pas de meilleure possibilité de nouer un contact plus proche avec les habitants de l'ancienne cité. L'équipage du *Gevari* avait un urgent besoin de renseignements. Peut-être pourraient-ils ici en obtenir sans devoir affronter de dangers.

Derrière le Roi, le Terranien se dirigea vers le poisson noir. L'animal lui parut l'observer avec une mauvaise lueur dans les yeux. Quand il ouvrait la gueule, il découvrait deux rangées de longues dents acérées. Saedelaere s'en approcha avec réticence. L'aquatique, lui, sauta tranquillement sur son cou, comme s'il faisait cela tous les jours.

D'un nouveau signe de la main, le chef invita l'explorateur à prendre place de même sur le dos de sa monture.

— Kosum ! appela Alaska. L'affaire commence à devenir intéressante. Le Roi des Coquillages me convie à une chevauchée.

— Que voulez-vous dire ? s'exclama l'émo-astronaute. Qui est ce « Roi des Coquillages » ?

— C'est ainsi j'ai baptisé notre petit gars. Il faut que je l'accompagne.

Kosum marmonna quelque chose d'incompréhensible. Manifestement, il n'était pas d'accord avec l'intention du responsable de mission.

Mais ce dernier était décidé à exploiter l'occasion qui se présentait de conclure un accord. Il nagea vers le grand poisson et se laissa doucement descendre sur son dos. Il espérait que l'animal s'accommoderait de deux charges.

La peau du poisson était lisse. Saedelaere enlaça des jambes ses flancs et s'accrocha d'une main à la taille du Roi.

L'habitant des profondeurs libéra les rênes.

Le destrier marin n'attendait que cela : il bondit en avant. Alaska faillit être désarçonné. Au contraire, l'aquatique garda une assiette stable. L'allure de la monture ne semblait pas le perturber.

Le curieux équipage se dirigea vers l'une des constructions.

*
* *

Mentro Kosum observa avec des sentiments partagés Alaska Saedelaere et le Roi des Coquillages qui, sur le dos du grand poisson noir, disparaissaient dans l'entrée d'un bâtiment. L'homme au masque était un astronaute expérimenté, habitué au contact avec des non Terraniens. Cette fois cependant, le pilote du *Gevari* estimait qu'il avait pris un risque excessif. Ils en savaient trop peu sur les créatures qui vivaient dans la cité en ruines pour pouvoir leur faire confiance.

D'autre part, Kosum admettait que s'il avait été à la place de Saedelaere, il n'aurait pas agi autrement. Tant qu'ils conservaient une liaison radio, Alaska ne courait aucun danger : L'Émir pouvait le rejoindre d'un saut téléporté et lui venir en aide.

— Nous avons établi le contact que nous souhaitions dès le début, dit Blazon Bêta. J'avoue que j'envie Saedelaere. Il trouvera une possibilité de s'entendre avec les étrangers, et apprendra ainsi des détails intéressants sur l'Essaim.

— Si tant est que ces créatures en sachent quelque chose, tempéra Merkosh.

— Je crois que le système de Praspa a été absorbé par la galaxie errante il y a des millénaires, ajouta Corello. Probablement cette cité-refuge sous-marine date-t-elle aussi de cette époque. Elle a dû être construite par ceux qui se sont alors sentis menacés par l'Essaim.

— Moi non plus, je ne crois pas que les planètes du système de Praspa appartiennent aux mondes d'origine de l'Essaim, approuva L'Émir. Maintenant, il s'agit de découvrir ce qui s'est produit sur chacune, à commencer par Cocon.

Kosum consulta les contrôles. Ils ne relevaient que les impulsions qui émanaient de Praspa III. Il n'y avait aucun indice de l'arrivée de vaisseaux spatiaux dans le système. L'émo-astronaute ne s'en étonna pas. Les intrus n'auraient pas pu souhaiter une meilleure couverture antidétection que les marées d'énergie diffusées par la brèche ouverte dans l'écran cristallin.

— Cocon est sans aucun doute le monde le plus intéressant du système, poursuivit le mulot-castor. Abstraction faite des influx énergétiques que nous recevons sur les détecteurs, il y a les mystérieuses ondes mentales que j'ai captées durant notre courte approche.

— Peux-tu en dire quelque chose de précis ? demanda Corello.

— Seulement qu'elles étaient très curieuses. Quelle que soit la nature de ce qui vit sur Cocon, cela se trouve dans une situation incompréhensible et terrible.

Kosum les rappela à l'ordre :

— Pour l’instant, nous sommes toujours sur Praspa IV et vous devriez vous occuper d’Alaska !

— Je suis ses pensées, assura L’Émir. Tout baigne pour lui.

— La faille dans l’écran a dû se refermer, entre-temps, réfléchit tout haut Blazon Bêta.

Le pilote indiqua le chronographe de bord.

— Il y a quelques heures, si nous n’avons pas été victimes d’une distorsion temporelle.

— Le chemin du retour nous serait donc barré, trompetta Merkosh.

— L’Essaim expulse sans cesse des objets, lui rappela Ribald. Il est probablement plus facile d’en sortir que d’y entrer.

Ils se turent, car Mentro Kosum s’efforçait d’établir une liaison radio avec Alaska Saedelaere.

— Excusez-moi de ne pas avoir répondu tout de suite, résonna la voix familière de l’homme au masque. Il y a ici beaucoup de choses intéressantes à observer.

— Où êtes-vous, maintenant ? demanda l’émo-astronaute, tendu.

Il y eut une pause. Manifestement, Saedelaere ne le savait pas exactement.

— Nous avons traversé tout le bâtiment et pénétré par un tunnel dans le réseau de grottes creusées dans la montagne. (Il toussota ; il paraissait nerveux.) Les constructions en ruines ne sont pratiquement que les accès ou les antichambres des habitations des aquatiques proprement dites. Elles servent en même temps de pièges. Ces gens ont d’excellents contacts avec les formes de vie primitives : ils peuvent influencer les poissons et les plantes.

— Hum ! fit Mentro en se mordillant la lèvre inférieure. Vous éveillez notre curiosité, Alaska, mais notre préoccupation première, pour l’heure, c’est votre sécurité.

À bord du *Gevari*, les sept membres de l’équipe entendirent Saedelaere éclater de rire.

— Aucun danger ne me menace ici. Ces habitants des profondeurs sont des créatures aimables.

— Qu'en est-il d'un éventuel accord ?

Aucune réponse ne vint.

Kosum s'alarma.

— Alaska ? appela-t-il en se penchant vers le microphone.

Toujours rien.

Mentro fit pivoter son siège.

— L'Émir, tu le captes toujours ?

— Non ! Par contre, je reçois les impulsions mentales des aquatiques.

— Va voir ce qui se passe !

Aussitôt, le mulot-castor ferma le casque de son spatiandre et se dématérialisa. Kosum s'appuya au dossier de son fauteuil, sans quitter des yeux l'installation radio. Il n'imaginait pas qu'il fût arrivé quelque chose à Saedelaere.

Mais pourquoi le contact radio avait-il été interrompu si soudainement ?

*
* *

La grotte inondée dans laquelle Alaska Saedelaere et le Roi des Coquillages avaient pénétré sur le dos du poisson noir évoquait chez le Terranien la grande salle d'un antique palais. Plusieurs dizaines de poissons-globes y nageaient et éclairaient dans ses moindres recoins la vaste pièce. Du sol au plafond, elle était constituée d'une roche volcanique sombre qui était presque partout parfaitement lisse et polie. Saedelaere se demandait comment les étrangers avaient procédé.

Il y avait à ce lieu trois accès de forme circulaire. Par terre étaient disposées de grandes coquilles vides. Dans certaines dormaient des aquatiques. Au milieu du local se dressait un obélisque incrusté de fragments de coquillages. C'était une copie en réduction de celui qui gisait sur l'esplanade de la cité. Dans les murs, Alaska découvrit des niches remplies d'outils et d'autres objets. Il supposa qu'il se trouvait dans une sorte de salle commune. Il sentait le poisson noir qui tressaillait impatiemment : l'animal avait envie de bouger.

Quelques étrangers se réveillèrent et s'approchèrent avec curiosité. Le Roi des Coquillages leur adressa un signe et lâcha un gargouillement. Après cela, les créatures se retirèrent et se contentèrent d'observer le visiteur de loin.

Le chef des aquatiques se tourna vers Saedelaere et émit un son perçant.

— Je regrette, dit l'homme au masque. Nous ne pourrons pas nous entendre de cette manière.

L'être arbora une mine déçue. Il indiqua les niches dans les murs et se laissa glisser de sa monture. Alaska le suivit. Le Roi des Coquillages lui montra, plein de fierté, quelques instruments primitifs faits de roche volcanique.

Saedelaere éprouva alors une surprise : entre les outils de pierre se trouvait une tige de métal. Il voulut s'en saisir, mais l'aquatique s'interposa entre lui et la cavité en tendant les bras dans une attitude menaçante.

Le Terranien recula. Il comprenait qu'il avait vu quelque chose que les étrangers auraient certainement préféré cacher.

Mais pourquoi ?

Le souverain fit un geste en direction du poisson noir. C'était très clair : Alaska ne devait plus regarder ce qui se trouvait dans les niches. L'astronaute supposa que la perche métallique avait été apportée par erreur à cet endroit, sans quoi on ne le lui aurait pas montrée.

Cela signifiait-il que les aquatiques dissimulaient d'autres choses plus intéressantes ?

Saedelaere se promit d'examiner attentivement tout ce qu'il verrait dans l'agglomération sous-marine.

Il alla se rasseoir sur le dos du poisson. Le Roi des

Coquillages posa sur lui des yeux inquisiteurs, puis il leva les épaules. L'homme au masque présuma qu'il s'agissait d'une forme d'excuse. C'était une manifestation si typiquement humaine qu'il en aurait presque oublié qu'il avait devant lui une créature complètement étrangère.

— Très bien, dit-il en faisant un mouvement similaire. Nous nous occuperons de cela plus tard.

Son guide reprit les rênes de sa monture. Ils s'éloignèrent du porche par lequel ils étaient entrés et glissèrent vers l'une des ouvertures, au fond de la salle. Ils s'engagèrent ainsi dans une pièce relativement sombre. Alaska porta involontairement la main vers l'interrupteur de son projecteur frontal, mais il n'acheva pas son geste : il ne voulait pas compromettre son amitié naissante avec le Roi des Coquillages en l'effrayant par un brusque afflux de lumière.

À l'intérieur de cette nouvelle salle ne flottait qu'un unique poisson-laterne, haut sous le plafond, si bien que sa clarté suscitait à peine quelques ombres sur le sol.

À ce moment seulement, Saedelaere remarqua que Mentro Kosum tentait de le contacter par radio.

Il se secoua.

— Excusez-moi de ne pas avoir répondu plus tôt. Il y a ici beaucoup de choses intéressantes.

— Où êtes-vous, à présent ? s'enquit l'émo-astronaute.

L'homme au masque le lui expliqua.

— Hum ! fit Kosum. Qu'en est-il d'un éventuel accord ?

Alaska n'eut pas l'occasion de poursuivre : il fut soudain saisi par-derrière, arraché du dos du grand poisson, et il reçut un puissant coup dans le dos.

Mon générateur dorsal !

Cette pensée le frappa comme une décharge électrique. Un sentiment d'horreur l'envahit à l'idée que son équipement soit endommagé : cela équivaudrait à une condamnation à mort.

— Kosum ! appela-t-il, alarmé. Kosum, vous m'entendez ?

Mais son intercom intégré ne fonctionnait pas. Il avait été affecté par le choc. Saedelaere n'entendait plus la voix de l'émo-astronaute, bien qu'il soit sûr que celui-ci essayait maintenant désespérément de le joindre.

Quelque chose se replia sur lui. Il fut plongé dans une complète obscurité. Il se sentait à l'étroit mais, moyennant quelques efforts, il pouvait lever le bras et allumer le projecteur de son casque. Il ne voyait pas grand-chose, si ce n'est une surface blafarde devant son nez.

Était-il enfermé à l'intérieur d'une resserre ?

Il perçut soudain un mouvement ; le conteneur dans lequel il se trouvait commençait à se déplacer.

Où l'emmenait-on ?

Il réussit à tourner la tête. Partout, des parois blanches. Sur le côté, une jointure ondulée.

Alaska comprit qu'il était captif d'un coquillage géant.

*
* *

L'Émir se matérialisa dans une vaste salle qui était éclairée par des poissons-globes. Par terre gisaient quelques coquilles de bivalves, abandonnées. Aucun des étrangers n'était là. Grâce à ses facultés paranormales, l'Ilt localisait cependant leur présence à proximité. Il activa son équipement dorsal et descendit lentement au sol. Il revint sur sa décision première d'examiner les niches creusées dans les murs. Il se dirigea vers l'une des issues. L'intensité des pensées qu'il captait augmenta. Le mulot-castor en conclut qu'il était observé. Il remonta vers la source des impulsions mentales. Ainsi, il tomberait tôt ou tard sur ces créatures qui étaient responsables de la disparition de Saedelaere. L'Émir ne s'inquiétait pas encore pour l'homme au masque, qui était mentalement stabilisé et immunisé contre les influences parapsychologiques. Il ne pouvait contacter Alaska par télépathie que dans des conditions particulières.

Prudemment, l'Ilt s'engagea dans le passage et éclaira la salle voisine. Quelques poissons, éblouis, reculèrent dans l'ombre. À l'arrière-plan, L'Émir crut distinguer les mouvements de créatures de plus grande taille.

Percevant tout à coup une impulsion agressive, il se téléporta par réflexe au milieu de la grotte. Pivotant sur lui-même, il vit dans l'entrée quelques habitants des profondeurs qui, ébahis, avaient les yeux fixés sur lui. Dans leurs mains, ils tenaient des massues de pierre et des cordes tressées faites de plantes aquatiques.

L'Émir déploya ses forces télékinétiques. Il amena cinq des étrangers en position horizontale et les ligota ensemble avec leurs propres cordes. Les victimes n'eurent aucune réaction, ils étaient probablement paralysés d'effroi.

— Je vais vous déposer par terre, déclara le mulot-castor. Vous resterez sagement allongés.

Il prit ensuite le temps d'examiner les alentours. Les murs et le plafond de cette grotte n'étaient pas travaillés, mais ils présentaient néanmoins plus d'intérêt que la grande salle par laquelle l'explorateur était venu, et ce, pour plusieurs raisons.

D'un côté se dressait une colonne de métal de plus d'un mètre d'épaisseur. Elle était parfaitement polie et pourvue de quelques excroissances semblables à des leviers. Du plafond pendaient une série d'anneaux métalliques. Ces artéfacts, supposa L'Émir, avaient été rapportés d'ailleurs, car ils ne remplissaient en ces lieux aucune fonction, n'avaient rien à y faire. L'Ilt se dit qu'il s'agissait de vestiges de cette culture à laquelle appartenaient aussi les bâtiments sous-marins.

Pour la première fois lui vint l'idée que les aquatiques d'aujourd'hui pourraient être les descendants dégénérés de ces créatures qui avaient jadis construit la ville des profondeurs. Beaucoup de choses avaient pu se produire au cours des millénaires. Peut-être une catastrophe s'était-elle abattue sur les autochtones après l'édification de la cité.

L'Émir activa son communicateur.

— Il y a ici de vieux éléments de machines, informa-t-il Kosum. Ils sont apparemment conservés et entretenus comme des reliques.

— Que vas-tu faire, maintenant ? demanda l'émo-astronaute, impatient.

— Je continue à chercher.

L'explorateur se dirigea vers la sortie, au fond de la salle. Les soubassements de la montagne volcanique semblaient receler un système de grottes très ramifié.

Des impulsions émises par les étrangers, L'Émir déduisit qu'Alaska était toujours en vie. Ils avaient pour dessein d'emmener leur prisonnier en un endroit précis, dans l'intention nette de lui montrer quelque chose.

Et le mulot-castor perçut encore un sentiment dans leurs pensées : la peur !

Leur peur face aux intrus.

Il s'arrêtait un instant pour se concentrer. Les aquatiques craignaient que Saedelaere et lui-même ne viennent du « Monde des Dégénérés ».

Telle était bien la traduction fidèle de leurs représentations mentales.

Ce monde, comprit en outre L'Émir avec étonnement, n'était autre que la troisième planète du système de Praspa, à laquelle l'expédition avait donné le nom de Cocon.

*
* *

Alaska Saedelaere comprit rapidement qu'il n'ouvrirait pas le coquillage par sa seule force physique. Heureusement, son générateur ne semblait pas endommagé. Toutefois, une défaillance de son émetteur pouvait sceller son sort.

Malgré cet incident, l'homme au masque ne croyait pas

que les étrangers avaient l'intention de le tuer. Il était possible qu'ils le retiennent captif parce qu'ils le craignaient.

À moins que ma détention ne soit due au fait que j'ai vu la perche de métal ?

Au bout d'un certain temps, la coquille cessa de bouger. À l'intérieur, le calme régnait. Saedelaere n'entendait que le bourdonnement régulier de son dispositif d'alimentation en oxygène.

Plus il attendait, plus il doutait qu'on lui rende sa liberté. Les aquatiques avaient peut-être décidé de le laisser mourir dans sa geôle…

Mais ses craintes s'avérèrent infondées. Dans la clarté de son projecteur, il vit le bivalve s'ouvrir avec de lentes saccades.

Et il éprouva une autre surprise : l'eau qui baignait sa prison s'écoula au-dehors.

Nous ne sommes plus dans l'océan !

Environ soixante mètres au-dessus de l'homme au masque, un trou béait dans la roche, par lequel la lumière du jour tombait dans une grotte. Celle-ci était vaste, constata Alaska en rampant prudemment hors du coquillage. Elle comportait plusieurs espaces annexes et des passages, si bien que ses dimensions réelles étaient difficiles à évaluer. Saedelaere supposa que la montagne à l'intérieur de laquelle il se trouvait pour l'heure s'élevait sur l'une des îles qui s'étendaient au large de l'unique continent de la planète.

Le bivalve dans lequel on l'avait amené jusque-là était presque circulaire et très renflé sur un côté. Il mesurait environ trois mètres. Maintenant, il reposait, encore à moitié rempli d'eau, au bord d'un large bassin. Devant Alaska, six aquatiques émergèrent des flots, précédant leur souverain.

Le Terranien s'étonna de les voir quitter l'élément liquide.

Ainsi, ils sont amphibies…

Au fond de la caverne gisait un véhicule mangé par la rouille. Apparemment, l'eau montait souvent plus haut en ces lieux car le siège pourri et le capot de l'engin discoïdal étaient couverts d'algues et de coquillages. Saedelaere se demanda comment il pouvait avoir atterri là. Cela devait remonter à des siècles.

Le Roi s'avança, et pointa le bras d'abord vers l'appareil puis vers l'homme au masque.

Il veut savoir s'il existe un rapport entre cet engin et moi ?

Alaska secoua énergiquement la tête. Peut-être l'habitant des profondeurs interpréterait-il correctement ces mouvements. Le Roi des Coquillages baissa les yeux puis, de sa main tremblante, il désigna de nouveau, alternativement, le véhicule et le Terranien.

Ce dernier s'interrogea.

L'ai-je mal compris ?

Il activa le translateur accroché à son ceinturon. Toutefois, tant que ces créatures ne parleraient pas, l'appareil ne serait d'aucune utilité.

Le souverain ne quittait pas Alaska du regard. Il semblait attendre que quelque chose se passe.

Veulent-ils que je m'installe aux commandes de cette chose et que je fasse trois petits tours avec ?

Saedelaere réfléchit à ce qu'il pouvait faire pour contenter les indigènes agités. Une fois encore, il tenta de contacter le *Gevari*, sans succès. Pour gagner du temps, il s'approcha lentement du véhicule. Les aquatiques lui emboîtèrent le pas. Ils se mirent à converser dans une langue aux sonorités craquetantes. L'homme au masque espérait que son translateur pourrait en réaliser une analyse pertinente.

Arrivé face à l'épave, Alaska se demanda qui pouvait l'avoir construit. Pas le peuple aquatique, qui utilisait des outils de pierre et ne connaissait ni systèmes mécaniques ou électroniques, ni moyens de produire de l'énergie.

L'explorateur tendit la main et toucha l'une des entretoises qui supportait un siège. Elle se rompit immédiatement.

Au moindre choc, cette ferraille va tomber en poussière…

— Je ne sais pas ce que vous avez en tête, dit Saedelaere. Je n'imagine pas que vous vous attendiez à ce que je mette cette chose en mouvement.

— C'est un cadeau, beau masque ! Ceux qui t'ont amené ici voudraient t'offrir le véhicule afin de s'attirer tes bonnes grâces.

Saedelaere se tourna dans la direction d'où venait la voix zézayante bien connue. L'Émir avait encore de l'eau jusqu'à la taille. Il adressa un signe à son chef de mission. Celui-ci nota que l'Ilt avait enlevé son casque et que, chaque fois qu'il expirait, il émettait une bouffée de vapeur blanche.

Les indigènes reculèrent devant lui. Seul le Roi demeura à sa place. Il semblait plus courageux que ses congénères. Peut-être aussi n'avait-il, en tant que souverain, pas le choix sous peine de perdre la face.

— J'ai suivi un courant sous-marin, expliqua le mulot-castor. J'ai abouti directement ici. (Il indiqua du doigt le puits dans le plafond de la caverne.) Tu peux enlever ton bocal : il fait frisquet mais l'atmosphère est respirable.

Alaska suivit le conseil. Il lui fallut quelques secondes pour s'habituer. L'air froid lui piquait la peau.

— Il y a partout ici des traces d'une ancienne civilisation avancée, déclara-t-il enfin. Ceux qui ont construit les abris bétonnés au fond de la mer ont disparu depuis longtemps.

L'Émir hocha doucement la tête puis montra le Roi des Coquillages et ses compagnons.

— Ce n'est qu'en partie exact. Ces créatures sont les descendants dégénérés du peuple qui s'est jadis réfugié dans cette cité sous-marine.

— Ah oui ? Comment peux-tu être aussi affirmatif ?

L'Ilt posa ses deux petits poings sur ses hanches et afficha un air supérieur.

— Je parviens de mieux en mieux à isoler et à déchiffrer leurs impulsions mentales. Leurs traditions et leurs récits parlent d'« ancêtres semblables aux dieux tout-puissants », qui se sont retirés ici afin d'échapper au Grand Démon Rayonnant.

— Le Grand Démon Rayonnant ! répéta Saedelaere. Crois-tu qu'il peut s'agir de l'Essaim ?

— J'y ai moi aussi pensé…

Le mulot-castor interrompit la conversation pour annoncer au *Gevari* que tout allait bien.

— Aucun danger ne nous menace, rapporta-t-il à Mentro Kosum. Alaska et moi, nous allons essayer de prendre langue avec les habitants et d'obtenir d'eux des renseignements. Ils semblent savoir des choses sur l'Essaim, et aussi sur la troisième planète du système. (Il s'adressa de nouveau à l'homme au masque.) Et maintenant, tu vas te dépêcher de t'asseoir sur ton vieux tacot pour que les aquatiques voient que tu as accepté leur présent.

Les compagnons du Roi des Coquillages émirent des cris excités quand Saedelaere grimpa sur l'engin. Dès qu'il posa le pied sur la carcasse, son pied passa à travers une plaque de métal rouillé. Il se retint au cadre extérieur et se laissa très lentement descendre sur le siège.

Les indigènes vinrent entourer le véhicule. Le souverain leva un regard respectueux vers Alaska.

— Et maintenant ? demanda ce dernier avec impatience. Je ne vais pas trôner ici *ad vitam aeternam* !

— Je te libérerai peut-être dans quelques jours, plaisanta L'Émir.

Saedelaere roula des yeux, puis s'empara de son translateur et le commuta du mode acquisition vers le mode émission. Il escomptait que la positronique avait déjà analysé assez de symboles pour traduire quelques propositions simples.

— Nous voulons être vos amis, déclara-t-il.

L'appareil ne réagit pas.

— Il faut les inciter à parler pour que le processeur reçoive davantage d'informations, dit l'homme masque.

L'Émir observait le Roi des Coquillages. Celui-ci leur fit un signe de la main.

— Nous devons le suivre, déduisit le mulot-castor. Il veut apparemment nous montrer des choses encore plus intéressantes.

Ravi d'avoir une occasion de s'extirper du véhicule menaçant ruine, Alaska se releva. Le souverain des aquatiques indiquait l'eau et agitait la tête. Puis il tendit le bras vers un passage, à l'arrière-plan. Il dessina quelques cercles dans l'air et pressa les mains contre sa poitrine.

— Il veut nous expliquer quelque chose ! dit L'Émir en activant lui aussi son translateur. D'après ses pensées, nous devons « ouvrir nos yeux rayonnants ». Ah ! Je comprends : il veut dire « allumer nos projecteurs frontaux ». Il va sûrement nous emmener dans un endroit sombre.

Les deux explorateurs firent ce que le Roi des Coquillages attendait d'eux. Le souverain se dirigea ensuite vers l'issue qu'il avait indiquée. Les membres de son escorte avaient l'air nerveux. Ils semblaient ne suivre leur chef qu'avec hésitation. Soit ils craignaient les deux visiteurs étrangers, soit ils ne voulaient pas se risquer dans un domaine réputé dangereux.

— Méfions-nous des pièges, recommanda Alaska.

— Nous n'avons rien à craindre, assura le mulot-castor. Leur peur diminue. Ils semblent réaliser que nous ne venons pas du Monde des Dégénérés.

Ils accompagnèrent le Roi à travers la galerie. Celle-ci était si étroite que Saedelaere éprouvait quelques difficultés à suivre L'Émir et leur guide. Les autres indigènes fermaient le cortège. Dans la lumière des deux projecteurs de casque, l'homme au masque observait les roches volcaniques. Le sol se composait de lave refroidie. Lors d'éruptions qui avaient peut-être eu lieu des siècles plus tôt, elle avait emprunté ce passage.

Le couloir débouchait deux cents mètres plus loin dans une autre grotte, plus petite que celle qu'ils avaient quittée.

Alaska constata qu'elle servait à entreposer des vestiges technologiques : des éléments de machinerie rouillés, d'autres faits de polymères, bien conservés, des conteneurs dont le matériau s'effritait, des feuillets argentés. On ne pouvait déterminer quel était l'usage de la plupart de ces objets.

L'Émir sifflota.

— Je suppose que les indigènes ont prélevé tout ce bric-à-brac dans les fortifications sous-marines et l'ont rapporté ici. Ils ne peuvent pas en faire grand-chose mais ils ont dû avoir peur de le détruire ou de s'en débarrasser.

Saedelaere se pencha et prit un assemblage métallique, une articulation grippée qu'il ne put faire jouer. Ce fut ensuite une sorte de boulon qui retint son intérêt, une pièce à l'aspect cuivré et pourvu d'une excroissance fourchue.

— On trouve n'importe quoi, ici, commenta le mulot-castor. Il n'y a aucun classement, tout y a été simplement jeté pêle-mêle.

Il ramassa un tube dans une caisse en polymère et le secoua.

— C'est creux, jugea-t-il.

Il dut recourir à ses dons télékinétiques pour l'ouvrir. Lorsqu'il le retourna, une sorte de bobine en tomba. Elle était en très bon état. L'Ilt la déroula.

— Regarde ! s'exclama-t-il à l'adresse de Saedelaere. De l'écriture ! Malheureusement, nous ne pourrons pas l'analyser à bord du *Gevari*. Il nous faudrait pour cela les installations de l'*Intersolaire*.

Il sortit un deuxième tube du conteneur.

— Il y en a d'autres !

L'homme au masque se rapprocha, curieux. Les aquatiques restaient en retrait. Ils semblaient heureux d'avoir éveillé l'attention de leurs visiteurs.

L'Émir avait ouvert sa nouvelle trouvaille. Il tenait dans les mains une feuille de métal. Elle ne montrait aucune trace d'altération.

— Un dessin !

Alaska regarda par-dessus l'épaule du mulot-castor.

— Cela pourrait être une carte géographique, avança-t-il.

— Non, c'est plutôt un schéma de connexion.

Saedelaere avisa les autres tubes. À son tour, il en décapsula un. Une photographie s'en échappa. Le Terranien la contempla à la lumière de son projecteur puis, sans piper mot, la tendit à l'Ilt. Les mains de ce dernier commencèrent à trembler.

— Mais c'est… c'est l'Essaim !

— Oui, approuva Alaska. Une image de l'Essaim… datant de quelques millénaires. Tu as remarqué ?

— Sa forme est différente.

— Ce n'est pas l'essentiel. Aujourd'hui encore, le conglomérat change de forme. Ce qui me frappe, c'est qu'il semble plus petit.

L'Émir était dubitatif.

— Ça doit dépendre de l'angle de prise de vue.

— En outre, si c'est une photo en vraies couleurs, nous devons en conclure que cette scène avait pour cadre une autre galaxie : dans notre Voie Lactée, aucune nébuleuse ne pourrait diffuser un éclairage de cette teinte.

Cette fois, le mulot-castor opina du chef.

— Le système de Praspa vient d'une autre galaxie. Il a été absorbé par l'Essaim durant son périple.

Saedelaere ferma les yeux. Dans son esprit, il voyait les ancêtres des aquatiques, à bord de leurs vaisseaux spatiaux, en train d'observer avec inquiétude le conglomérat errant et d'en prendre des clichés. La catastrophe ne s'était manifestement pas abattue brutalement sur eux, car ils avaient trouvé le temps de bâtir un refuge au fond de l'océan de Praspa IV.

Puis ils avaient été atteints par l'onde d'abrutissement.

Et ils avaient dégénéré.

Le Terranien n'avait qu'à regarder les créatures qui l'avaient conduit dans cette caverne. Ce peuple ne se remettrait jamais des conséquences de la catastrophe. Le processus s'était atténué mais un jour, cette race finirait par s'éteindre.

Les deux explorateurs examinèrent le contenu de tous les tubes qu'ils purent trouver. Ils découvrirent une autre série de photos de l'Essaim, et une image qui représentait une mégapole abandonnée, sur un autre monde : un témoignage de la grandeur passée de ses bâtisseurs. Alaska laissa tomber le cylindre.

— Et pourtant, ils sont demeurés prisonniers de l'Essaim. Dans ces conditions, rien d'étonnant à ce que leurs récits grouillent de démons et de forces maléfiques.

— Je soupçonne fort, dit L'Émir, que la cité de la photo se trouve sur Cocon. Avant que le système de Praspa ne soit avalé par l'Essaim, une partie des habitants a dû se réfugier ici. Une raison de plus pour que nous allions jeter un œil sur la troisième planète !

Saedelaere se retourna.

— Et pour eux, que faisons-nous ?

— Nous ne pouvons rien faire, déplora le mulot-castor. Pour l'heure, ils mènent ici une vie tranquille. Peut-être même sont-ils heureux. Tôt ou tard, leur symbiose avec les animaux et les plantes marines sera complète… et irréversible…

Les aquatiques n'avait pas cessé de converser. Saedelaere fit une nouvelle tentative avec son translateur :

— Nous sommes des amis !

Le haut-parleur émit un craquement. Le Roi des Coquillages et son escorte se firent soudain attentifs. Ils s'approchèrent, non sans hésitations. Pleins de timidité, ils considéraient l'appareil que tenait Alaska.

— Essaie encore ! l'encouragea L'Émir.

— Nous sommes des amis, répéta l'homme au masque.

L'appareil traduisit.

Le souverain donna une réponse.

Tendu, le Terranien espérait que le translateur allait réussir l'exercice.

— Nous vous offrons les âmes pétrifiées de nos ancêtres, restitua le système.

— Ça marche ! s'enthousiasma Saedelaere.

Cependant, il se rendait compte qu'une compréhension mutuelle n'était pas pour tout de suite, sans parler des malentendus qui pouvaient survenir.

— Les « âmes pétrifiées de leurs ancêtres » pourraient être les fortifications sous-marines, supposa L'Émir. En tout cas, c'est ce que suggèrent leurs représentations mentales.

Le chef de mission devait convaincre les indigènes de ses bonnes intentions avec des mots simples. Il savait que cela n'aurait aucun sens de leur expliquer l'origine du commando et la nature du *Gevari* : ils seraient incapables de comprendre.

— Nous nous réjouissons de vos cadeaux, déclara-t-il, mais nous sommes nous-mêmes très bien nantis et nous ne voudrions pas vous en priver. Nous souhaitons vivre en paix avec votre peuple.

Il ignorait si le translateur remplissait correctement son office. Néanmoins, le Roi des Coquillages eut l'air très impressionné. Il ôta la chaîne de sa poitrine et s'avança vers le Terranien. Ce dernier saisit l'intention de leur nouvel ami, et s'inclina. La chaîne fut passée autour de son cou. Les indigènes le reconnaissaient comme leur nouveau souverain.

— Nous ne resterons pas longtemps en votre compagnie, poursuivit Alaska.

— Interroge-les sur le Monde des Dégénérés ! l'invita L'Émir. Ils semblent savoir certaines choses à propos de Cocon.

Saedelaere posa la question. Il remarqua aussitôt le changement d'attitude du Roi des Coquillages. Une seconde plus tôt, la créature se tenait devant lui, confiante, et maintenant, elle avait reculé et s'était détournée.

— J'espère que je ne viens pas de commettre une erreur ! dit Alaska au mulot-castor.

— Certifie-leur que nous ne venons pas de ce monde.

L'homme au masque suivit le conseil, mais son interlocuteur discutait à voix basse avec ses congénères. Ceux-ci pressaient leur chef de sortir des cavernes.

— De toute façon, estima l'Ilt, nous n'en apprendrons guère plus ici. Il y a sûrement encore des documents intéressants dans les bâtiments et les grottes ; cependant, il faudrait tout passer au peigne fin, et nous n'en avons pas le temps.

— Tu as raison. Nous devons nous concentrer sur la troisième planète. Elle semble revêtir une importance particulière. Sans oublier que, selon Corello et les frères Blazon, ce serait à cause d'elle que nous avons été attirés dans ce système stellaire.

Saedelaere ne renonça pas à l'idée d'installer une base provisoire sur Praspa IV. Le commando chercherait un endroit approprié sur le continent. Au milieu des montagnes volcaniques, il y avait sûrement assez de gorges et de cavernes dans lesquelles ils pourraient dissimuler le *Gevari*.

L'étape suivante serait une expédition vers Cocon à bord des lentilles spatiales.

Alaska s'arracha à ses plans futurs. Pour l'instant, lui et L'Émir se trouvaient toujours dans une grotte de Praspa IV.

— Nous retournons au vaisseau, décida-t-il. Nous emportons les documents et les photos.

Il ôta la chaîne et la rendit au Roi des Coquillages.

— Nous quittons votre domaine, lui expliqua-t-il.

— Nous reverrons-nous ?

Saedelaere secoua la tête.

— Je ne le crois pas. Nous allons visiter le Monde des Dégénérés.

L'être à la peau verte fit une mimique de dégoût.

L'Émir s'était rapproché et avait pris la main du Terranien.

— Prêt ?

— Encore une minute !

Alaska adressa un signe au souverain et lui rappela les cadeaux que l'équipage du *Gevari* avaient déposés sur l'esplanade, au milieu de la cité fortifiée. Les différents outils et matières premières viendraient à point aux aquatiques.

L'homme au masque subodorait pourtant que le tout atterrirait dans ces grottes et tiendrait compagnie à la ferraille qui y était déjà entreposée. Les habitants des profondeurs faisaient preuve d'une inexplicable timidité face aux produits de la technologie.

— Maintenant, nous allons tout simplement disparaître, prévint Saedelaere en guise d'adieu. Tu ne dois pas avoir peur.

Il fit un signe de tête à L'Émir, et tous deux se dématérialisèrent.

Le Roi des Coquillages passa la chaîne autour de son cou et mena ses congénères hors des grottes, jusqu'à l'océan, leur élément préféré.

***

Alaska Saedelaere posa sur la table les bandes et les clichés afin que les autres membres d'équipage du *Gevari* puissent les examiner.

— Voici notre récolte. Ce n'est peut-être pas très impressionnant, mais nous avons renoncé à rechercher d'autres documents parce que nous devons à présent nous occuper de la troisième planète. (Il s'adressa à Mentro Kosum.) Avons-nous entre-temps eu un contact avec l'*Intersolaire* ou la *Bonne Espérance* ?

L'émo-astronaute hocha négativement la tête.

— Et au cas où nous ne parviendrions pas à nous approcher de Cocon, ou si nous n'y découvrons rien d'intéressant, quelle sera votre ligne d'action ? demanda Corello.

— Alors, nous nous rabattrons sur d'autres systèmes et planètes importants, répondit l'homme au masque. Cela n'aurait guère de sens de séjourner sur des mondes comme celui-ci. Cependant, nous avons trouvé ici une base provisoire. Nous allons remonter et nous installer dans un endroit bien abrité, sur le continent volcanique.

***

Le 26 avril 3442, le *Gevari* émergea à la surface de l'océan de Praspa IV et, au ras des flots, se dirigea vers l'unique grande masse de terre de la planète. Les problèmes techniques avaient été résolus, et les impulsions énergétiques de Cocon masquaient à nouveau presque tous les autres influx.

L'objet de toutes les conversations à bord était les images de l'Essaim découvertes par L'Émir. Même les frères Blazon ne pouvaient pas se mettre d'accord sur la taille du conglomérat errant. L'équipe était néanmoins unanime sur le fait que les prises de vue venaient d'une autre galaxie. Cela confirmait définitivement l'hypothèse que l'Essaim vagabondait d'un univers-île à un autre.

Saedelaere remit le commandement à Kosum et alla s'allonger pour dormir.

Les deux heures suivantes furent consacrées à la recherche d'une cache. Enfin, L'Émir, qui s'était téléporté au-dehors, découvrit un plateau dissimulé sous une roche en surplomb.

L'approche de ce lieu se révéla délicate, mais l'émo-pilote accomplit cette tâche avec sa maestria habituelle.

Le chef de mission se réveilla lorsque l'aviso atterrit. Il fut satisfait du choix du site.

— Parfait ! Nous allons rester ici un moment, décida-t-il.

— Venez voir ce que j'ai bricolé ! appela Corello.

Il s'était plongé dans l'étude des clichés de l'Essaim et avait constaté que ceux-ci se juxtaposaient en se recouvrant partiellement, pour donner au final une sorte d'image panoramique d'ensemble.

— J'ai procédé à une numérisation et à une superposition, expliqua-t-il. Il s'agit bien de prises de vue saisies en différents endroits de cette galaxie inconnue.

Les membres du commando contemplaient la projection tridimensionnelle reconstruite par le Supermutant.

— L'Essaim était réellement plus petit, c'est clair, assura Blazon Alpha.

Blazon Bêta examina longuement le modèle.

— Nous ne disposons pas ici des données comparatives qui permettraient de l'affirmer avec cent pour cent de certitude, mais je crois effectivement que l'Essaim a grossi depuis que ces images ont été enregistrées.

— Et est-ce qu'il grossit encore ? demanda Kosum avec inquiétude.

Le physicien Dakkar hocha lentement la tête.

— Absolument !

— Cela signifie qu'il enfle déjà depuis des millénaires sans que quiconque ait pu l'arrêter, dit Saedelaere. Cela nous permet aussi de mesurer l'ampleur de la tâche à laquelle nous nous sommes attelés. Le fait que l'Essaim grandisse toujours n'est pas surprenant, car de nouveaux Conquérants Jaunes s'ajoutent, à chaque phase de multiplication, à ceux déjà présents.

— Théoriquement, cet amas vagabond pourrait s'étendre jusqu'à englober plusieurs galaxies, ajouta Corello.

— Ou l'Univers tout entier, renchérit Merkosh.

— Ça a peut-être l'air ridicule, et ça n'arrivera probablement jamais, déclara Blazon Bêta. Cependant, l'extension est bien réelle, même si elle est lente.

Alaska était certain que dans une autre galaxie déjà, quelqu'un avait essayé de stopper ce fléau. Le fait que le conglomérat parcoure encore l'espace prouvait à l'évidence qu'il n'avait jusqu'à ce jour subi aucune défaite significative.

Ce n'étaient pas là des perspectives très réjouissantes.

CHAPITRE VI

Vingt-huit avril 3442

Quelques minutes plus tôt, le *Gevari* s'était positionné en orbite large autour de Cocon. Kosum se remémora ce qu'ils avaient appris sur cette planète. Les données qu'ils possédaient venaient de quelques sondes qu'ils avaient envoyées deux jours auparavant depuis Praspa IV. Elles étaient aussi la raison pour laquelle Alaska Saedelaere avait finalement changé d'avis et abandonné son idée de rester sur le monde aquatique.

L'exploitation des mesures avait demandé seize heures. En raison du rayonnement provenant des lignes énergétiques qui entouraient la planète, l'obtention de résultats précis s'était avérée très difficile.

Les explorateurs avaient fini par établir que Cocon était un peu plus grosse que la Terre. Il y faisait très chaud : la température moyenne dépassait les trente-huit degrés. La durée de rotation était de 22,7 heures, et la pesanteur légèrement inférieure à un g.

À travers la coupole de plastoverre blindé du *Gevari*, Mentro Kosum pouvait contempler directement la planète. Il ne voyait pas grand-chose de la surface proprement dite, car l'enveloppe énergétique en voilait la majeure partie.

La cartographie réalisée par les sondes avait révélé de vastes continents au milieu desquels s'étendaient de larges mers intérieures reliées entre elles par des sortes de canaux.

Les formations énergétiques qui enveloppaient la planète possédaient un fort pouvoir réfléchissant, de sorte que Cocon présentait une luminosité importante et était visible de loin dans l'espace. L'émo-astronaute dut faire un effort pour s'arracher à ce spectacle fascinant, puis il consulta ses instruments. La majorité d'entre eux étaient perturbés par les impulsions et affichaient des valeurs irrégulières. D'ailleurs, le pilote avait ôté sa résille T.R.E.S. : il utilisait les commandes manuelles et se fiait essentiellement à sa vue.

Le central du *Gevari* était étrangement calme. Les membres de l'équipage étaient complètement absorbés par l'observation de la planète inconnue.

Les lignes d'énergie qui l'enserraient suivaient des trajectoires irrégulières. Certaines s'élevaient jusqu'aux plus hautes couches de l'atmosphère, à près de cent kilomètres d'altitude. D'autres descendaient en de larges arcs, presque à toucher terre, pour remonter et rejoindre le réseau. Ces bandes émettaient de la lumière dans des couleurs allant du violet au rouge pâle. Ce n'est qu'entre les mailles de ce réseau polychrome que Mentro Kosum pouvait apercevoir des parties de la surface. Bizarrement, toutes présentaient une nuance ocre, sur laquelle tranchaient le bleu des mers et le vert des forêts et des savanes. Çà et là, des taches rouges indiquaient la présence de petits déserts.

Kosum avait rarement vu une planète qui, de l'espace, offrait une peinture aux teintes si joyeuses.

Corello fut le premier à rompre le silence.

— Je voudrais savoir qui a construit ces lignes d'énergie et quelle est leur fonction.

Le *Gevari* franchit le terminateur et passa au-dessus de la zone nocturne. Là, le réseau de bandes énergétiques brillait de tous ses feux.

— Que ce spectacle ne vous fasse pas oublier de

surveiller l'apparition éventuelle de vaisseaux étrangers, recommanda Saedelaere au pilote.

— D'après les mesures, les régions de teinte ocre présentent un différentiel d'altitude, dit Blazon Bêta, qui avait enroulé sa natte comme une écharpe autour de son cou. Des montagnes, ou en tout cas des hauteurs.

— Cette couleur claire pourrait être due à une substance semblable à de la neige, avança Merkosh.

— Je ne crois pas qu'il y ait de la neige à ces températures, objecta Blazon Bêta. Même en altitude. Il faudrait que les montagnes culminent à plusieurs kilomètres de haut, ce qui n'est pas le cas selon les détecteurs.

— Nous ne sommes pas à même de réaliser des observations précises, ajoutait Blazon Alpha. Les appareils ne travaillent pas correctement.

Mentro Kosum contemplait les écrans. Si les astronautes pouvaient se fier aux résultats de la détection, la largeur d'un ruban énergétique faisait dans les huit cents mètres. Quant à l'épaisseur, qui ne pouvait que s'estimer à vue, elle en atteignait environ le quart. Bien que ces formations émettent un puissant rayonnement, elles semblaient en réalité se composer de matière solide. Les bords extérieurs nettement délimités renforçaient cette impression.

Le *Gevari* survola de nouveau la zone diurne. Nulle part, les lignes énergétiques ne touchaient la surface, de sorte que la question se posait de savoir comment elles étaient stabilisées. L'émo-pilote pensait à un procédé de polarisation gravitationnelle, mais une telle méthode aurait été par trop complexe. Plus probablement les rubans assuraient-ils eux-mêmes leur sustentation.

Saedelaere se leva et traversa lentement le poste central. Il s'adressa au mulot-castor.

— Reçois-tu les impulsions, petit ?

L'Émir fit la grimace.

— J'ai préféré fermer mes perceptions extrasensorielles

devant un tel bombardement ! Parmi cette multitude d'émetteurs, pas moyen de distinguer quoi que ce soit.

— Et vous, Ribald ?

Le Supermutant était plongé dans ses pensées. Il sursauta quand l'homme au masque l'interpella.

— Je captes trois puissantes sources d'énergie, répondit-il. Elles sont interconnectées, tout en paraissant être de nature différente. Il s'y en ajoute de nombreuses autres, plus faibles, que je considère comme négligeables.

— L'une des sources principales est sans aucun doute constituée par les lignes énergétiques.

Kosum, pour sa part, doutait qu'ils parviennent à élucider davantage la question vu le fonctionnement actuel des instruments. Si les Terraniens voulaient en savoir plus sur les processus caractéristiques de Cocon, ils devaient atterrir. Saedelaere semblait partager les réflexions de l'émo-astronaute, car il s'adressa à lui :

— Pouvons-nous envisager un passage éclair au niveau des hautes couches atmosphériques ?

— Certains appareils de mesure et dispositifs de contrôle pourraient être mis totalement hors service, déclara Mentro. D'autre part, nous obtiendrions des observations optiques directes bien meilleures.

— Pensez-vous que le pilotage lui-même puisse poser des problèmes ?

Kosum réfléchit. La propulsion et ses systèmes annexes avaient jusqu'ici parfaitement répondu. Il n'y avait aucune raison pour qu'il n'en aille pas de même à proximité directe de la planète.

— Si nous rencontrons des difficultés de cet ordre, je ferai immédiatement demi-tour, assura Mentro.

Il commença à faire accélérer le *Gevari*, sans recourir à sa résille T.R.E.S. L'aviso quitta son orbite et s'approcha du monde mystérieux. L'émo-astronaute sentait l'attraction de Cocon peser sur son astronef, mais il la compensait aisément. Il décrivait une trajectoire qui, au plus près de la planète, amènerait le vaisseau au-dessus de la face obscure. Les rubans s'y dessinaient plus distinctement. La surface pourrait, elle, être examinée grâce aux infrarouges.

La zone nocturne fut rapidement atteinte. Les lignes énergétiques scintillaient sous le ventre du *Gevari*. Les membres de l'équipage découvrirent alors des rubans qui étaient nettement plus larges et plus épais que ceux qu'ils avaient vus précédemment. Leur rayonnement était en revanche moins intense, et ils ne présentaient pas les contours bien découpés des premiers.

La plus importante formation que croisèrent les Terraniens durant le bref vol d'approche mesurait presque quinze cents mètres de section. Elle s'élevait à quatre-vingts kilomètres d'altitude et s'étendait le long de la côte d'un continent. Kosum constata que les instruments rapportaient des valeurs qui ne pouvaient correspondre à la réalité. Sur certains écrans, l'image commença à trembler. Le bouclier du *Gevari* fut entouré par une couche d'étincelles. L'éclairage intérieur du navire perdit de la puissance. L'émo-astronaute fit demi-tour malgré le fonctionnement sans faille des propulseurs. Alors qu'ils s'éloignaient de Cocon, les mesures des instruments revinrent vers des valeurs plus proches de la normale. Bien qu'aucun danger direct n'ait menacé l'aviso, son pilote respira. Au voisinage du globe, il s'était continuellement attendu à un incident grave. Sur cette orbite plus large, il se sentait plus en sécurité.

— Il existe des lignes de taille plus importante que celles que nous avons observées jusqu'à maintenant, déclara Blazon Bêta. Elles sont beaucoup plus rares, possèdent un rayonnement plus faible et des bords moins tranchés que les autres. Leurs dimensions sont variables. En outre, leur couleur ressemble à celle des montagnes de la planète.

— Attendons les images des caméras automatiques, suggéra Saedelaere. Il est très possible que nous soyons victimes d'illusions d'optique.

Les enregistrements dans les domaines du visible et de l'infrarouge furent aussitôt exploités, et des agrandissements tirés.

Les deux savants plophosiens affirmaient que ces images révélaient une masse indéfinie qui entourait les lignes énergétiques et en augmentait la taille. Leur hypothèse ne fut toutefois pas admise par leurs compagnons. Les prises de vue en infrarouge montraient quant à elles une évidente similitude entre la structure des rubans les plus gros et celle des montagnes, ce qui n'était pas le cas des lignes « normales ».

— Éloignons-nous encore dans l'espace interplanétaire ! ordonna Alaska Saedelaere. Notre vaisseau est trop précieux pour que nous compromettions inutilement sa sécurité. Nous ferons ensuite des analyses plus complètes et chercherons un autre moyen de recueillir des informations. Quoi qu'il en soit, nous ne perdons pas ce monde de vue.

*
* *

De retour au large de Praspa IV, Kosum fit ralentir le *Gevari* jusqu'à ce que l'aviso se positionne en orbite. Le pilote focalisa ensuite son attention sur l'espace extérieur. Les détecteurs ne captaient toujours aucune impulsion trahissant la proximité de vaisseaux spatiaux. Les astronautes de l'Essaim semblaient se tenir à distance de ce système solaire.

Peut-être Cocon est-elle à l'origine de cet isolement ? Y aurait-il sur ce monde quelque chose que craignent les habitants de la galaxie errante ?

Mentro était curieux de savoir ce que projetait maintenant le chef de mission. Il ne restait guère de possibilités aux Terraniens. S'ils voulaient résoudre les énigmes de la planète aux rubans énergétiques, ils devaient y atterrir. Or, tout ce qu'ils avaient observé jusqu'ici laissait penser qu'une telle entreprise serait risquée.

Mais ils savaient dès le début qu'ils mettraient leur vie en jeu. Ils n'avaient toujours aucune liaison avec l'*Intersolaire* et la *Bonne Espérance II.* L'équipage du *Gevari* ne pouvait envoyer de nouvelles à Perry Rhodan, ni en recevoir de l'extérieur. La faille structurale dans l'écran de l'Essaim avait fini par se colmater.

Aucun événement particulier ne vint troubler les heures qui suivirent. Mentro Kosum ne participait pas à l'exploitation des mesures et des films car il était de veille aux instruments et devait tenir le vaisseau paré à appareiller à tout moment. Il demeurait en alerte bien que nul navire adverse ne se soit manifesté. Des échanges entre ses compagnons, l'émo-astronaute déduisit que les observations n'avaient rien apporté de significatif. Cocon semblait bel et bien préserver ses secrets. Le Supermutant en était comme frustré, car il manifestait un très vif intérêt pour ce monde et s'était impliqué dans les discussions en formulant maintes hypothèses. En résumé, tout ce que savaient les Terraniens, c'était ce qu'ils avaient vu de leurs propres yeux.

— Nous ne progresserons pas de cette manière, admit Saedelaere. Nous devons descendre.

— Avec le *Gevari* ? demanda Merkosh.

— Non, nous irons avec deux lentilles. Leurs pilotes auront pour mission d'approcher Cocon et d'y atterrir en droite ligne. J'espère que cette tactique directe permettra d'éviter un certain nombre de dangers. Chaque disque emportera deux personnes. L'Émir sera de la partie ; grâce à sa petite taille, il se glissera aisément dans l'un des habitacles, et si une lentille est mise hors service pour une raison quelconque, le petit pourra sauver l'équipage par téléportation.

— Pourquoi ne pas nous poser avec le *Gevari* ? s'enquit Balton Wyt.

— Nous ignorons ce qui se passe à la surface de Cocon, répondit Alaska. Il serait inopportun de l'engager en première ligne, car il est vital pour nous. Si les lentilles reviennent sans dommage, il sera encore temps de débarquer avec l'aviso.

L'homme au masque fit pivoter son siège et fixa un par un ses équipiers.

— Wyt et moi, nous partirons avec la première lentille, annonça-t-il, et les frères Blazon avec la seconde, en compagnie de L'Émir.

— On va être serrés comme des sardines, protesta l'Ilt, agacé par le mystère de Cocon et affichant une humeur inhabituelle.

— Le vol sera relativement bref, répliqua Saedelaere. Il ne peut guère y avoir de difficultés.

— Quand vous mettez-vous en route ? voulut savoir Kosum.

Alaska replia ses longues jambes et se leva.

— Immédiatement !

*
* *

À travers l'écoutille, Saedelaere se laissa glisser sur la coque d'une des lentilles spatiales. Il avait activé son unité dorsale afin de corriger tout faux mouvement. Quelques instants plus tard, il se trouvait, jambes écartées, mal assuré en dépit de l'apesanteur, debout sur le disque volant. Il adressa un signe à Balton Wyt, qui attendait dans le sas.

Le deuxième appareil était déjà paré. Blazon Alpha et son frère y étaient allongés sur le ventre, côte à côte. Le mulot-castor était accroupi entre les deux Plophosiens.

L'astre tutélaire rouge du système leur était caché par le *Gevari*. À cette distance, Cocon avait la taille d'un petit pois.

Alaska tendit une main vers Wyt.

— Venez ! le pria-t-il.

Le télékinésiste se déplaçait avec davantage d'hésitations que son coéquipier, mais il persévérait dans l'effort et ne tarda pas à rejoindre l'homme au masque sur la lentille.

Saedelaere éteignit son générateur dorsal et contacta Mentro Kosum.

— *GL-1* appelle *Gevari* !

Sa voix lui parut résonner violemment dans son casque.

— *Gevari* à *GL-1* et *2*, répondit l'émo-astronaute. Je vous reçois cinq sur cinq.

— Il est possible que les communications entre nous soient coupées, déclara Alaska, prévoyant. Si nous ne donnons pas signe de vie d'ici vingt-quatre heures, prenez le commandement et agissez de votre propre initiative.

— Compris !

Saedelaere consulta ses instruments et activa le propulseur de l'engin discoïdal.

— *GL-1* à *GL-2* ! Nous y allons.

Les deux petites chaloupes lenticulaires se détachèrent de leur porteur et filèrent à vitesse croissante vers la planète Cocon. L'espace n'était pas complètement noir à l'intérieur de l'Essaim. Dans le lointain, l'écran cristallin diffusait sa clarté, et à proximité, de nombreuses étoiles se détachaient encore sur cet arrière-plan.

Les deux lentilles naviguaient à une trentaine de mètres l'une de l'autre. Les frères Blazon et L'Émir ne se distinguaient que comme des silhouettes sombres car Praspa n'éclairait que le ventre des appareils.

— Cap direct sur la troisième planète ! ordonna Saedelaere.

Il testa la liaison avec le *Gevari* : les communications fonctionnaient toujours. Les disques, qui pouvaient atteindre une vitesse quasi luminique, traversaient le système vers leur objectif. Celui-ci grossit peu à peu devant eux. Vu de cette distance, les couleurs dominantes étaient le jaune, le rouge et le bleu. Les astronautes ne parvenaient pas encore à individualiser les différents rubans énergétiques ;

le réseau que formaient ceux-ci apparaissait comme une masse unique.

Kosum se manifesta. Sa voix était déjà brouillée par des interférences.

— Que diriez-vous si je vous suivais de loin avec l'aviso ? Je pourrais vous réembarquer plus vite en cas d'anicroche.

— Vous restez où vous êtes ! jeta Saedelaere. Aucune initiative avant l'expiration du délai de vingt-quatre heures.

Mentro lâcha un soupir de déception.

— Comme vous voulez, Alaska. Je pensais que c'était une bonne idée.

L'émo-astronaute était largement connu pour être un homme entreprenant qui avait, en plusieurs occasions déjà, « oublié » les ordres et agi de son propre chef. Le responsable de la mission ne pouvait pas, cette fois, laisser Kosum donner libre cours à ses initiatives personnelles. La moindre erreur pouvait sonner le glas de l'opération.

Les communications entre les deux petites chaloupes passaient toujours sans trop de problèmes.

— Il se peut que nous soyons séparés par les circonstances, dit Saedelaere aux frères Blazon. Dans ce cas, chaque binôme enquêtera seul. Ce sera le rôle de L'Émir que d'essayer de maintenir la liaison entre nous.

— Compris ! acquiesça Blazon Bêta.

Ils se trouvaient maintenant à six cent mille kilomètres de Cocon et pouvaient distinguer les premiers détails. Sur l'arrière-plan de l'écran cristallin, la troisième planète ressemblait à une boule sur un tapis de billard. Il était dommage pour les Terraniens que ce monde n'eût pas de satellite naturel. Le *Gevari* aurait pu s'y poser et procéder à des observations en toute tranquillité.

— Nous allons augmenter la distance entre nous ! commanda Alaska aux Plophosiens. Nous éviterons ainsi de nous engager simultanément dans une zone dangereuse.

Les deux physiciens étaient d'accord. Ils restèrent sur

leur trajectoire pendant que l'homme au masque modifiait la sienne. Un peu plus tard, les deux lentilles furent hors de vue l'une de l'autre. Le contact radio perdit en clarté. Quand ils ne furent plus qu'à deux cent cinquante mille kilomètres de Cocon, Saedelaere entendit une dernière fois la voix de Kosum, lointaine et indistincte.

— Allez-vous atterrir sur la face éclairée ou sur la face nocturne ? se renseigna l'émo-astronaute.

— Je me suis décidé pour la face diurne. Prochain contact lorsque nous quitterons Cocon.

Un faible « Reçu ! » fut la réponse en provenance de l'aviso.

La liaison avec la *GL-2* était, elle aussi, perturbée par des interférences telles qu'une conversation était à peine possible. Si nul incident ne survenait, l'autre lentille atteindrait la planète dans les prochaines minutes. Son avance résultait du changement de cap exécuté par l'appareil du chef de mission.

Pour la première fois depuis leur départ du *Gevari*, Balton Wyt prit la parole.

— Je me disais… Les Conquérants Jaunes que nous avons vus jusqu'ici présentaient la même couleur que les montagnes de Cocon.

Saedelaere tourna vivement la tête. La lumière de son projecteur frontal tomba droit sur le visage de son équipier. Celui-ci ricana.

— Sûrement une association d'idées absurde !

— Pas du tout ! s'exclama Alaska en se demandant avec étonnement pourquoi le fait ne l'avait pas frappé plus tôt.

— Ce peut être un pur hasard, tenta de se rétracter le télékinésiste. Pourquoi donc des montagnes auraient-elles une teinte similaire à celle d'organismes vivants ?

— À l'intérieur de l'Essaim, les différentes composantes de la biosphère sont beaucoup trop étroitement interconnectées pour qu'une telle ressemblance soit due au hasard !

Wyt remua avec inquiétude dans leur petit engin.

— Bon, d'accord, cette similitude n'est pas un hasard… Quelle en est l'explication ?

— Là tout de suite, je n'en ai aucune !

Saedelaere consulta ses instruments. Il nota que la lentille spatiale était de temps en temps parcourue par une faible vibration. Il mit fin à la discussion.

— Pour l'instant, concentrons-nous sur l'atterrissage. Nous en reparlons plus tard.

Le disque planétaire de Cocon avait considérablement grandi. Alaska avait l'impression qu'ils tombaient, accrochés à un frêle esquif, droit vers ce globe.

De nouveau une secousse, à peine sensible. L'homme au masque était sûr que son compagnon n'avait toujours rien remarqué ; aussi n'en parla-t-il pas. Peut-être tout se passerait-il bien.

Il entendit un bruissement dans le récepteur de son casque. L'un des Blazon appelait, mais ses mots étaient incompréhensibles. Les rubans énergétiques étaient maintenant parfaitement discernables.

Un choc très net ébranla la lentille. Balton Wyt releva la tête.

— Qu'est-ce que c'est ? Le propulseur a des ratés ?

À cette question non plus, Saedelaere n'avait pas de réponse.

— Une influence extérieure. Nous ne pouvons rien faire pour la contrer. Néanmoins, le pilotage ne pose pas de problème. Peut-être passerons-nous.

— Et les autres ?

— Ils doivent déjà avoir pénétré dans l'atmosphère.

L'engin discoïdal fut encore secoué quelques fois, mais sa trajectoire n'en fut pas affectée. Son vol se stabilisa quand il atteignit les hautes couches gazeuses peu denses.

À travers les nuages, Saedelaere pouvait apercevoir les rubans. Certains d'entre eux s'élevaient jusqu'à cette altitude. Loin en dessous, l'homme au masque crut, un court instant, distinguer une silhouette gigantesque en mouvement, mais cela pouvait aussi être une illusion causée par le déplacement des nuages. Alaska vérifia les projecteurs antigravitationnels ; ils fonctionnaient parfaitement. Aussi désactiva-t-il le propulseur principal, et c'est portée par ses seuls anti-g que la lentille continua à se rapprocher de la surface.

Le but des deux disques volants avait été repéré sur les agrandissements des films : il s'agissait d'un espace libre au milieu du réseau de lignes énergétiques, à travers lequel les Terraniens pourraient atteindre le sol.

La *GL-1* passa devant un ruban de teinte rouge clair, qui mesurait huit cents mètres de large et deux cents d'épaisseur. Saedelaere n'observa rien de particulier. Comme ils l'avaient supposé, il n'y avait nulle part de piliers ni d'autre dispositif de soutènement. Même de près, les explorateurs ne pouvaient se faire aucune idée quant à la nature exacte de ce réseau.

Alaska jeta un coup d'œil par-dessus le rebord de la *GL-1*. Tout en bas, il voyait l'un des rubans les plus importants. Il était recouvert d'une masse ocre et ne brillait que faiblement. Au contraire des lignes normales, au rayonnement puissant, celui-là ne diffusait aucune énergie.

Le récepteur de Saedelaere émit un signal d'appel, puis l'homme au masque entendit la voix de L'Émir, lointaine mais compréhensible :

— Nous avons atterri tout à l'heure directement à côté du grand ruban. Nous vous localisons !

Le chef de mission respira.

— Tout va bien ? s'enquit-il.

— La réception est mauvaise, mais les communications sont moins perturbées ici en surface que plus haut dans l'atmosphère. Nous nous trouvons dans une région étrange. Elle est partiellement couverte par cette matière qui enveloppe aussi les rubans les moins actifs. Le sol libre se compose d'une roche dure où poussent des plantes relativement modestes.

Saedelaere repéra la *GL-2* sur ses détecteurs. Elle était posée à environ deux cents mètres à côté du ruban le plus large, et une partie de la coque métallique touchait la masse ocre.

— Ce matériau jaune orange ressemble à du protoplasme, poursuivit L'Émir, extrêmement excité. Je capte sans cesse des impulsions télépathiques qui ne peuvent provenir que de lui. Cela signifierait qu'il possède une certaine intelligence.

— C'est dément !

L'exclamation avait échappé à Wyt.

— Continue ! lança sèchement Alaska.

— Je subodore que partout où ce protoplasme a envahi les lignes, il fait office d'isolant. C'est pourquoi celles-là n'émettent plus d'énergie.

L'homme au masque pouvait à présent identifier les Blazon et le mulot-castor. Ils se tenaient à côté de leur chaloupe et observaient le grand ruban. La seconde lentille se posa à proximité directe de la première, et Alaska débarqua. Il s'enfonça jusqu'aux chevilles dans la masse jaune, qui recula lourdement devant lui. Instinctivement, Saedelaere sauta sur un endroit rocheux.

La lumière ambiante était si vive qu'elle blessait les yeux. Cependant, le chef de mission distingua une montagne qui semblait faite de ce que L'Émir qualifiait de « protoplasme ».

— En tout cas, c'est organique et vivant, commentait précisément l'Ilt. Et ses impulsions sont maintenant claires : il a peur de nous.

— S'agit-il d'un organisme collectif ? demanda Blazon Alpha.

— Difficile à déterminer. Je soupçonne que cette substance a quelque chose à voir avec les Conquérants Jaunes. Mais je préfère ne rien dire avant d'avoir confirmé mon hypothèse à cent pour cent.

Saedelaere contemplait avec étonnement l'immense ruban relié au sol par la masse jaunâtre. Si ses yeux ne le trompaient pas, la montagne de matière organique avait envoyé des « tentacules » jusque-là et envahi une ligne. Quelques-unes de ces extensions proliféraient plus haut, sur la partie du ruban qui présentait encore une dimension normale.

— Un spectacle fantastique ! déclara Wyt, admiratif. Jamais je n'ai vu pareille chose !

Alaska dut se forcer pour poser un regard objectif.

— L'émission énergétique des rubans ne semble pas nuire à la masse protoplasmique, sans quoi elle n'entrerait pas en contact avec eux.

— Considérez-vous cet envahissement des rubans comme une attaque du protoplasme sur ces formations ? demanda Blazon Alpha.

L'homme au masque pivota lentement afin d'observer les alentours.

— Peut-être a-t-on disposé les lignes pour que la matière organique les envahisse, répondit Wyt à sa place. Il est possible qu'il s'alimente grâce à l'énergie qui en émane.

— L'Émir est probablement le seul à pouvoir nous le dire, éluda Saedelaere en indiquant du bras le mulot-castor qui, assis sur un rocher, montrait les signes d'une intense concentration.

Les yeux du chef de mission s'étaient habitués à la lumière vive. Il pouvait maintenant examiner les environs dans tous leurs détails. Devant les Terraniens, le ruban se dressait tel un mur et barrait la vue sur l'horizon. Des lignes normales s'élevaient derrière lui, en altitude, constituant un arrière-plan déconcertant.

À gauche se trouvait l'immense montagne de protoplasme, que les rubans empêchaient d'embrasser dans toute sa taille. Au-delà de la ligne envahie s'étendait de la roche nue, semée çà et là de plantes primitives. Elle cédait la place à une savane qui s'étendait jusqu'à l'horizon. La vaste formation végétale était, elle aussi, survolée par des rubans. À droite, celui qui était envahi montait en flèche dans le ciel. À plus ou moins deux cents mètres de haut, il était dégagé de sa gangue de matériau amorphe. L'Émir releva la tête.

— Les impulsions demeurent obscures, informa-t-il ses compagnons. Notre arrivée a d'abord causé de la surprise, puis de la crainte. Je ne crois pas me tromper en disant que le protoplasme est peu à peu en train de paniquer. Il est difficile de prévoir ce qui se passera quand cet état atteindra son paroxysme.

— Par précaution, nous devrions activer les écrans protecteurs des lentilles, proposa Blazon Bêta en portant la main à son bracelet multifonctions.

— Non ! l'arrêta vivement Saedelaere.

Il regardait de l'autre côté du ruban envahi. Le mouvement était si discret qu'il était quasi imperceptible à l'œil nu, mais les excroissances protoplasmiques se déplaçaient plus vite. Elles grimpaient plus haut sur la ligne, recouvraient les rochers et se glissaient vers les cinq explorateurs.

— Nous devons protéger nos appareils ! insista le physicien Dakkar.

Alaska hocha négativement la tête.

— Puisque le protoplasme a peur de nous, nous devons attendre de voir comment il va réagir. Quelques pseudopodes s'avancent vers nos lentilles. Nous ignorons ce qui arrivera si nous enclenchons leurs boucliers. Cela pourrait être préjudiciable à cet organisme.

Le Plophosien lâcha son bracelet de commande. L'homme au masque s'adressa au mulot-castor.

— Tu dois essayer d'entrer en communication avec lui, petit.

— Ce n'est pas si simple, répliqua l'Ilt. J'ai supposé qu'il s'agissait d'un être collectif, mais ce n'est pas exactement le cas. Cet amas est constitué d'une multitude d'individus qui sont seulement regroupés par ce lien organique.

— Tu peux préciser ? le pria Balton Wyt.

L'Émir se reconcentra, sans donner de réponse au télékinésiste.

À cet instant, Blazon Alpha lança un cri d'avertissement.

CHAPITRE VII

Saedelaere se retourna, pour constater que des pseudopodes rampaient sur la coque des lentilles. La *GL-2* était déjà partiellement submergée par la masse ocre.

— Ils s'attaquent aux chaloupes ! s'exclama Wyt en dégainant son arme.

Alaska se précipita et le retint par le bras.

— Ne tirez pas ! Cela ne ferait que tout gâcher.

Les yeux de Balton se réduisirent à deux minces fentes.

— Devons-nous le laisser nous priver de nos possibilités de retraite ? apostropha-t-il l'homme au masque. Quand il aura mis nos vaisseaux hors service, c'est à nous qu'il s'en prendra !

— Restez calme ! Notre vie n'est pas encore en danger direct.

Le chef de mission nota que tout autour d'eux, les masses de protoplasme s'étaient mises à bouillonner. Son cœur battit un peu plus fort à l'idée que cette chose pourrait se ruer sur eux et les engloutir comme une vague gigantesque. Alaska se dit que c'était absurde : depuis leur débarquement, la substance ne s'était déplacée que très lentement, et ses extensions semblaient elles aussi douées d'une mobilité limitée. Il n'en continua pas moins de le surveiller attentivement.

À proximité des chaloupes, le matériau amorphe se

voûta et pulvérisa un liquide brun foncé qui s'écoula sur la coque des deux lentilles.

— De l'acide, je présume ! enragea Blazon Bêta en tentant de se contenir. Que devra-t-il encore arriver avant que vous ne vous décidiez à réagir ?

Le liquide gouttait du bord des chaloupes sur le sol. Partout où il toucha les rochers, il y perça de grands trous.

Balton Wyt pâlit.

— C'est drôlement corrosif !

— Nos appareils y résisteront, commenta calmement Saedelaere.

— Mais ils sont englués dans la masse de protoplasme, intervint Blazon Alpha. Dans quelques minutes, ils auront complètement disparu. Nous serons forcés de les dégager au radiant pour les récupérer.

En son for intérieur, Saedelaere ne donnait pas tort au scientifique. Cependant, il hésitait encore à ouvrir le feu. Ses espoirs se focalisaient sur le mulot-castor. Si L'Émir pouvait capter les impulsions télépathiques du protoplasme, il existait une possibilité d'arriver à un accord. Dès que l'être comprendrait que les cinq visiteurs n'étaient animés d'aucune mauvaise intention, il se retirerait.

La *GL-2* était presque submergée.

Saedelaere vit que Blazon Alpha avait la main sur l'étui de son pistolet. Tôt ou tard, l'un des astronautes perdrait son sang-froid et utiliserait son arme. Cela éliminerait tout moyen de parvenir à une entente.

— J'ai établi le contact…

L'Émir avait parlé à voix très basse. Son intonation trahissait l'effort que lui coûtait la mise en œuvre de ses facultés. Mais ce n'était pas étonnant si l'on considérait qu'il communiquait avec une intelligence d'une nature radicalement étrangère.

— Le protoplasme s'étonne de ce que nous ne l'ayons pas attaqué jusqu'à maintenant, continua l'Ilt. Il s'attendait à ce que nous le fassions.

Saedelaere leva une main dans la direction des lentilles.

— Essaie d'expliquer à ces entités qui nous sommes et d'où nous venons.

De nouveau, le mulot-castor se concentra.

Il lui était difficile de maintenir la liaison. Chaque individu au sein de ce collectif organique, rapporta-t-il, émettait sans arrêt des impulsions télépathiques, qui ne devenaient compréhensibles que quand plusieurs d'entre eux s'accordaient sur une même ligne de pensées.

La masse ocre qui regroupait une foule d'intelligences semblait d'ailleurs l'avoir compris : l'Ilt sentit que les créatures attendaient avec impatience une explication.

— *Nous venons de l'extérieur de l'Essaim*, transmit-il. *Notre peuple est menacé par ses habitants, les Conquérants Jaunes.*

Il perçut de l'incrédulité. On ne doutait pas que lui et ses compagnons fussent originaires de l'extérieur, mais l'on contestait avec énergie que les occupants de la galaxie errante répandissent au-dehors la désolation et la mort.

Il en est pourtant bien ainsi ! répondit fermement L'Émir.

La voix de Saedelaere se fraya un chemin jusqu'à sa conscience.

— Le protoplasme se retire lentement des lentilles ! Le petit a réussi !

Le mulot-castor accrut l'intensité de sa communication télépathique avec la substance organique. Il soupçonnait qu'il était sur une piste. Les étrangers semblaient persuadés que nulle créature de l'Essaim n'était capable de tuer. La seule suggestion que cela se soit produit provoquait des émissions mentales de désespoir.

— *Es-tu Xym-Xatharma le Bon ?* questionnèrent soudain de nombreux individus. *Es-tu venu afin de nous éprouver ?*

Ce nom suscita une association d'idées dans la mémoire

de L'Émir. C'était Edmond Pontonac qui avait le premier prononcé un nom aux sonorités similaires. Qui que puisse être ce Xym-Xatharma, il devait jouer un rôle considérable à l'intérieur de l'Essaim. L'Ilt songea à une déité qui serait reconnue et respectée par tous les habitants du conglomérat stellaire. Celui qui avait créé le culte de cette idole avait acquis la maîtrise totale des indigènes. Que cette idole eût des noms différents parmi les divers peuples de la galaxie vagabonde n'était pas surprenant. D'ailleurs, tous les noms que connaissaient les Terraniens possédaient une certaine ressemblance : « Xym-Xatharma » avait une sonorité voisine de « Y'Xanthymr » ou « Y'Xanthymona ». L'Émir était convaincu que cette divinité constituait l'un des grands secrets de l'Essaim.

Le protoplasme répéta sa question. Il supposait que son interlocuteur était un dieu.

— *Nul d'entre nous n'a de rapport avec ce Xym-Xatharma*, répliqua le télépathe, qui contenait difficilement son excitation. *Nous vous demandons de l'aide !*

Il perçut un refus spontané des individus réunis dans le collectif organique.

— *C'est nous qui avons besoin d'aide*, fut la réponse. *Un terrible danger nous menace.*

— *Un danger ?* s'étonna l'Ilt. *Qui donc vous menacerait ?*

Sa question déclencha une cacophonie mentale. Des centaines d'entités fournirent simultanément leur explication. L'Émir se protégea immédiatement en édifiant un bloc parapsychique.

— Ils battent la campagne, déclara-t-il à ses quatre compagnons. Ils prétendent que leur existence est menacée par quelque chose ou quelqu'un.

Saedelaere avait grimpé sur la *GL-1*, entre-temps libérée du matériau amorphe.

— Tu dois essayer de découvrir qui ils sont et qui les

menace. Je suis certain que sur cette planète, nous pouvons percer l'un des mystères de l'Essaim.

L'Émir était accroupi entre des rochers. Ses bras et ses jambes tremblaient. Il ne résistait que difficilement au déferlement mental. À ce moment, les créatures protoplasmiques remarquèrent qu'elles perturbaient leur interlocuteur, et se maîtrisèrent.

Le mulot-castor s'adressa à Saedelaere.

— Un danger inimaginable pèse sur ce monde. Il s'agit d'une puissance qui contrôle la croissance du protoplasme. Je pense que cette montagne de matière organique se compose de Conquérants Jaunes dégénérés qui doivent se diviser en permanence !

— Le Monde des Dégénérés ! s'exclama Blazon Alpha. C'est ainsi les aquatiques de Praspa IV désignaient cette planète. Ils ne lui donnent donc pas ce nom par hasard.

— Des Conquérants Jaunes dégénérés ! répéta Balton Wyt. Si c'est exact, nous devons découvrir ce qui a amorcé cette division explosive.

L'Ilt leva un bras et pépia :

— Silence ! Je crois que je peux reprendre contact avec eux.

Les pensées de Saedelaere se bousculaient dans sa tête. Il réfléchissait fébrilement aux affirmations de L'Émir.

La montagne ocre des Conquérants Jaunes ? Est-il possible que sur plusieurs de ces mondes mystérieux, ils aient dégénéré au point d'être incapables d'arrêter leur division cellulaire ?

Le protoplasme avait dans l'intervalle libéré de ses pseudopodes l'affleurement rocheux sur lequel les lentilles avaient atterri, et avait reflué jusqu'au ruban.

Saedelaere enregistra avec soulagement que le collectif organique ne menaçait plus directement les explorateurs. Cela ne signifiait pas qu'ils étaient en sécurité pour autant. Le péril qui effrayait les entités pouvait aussi frapper les visiteurs. C'est pourquoi L'Émir devait recueillir le plus vite possible d'autres informations.

Ce dernier, durement éprouvé, se recroquevillait de plus en plus contre les rochers. Blazon Alpha voulut s'approcher de lui afin de le redresser, mais l'homme au masque l'en empêcha. À travers la visière de leurs casques, le savant adressa à son chef un regard furieux.

— Ne voyez-vous pas qu'il va mal ?

— Je ne suis pas aveugle. Cela passera. Souvent déjà, j'ai vu le petit dans cet état. En général, il récupère assez vite.

Le Plophosien se libéra de la poigne de Saedelaere.

— J'espère que vous ne mettez pas sa vie en jeu au profit du succès de la mission !

Alaska conserva son calme.

— Je sais ce que je fais.

Le mulot-castor était à présent allongé par terre et n'entendait que de très loin la conversation. Le sens des mots lui échappait. Tout ce dont il avait conscience, c'était que ses compagnons le dérangeaient avec tout ce bruit.

Malgré cela, il essayait de se concentrer de nouveau sur les dégénérés. Leurs explications précédentes n'avaient fait qu'épaissir le mystère qui entourait leur existence. L'Ilt voulait découvrir ce qui se passait réellement sur Cocon… d'où venaient ces montagnes de protoplasme… qui avait construit les lignes énergétiques et pourquoi.

Il avait l'impression que les vagues qui agitaient la masse ocre devenaient plus fortes. L'inquiétude de l'être collectif était évidente.

L'Émir abaissa ses défenses mentales, tout en se tenant prêt à les relever immédiatement si l'assaut d'impulsions télépathiques devait se révéler insupportable. Il ne perçut d'abord que le tourbillon de pensées qu'il avait déjà enregistré lors de l'établissement du premier contact.

Ensuite, il entendit une explication précipitée.

— *La forteresse du Démon Noir va attaquer !*

Le mulot-castor sursauta.

L'impulsion mentale fut répétée. L'Ilt capta tout à fait clairement l'avertissement contre le « Démon Noir » et la forteresse où vivait cette créature énigmatique.

L'Émir quitta sa posture figée. Vacillant un peu sur ses jambes, il se redressa. Encore troublé, il se dirigea vers les deux lentilles, près desquelles ses quatre compagnons étaient rassemblés.

— Le protoplasme craint une attaque, annonça-t-il d'une voix presque brisée. Elle doit être imminente.

Saedelaere se retourna. Il ne constata aucun changement dans les rubans. La seule modification notable était le mouvement beaucoup plus important du collectif organique. En certains endroits, celui-ci se soulevait sur plusieurs mètres. Il semblait presque qu'il voulait prendre la fuite.

L'Émir s'appuya contre Alaska et continua :

— Les dégénérés pensent à un Démon Noir et à une forteresse. Je ne sais pas encore exactement ce que tout cela signifie, mais cette créature doit être l'ennemi mortel des êtres protoplasmiques.

— Quand cette attaque va-t-elle avoir lieu ? s'inquiéta l'homme au masque.

— Cela peut se produire à tout moment, si j'ai bien interprété les impulsions télépathiques.

Balton Wyt leva les yeux.

— Que sais-tu de plus ?

— Rien ! Nous pouvons soit prendre la poudre d'escampette, soit attendre.

Le chef de mission avait conscience du fait que la décision reposait sur ses épaules. Tout en lui le poussait à battre en retraite. Il prenait au sérieux le rapport du mulot-castor. D'un autre côté, ils devaient à tout prix élucider les processus en cours sur la troisième planète. S'ils se retiraient et procédaient à leurs observations depuis l'espace interplanétaire, les détails leur échapperaient.

Alaska serra les lèvres. Son fragment cappin exerçait une pression sourde sur son visage. Depuis l'atterrissage sur Cocon, ce n'était pas la première fois. L'énergie étrange de ce monde avait activé l'inclusion étrangère.

— Nous restons ! déclara Saedelaere. Je me demande si cette action offensive va vraiment avoir lieu ou si c'est seulement un truc pour nous éloigner.

Les quatre hommes et le mulot-castor observèrent les rubans autour d'eux, et la montagne de protoplasme. D'abord, il ne se passa rien d'extraordinaire. Puis Wyt remarqua que quelques-unes des lignes qui n'étaient pas recouvertes par le matériau organique commençaient à osciller.

— Oui, elles bougent très légèrement ! confirma Blazon Bêta. On dirait qu'elles sont ébranlées par quelque chose.

Fascinés, les explorateurs constatèrent que les oscillations se renforçaient graduellement.

— Qu'en pensent les créatures englobées dans le protoplasme ? demanda Alaska au mulot-castor.

— Je n'ose pas les contacter maintenant, avoua L'Émir avec quelque hésitation. Elles sont extrêmement effrayées. Un événement décisif semble être imminent. Cependant, j'ignore si cela aura lieu à proximité. Il y a des montagnes de protoplasme partout sur ce monde. Les dégénérés ne savent jamais à l'avance où le Démon Noir va frapper.

Saedelaere consulta les instruments de mesure de la *GL-1*.

Les avertisseurs sonores des appareils cliquetaient aussi intensément qu'ils l'avaient déjà fait durant les précédentes phases d'observation à courte distance. Certaines valeurs ne pouvaient pas être exactes. Les indicateurs devaient être perturbés par l'énergie étrangère.

— Quelque chose approche ! annonça-t-il.

Les autres se tournèrent vers lui avec inquiétude.

— Un vaisseau spatial ? s'enquit Balton Wyt.

— Je ne crois pas. Peut-être est-ce la forteresse du Démon Noir ?

— Comment se déplace-t-elle ? S'agit-il d'un grand véhicule ? demanda Blazon Bêta d'une voix précipitée.

— La chose s'approche à vitesse élevée. (Alaska se pencha de plus près sur les cadrans.) Si les résultats des détecteurs ne sont pas complètement erronés, elle change continuellement d'altitude.

Un son curieux remplit alors l'atmosphère. L'homme au masque regarda dans la direction d'où il provenait, mais il ne vit rien.

— Là ! Quelque chose arrive ! les alerta Wyt.

Les quatre hommes et le mulot-castor dégainèrent leurs armes. Le bruit augmentait, se faisait tonnerre.

Dans le lointain, les astronautes aperçurent la forteresse du Démon Noir. Elle glissait sur les lignes horizontales, descendait en flèche puis remontait de nouveau, comme sur des montagnes russes. Empruntant différents embranchements, elle se dirigea vers les explorateurs.

— Ces rubans énergétiques sont des rails ! Des rails sur lesquels cet engin se déplace très rapidement ! s'exclama Blazon Bêta, stupéfait.

— Un véhicule sur rails, et d'une taille prodigieuse ! ajouta son frère.

Déconcerté, Alaska Saedelaere observait ce « train à grande vitesse » d'un genre spécial. Il présentait l'allure d'une gigantesque carapace de tortue. L'homme au masque estima sa largeur à neuf cents mètres, de même que sa longueur. Sa base, qui épousait le rail, était arrondie aux quatre coins. L'engin mesurait dans les trois cents mètres de haut. Il présentait une teinte aux reflets gris-bleuté. À sa surface, Saedelaere dénombra environ deux cents points lumineux rouge foncé, qu'il tenait pour des pièces d'artillerie activées. Ses soupçons se confirmèrent quand le monstre ouvrit le feu.

Blazon Alpha cria lorsque, crachés par les nombreuses

gueules des canons, dcs faisceaux allèrent frapper la montagne de protoplasme. Ils s'abattirent partout où le collectif organique avait étendu des pseudopodes sur les lignes énergétiques. La substance ne pouvait pas se retirer assez vite : ses extensions furent sectionnées ou brûlées.

Horrifié, Alaska observait le processus. Des nuages blancs s'élevèrent dans le ciel. L'Émir se mit soudain à hurler et à se rouler par terre. Il ne pouvait presque plus se protéger des impulsions mentales affolées des dégénérés. Le barrage mental avec lequel il tentait d'isoler son esprit menaçait de s'effondrer sous le déferlement des cris de détresse télépathiques.

— À couvert ! ordonna l'homme au masque.

Les Terraniens se jetèrent au sol à côté de leurs lentilles. Saedelaere attrapa L'Émir par une patte et l'attira près de lui. Ensuite, il activa les boucliers des deux disques spatiaux, en espérant qu'ils résisteraient à un éventuel bombardement.

La forteresse n'avait cessé de se rapprocher ; sa coque étincelait.

À une telle vitesse, songea Saedelaere, *elle pourrait faire très rapidement le tour de la planète* !

Il se dit alors que l'idée n'était pas si absurde. Ce monstre semblait effectivement contrôler la surface de Cocon. Il avait manifestement pour tâche de maintenir la croissance des dégénérés dans des limites déterminées. Il n'y parvenait cependant pas complètement, comme le prouvait l'envahissement de certains rails par le matériau organique.

Les effets thermiques du bombardement étaient considérables. Même des parties du protoplasme qui ne se trouvaient pas au point d'impact direct des tirs commençaient à brûler.

La masse ocre bouillonnait plus fort que jamais. Elle tentait de se retirer.

Blazon Alpha toucha le bras de Saedelaere.

— Maintenant, nous savons à quoi servent les lignes

énergétiques ! Elles constituent les voies de déplacement de cette « forteresse ». Grâce à elles, l'engin peut atteindre pratiquement n'importe quel endroit de la planète et le prendre sous son feu. Et ce sont aussi elles qui assurent son alimentation en puissance.

— Vous croyez que cet immense blindé a été construit afin de contenir la croissance du protoplasme ? demanda Wyt.

— Nous ne pouvons pas encore en être sûrs, répondit le Plophosien.

— Nous ne savons pas qui, du protoplasme ou des rails, était ici en premier, compléta son frère. Il est possible que la fonction initiale de ce véhicule ait été tout autre. Peut-être, par exemple, faisait-il partie d'un dispositif d'expérimentation scientifique.

Soudain, la forteresse stoppa net. L'arrêt fut si brutal que les Terraniens crurent que la structure du véhicule n'en sortirait pas sans dommages. Mais il n'en fut rien.

— Elle doit disposer d'excellents neutralisateurs d'accélération, commenta Blazon Bêta.

Au repos, la construction mobile ressemblait davantage encore à une tortue géante couchée sur le rail. Elle n'avait pas cessé de tirer. Des deux côtés, les radiants frappaient toujours le protoplasme qui refluait trop lentement.

Saedelaere rampa vers L'Émir et le prit par les bras. Les yeux de l'Ilt étaient ouverts, mais il ne semblait pas reconnaître l'homme au masque. Celui-ci comprit que le mulot-castor était en grand danger. Il ne pouvait plus supporter la charge permanente des impulsions parapsychiques du protoplasme. Alaska prit une décision : il dégaina son paralysateur et fit feu. Le corps de l'Ilt se détendit aussitôt.

— Vous êtes fou ! s'exclama Blazon Bêta. Qu'est-ce qui vous prend ?

— C'est dans l'intérêt du petit, expliqua vivement Balton Wyt. La sensibilité de son cerveau est réduite par la paralysie.

Le chef de mission grimpa sur la *GL-1* et tira L'Émir à côté de lui.

— Nous devons partir d'ici ! dit-il aux autres. La forteresse nous attaquera, nous aussi, si nous ne disparaissons pas.

— Et que va-t-il se passer quand nous décollerons ? objecta Bêta. Nous ne ferons que déclencher un bombardement concentré sur nous ! Ce sera pire !

Saedelaere pointa silencieusement un doigt vers le rail, où le titan de métal se remettait lentement en route tout en continuant à détruire systématiquement les avancées de protoplasme.

— Elle vient droit par ici, admit Blazon Alpha. Nous devons en effet partir, sinon nous serons pris pour cible.

— Nous démarrerons en même temps ! ordonna Alaska. Nous nous faufilerons entre les rails. Nous rentrons à bord du *Gevari*.

La forteresse faisait feu par une centaine de batteries. Le protoplasme se carbonisait jusqu'à plusieurs mètres des points d'impact. L'air brasillait. Le paysage disparaissait derrière d'épais rideaux de fumée.

— C'est un meurtre ! siffla Wyt. Cette substance vit et possède une intelligence. Elle est froidement assassinée.

Saedelaere ne répondit pas. Il ne comprenait pas pourquoi le blindé géant n'attaquait pas directement au cœur de la montagne de protoplasme. Le problème eût été ainsi résolu une fois pour toutes. Mais non, il concentrait ses frappes seulement sur les pseudopodes et les extensions. Il était difficile d'élucider les tenants et aboutissants de la situation.

La « tortue » gris-bleu glissait lentement sur son rail ; elle n'était plus qu'à une centaine de mètres des deux disques volants.

Regardant vers l'autre lentille, Alaska vit que les frères Blazon étaient en place.

Il s'accrocha d'une main et posa l'autre sur le panneau de contrôle.

— Appareillage !

Les deux engins décollèrent presque simultanément. Involontairement, l'homme au masque retint sa respiration. Il doutait que les écrans protecteurs résistent à un tir concentré du blindé.

Alors qu'ils passaient entre les rails, il y eut un éclair en dessous d'eux. Une boule de feu explosa devant la *GL-1*, dont le bouclier vacilla. La forteresse du Démon Noir tirait sur les disques terraniens.

Saedelaere regarda par-dessus le bordage de sa lentille. Il ne vit pas grand-chose car un torrent d'énergie lui barrait presque complètement la perspective sur la surface. En revanche, au milieu de la fumée et des flammes, il aperçut la forteresse qui, sur un rail ascendant, se ruait à l'assaut du ciel.

— Elle nous poursuit ! appela Blazon Bêta, qui avait lui aussi observé la manœuvre.

De nouveau, la *GL-1* encaissa un coup au but. Son écran faillit s'effondrer, et sa trajectoire devint irrégulière. Le petit vaisseau n'aurait pas surmonté un autre tir. Alaska se cramponnait désespérément aux commandes. La lentille perdit de l'altitude. Finalement, le pilote parvint à interposer un ruban entre elle et la carapace de métal gris-bleu.

— Ce monstre ne tirera pas sur les rails, affirma Saedelaere.

La *GL-1* continua à s'éloigner en suivant des lignes énergétiques puis, par une manœuvre téméraire, l'homme au masque la ramena sur sa trajectoire initiale. La forteresse cessa la poursuite. Son équipage – s'il y en avait un – avait compris qu'elle était vaine.

— Nous sommes passés ! respira Alaska.

Il se préoccupa alors de la *GL-2*, et il enclencha hâtivement la radio. Blazon Bêta répondit aussitôt.

— Nous nous trouvons déjà dans l'espace libre, l'informa le physicien Dakkar.

— Bien ! Cap sur le *Gevari*. Cela n'a pas de sens de retourner sur Cocon. La forteresse nous attaquerait de nouveau.

— Et maintenant, qu'allez-vous faire ? s'enquit Balton Wyt.

— Je ne sais pas, dut reconnaître Saedelaere. Il convient d'abord de prendre quelque distance par rapport à ces événements. Quand nous en aurons discuté, je vous ferai part de mes décisions.

Le reste du vol se passa dans le silence. Chacun s'était plongé dans ses pensées. L'homme au masque envoya un unique message à Mentro Kosum, pour l'avertir que les deux lentilles rentraient au bercail. Il ne fit pas écho aux questions impatientes de l'émo-astronaute.

Alors que les chaloupes atteignaient l'aviso, L'Émir sortit de sa paralysie en gémissant. Le souvenir des appels à l'aide télépathiques du protoplasme était encore si vif qu'il submergeait le mulot-castor, lui rappelant l'expérience similaire vécue un bon millénaire plus tôt, quelque part dans les parages de la galaxie Andromède…

CHAPITRE VIII

Alaska Saedelaere se réveilla d'un sommeil inquiet, peuplé de cauchemars, et consulta le chronographe de sa cabine. Depuis le retour de Cocon, sept heures s'étaient écoulées. Les événements vécus sur la troisième planète avaient fait sur lui une forte impression. Il s'examina dans le miroir, puis quitta ses quartiers.

Dans le poste central se tenaient seulement Kosum, Merkosh et Ribald Corello. Le Supermutant dormait sur le siège de son robot spécial. L'émo-astronaute leva rapidement les yeux quand le chef de mission entra dans la pièce.

— Les quatre autres sont encore dans les bras de Morphée, expliqua-t-il. L'Émir était complètement épuisé.

Compréhensif, Saedelaere hocha la tête. Lui aussi se sentait fourbu. Il dut se forcer pour se concentrer sur les tâches qui l'attendaient.

— Nous avons entre-temps terminé l'exploitation de tous les prises de vue et des mesures, l'informa Mentro. Ce que nous en avons extrait concorde avec vos rapports, à quelques exceptions près.

Alaska se laissa tomber dans un siège et se massa la nuque des deux mains.

— Une chose paraît fermement établie, continua Kosum. Les immenses montagnes ocres de Cocon se composent de la même substance protoplasmique qui a envahi une partie des lignes énergétiques. Corello a également émis l'hypothèse selon laquelle il s'agit d'un nombre indéterminé de Conquérants Jaunes dont le processus de division cellulaire est devenu incontrôlé. La tâche de la « forteresse » semble être de limiter cette croissance. Quant à savoir si cet engin et le réseau de rails ont été édifiés dans ce but, cela reste à découvrir.

Saedelaere crispa les doigts sur les accoudoirs de son siège. La synthèse de Kosum, qui coïncidait avec une bonne partie des réflexions que les explorateurs avaient formulées dans le feu de l'action, dépassait presque son imagination.

La planète Cocon serait-elle un asile où les Conquérants Jaunes amènent tous leurs malades ?

L'homme au masque se redressa dans son fauteuil.

— Partons des renseignements que nous possédons, proposa-t-il.

Le son de sa voix réveilla Corello. Le mutant lui fit un petit signe mais ne l'interrompit pas.

— Nous pouvons admettre, poursuivit Alaska, que dans chaque galaxie où les mène l'Essaim, les Conquérants Jaunes commencent à se diviser.

— Oui, confirma Kosum. À cet effet, une quantité correspondante de mondes est préparée en dehors du conglomérat stellaire.

Saedelaere ferma les yeux et pencha la tête en arrière.

— Dans notre Voie Lactée, l'arrivée de la vague principale est encore à venir. Jusqu'à présent, nous n'avons eu affaire qu'à une avant-garde. (Il claqua des doigts.) Celle-ci ne constitue nullement une expérimentation. Je crois au contraire que certains Conquérants se divisent bien plus tôt que la date calculée et doivent être conduits en avance sur les planètes conditionnées.

— Vous présumez que tous les Conquérants Jaunes ne commencent pas leur scission en même temps ? intervint Corello.

— Exactement ! Nous pouvons même dire qu'il existe

des cas isolés chez qui la division se passe plus vite encore. Il pourrait y avoir, à l'intérieur de l'Essaim, des créatures en perpétuelle scission, qui, victimes d'une dégénérescence, ne sont plus en mesure d'arrêter ce processus. Du fait que ce peuple ne veut à aucune condition se diviser à l'intérieur de l'Essaim, ceux de ses membres qui sont ainsi atteints pourraient avoir induit une situation conflictuelle grave, d'où leur exil ou leur déportation.

— Vous croyez que ce sont eux que nous avons rencontrés sur Cocon ? demanda Merkosh.

— Ce serait une explication plausible.

Ils furent interrompus lorsque le mulot-castor se matérialisa dans le central du *Gevari*. Il avait apparemment bien récupéré de ses aventures sur la troisième planète.

— L'Émir pourra sûrement nous donner quelques précisions, dit Saedelaere. Il a été en contact télépathique avec le protoplasme.

Il s'avéra pourtant que l'Ilt n'avait pas grand-chose de neuf à apporter. Il décrivit ses impressions.

— En premier lieu, j'ai ressenti la crainte effroyable qu'éprouvait la substance organique devant le Démon Noir. Ceux qui ont vu la forteresse en action peuvent comprendre ce sentiment. Malheureusement, je n'ai pas pu découvrir qui est ce « Démon Noir ». Peut-être s'agit-il de plusieurs Conquérants Jaunes restés normaux, qui surveillent leurs congénères malades. À moins que ce ne soit une station robotisée et inhabitée…

— Tu dois nous communiquer absolument tout ce que tu as perçu, l'invita Corello. Chaque détail peut avoir de l'importance.

Les autres regardaient le mulot-castor avec espoir, mais il leva les bras d'un air impuissant.

— J'ai été étonné que ce protoplasme semble convaincu du pacifisme de tous les habitants de l'Essaim. (Il secoua la tête au souvenir de ces impulsions.) Quand j'ai informé les dégénérés que nous venions afin de sauver notre peuple de la destruction qui le menaçait, je me suis heurté à de l'incrédulité. Le protoplasme paraît persuadé qu'il ne se passe rien qui puisse nuire aux êtres vivant à l'extérieur de l'Essaim !

— Une telle mentalité frise la schizophrénie ! trompetta Merkosh avec humeur.

— Supposons, avança L'Émir, que le protoplasme soit sincère dans sa conviction. Comment peut-il en être arrivé à ce point de vue ?

— Épargnons-nous les réflexions théoriques, coupa Saedelaere avec un peu d'impatience. Nous devons partir des faits que nous avons accumulés.

— Toute cette affaire me paraît de plus en plus nébuleuse, avoua le vitroïde.

Alaska hocha la tête et prescrivit un nouveau temps de repos de plusieurs heures, après quoi il annoncerait sa décision.

*
* *

Lorsqu'il regarda les visages de ses compagnons rassemblés dans le central, humains et non humains, Saedelaere déduisit qu'ils connaissaient déjà la teneur de sa décision. Ce n'était pas si étonnant : la plupart d'entre eux se côtoyaient depuis assez longtemps pour être capables, dans certaines circonstances, de prévoir le cours des pensées des autres.

Ils ne virent pas que leur chef souriait inconsciemment sous son masque. Du reste, personne ne voyait jamais quand Alaska souriait.

Sa voix, qui donnait l'impression que chaque mot lui coûtait, résonna dans le poste de pilotage.

— Nous ne pouvons pas quitter le système de Praspa. Il revêt à mes yeux une importance capitale. Cocon est un monde sur lequel nous pourrons résoudre beaucoup d'énigmes posées par l'Essaim. Malheureusement, c'est aussi un monde qui ne dévoile pas volontiers ses secrets.

— Ne fais donc pas tant de blabla, vieux ! l'interpella L'Émir. Nous savons tous ce que tu as derrière la tête.

— Dans ce cas, ce n'est pour personne une surprise si je vous annonce que je souhaite retourner sur la troisième planète.

— Cette fois, la forteresse frappera plus vite et plus fort, prédit Blazon Bêta. Nous n'avons aucune chance avec des lentilles.

— J'en suis parfaitement conscient, dit Saedelaere. Aussi, ajouta-t-il en faisant un large mouvement du bras, irons-nous avec le *Gevari*. Le vaisseau nous offrira non seulement une plus grande sécurité, mais aussi de meilleurs moyens de détection et de mesure.

Bêta ramena sa longue natte sur sa poitrine et l'empoigna des deux mains.

— Vous n'êtes pas sérieux ?

— Vous ne connaissez pas Alaska, déclara Merkosh. Il pense toujours ce qu'il dit.

Le petit Plophosien fit un pas vers Saedelaere. Son visage s'était empourpré.

— Finalement, les bruits qui courent à votre propos sont peut-être vrais !

— Que voulez-vous dire ? demanda vivement le chef de mission.

— On raconte que vous ne tenez pas trop à la vie ! (Blazon Bêta pointa un doigt vers la tête de son vis-à-vis.) À cause de ce masque. On dit que vous recherchez la mort. C'est votre affaire, évidemment, mais vous n'avez pas le droit d'y entraîner d'autres personnes avec vous.

Le silence qui s'abattit sur le central était tel que Mentro Kosum pouvait entendre le bourdonnement grave, pourtant très léger, de la positronique. L'émo-astronaute ne quittait pas Saedelaere des yeux : il épiait chacune de ses réactions avec un intérêt presque scientifique.

— Je n'ai jamais rien entendu de tel, intervint Balton Wyt, qui avait le sentiment de devoir voler à l'aide d'Alaska.

— Comme c'est étonnant ! poursuivit Bêta, toujours échauffé. Bien sûr que vous n'en n'avez rien entendu ! Ni vous, ni L'Émir, ni Kosum, ni aucune des personnalités de l'Empire ! Nul ne prend le risque d'en parler avec vous. Mais je ne me tairai pas. Je n'admettrai pas que ce vaisseau, qui est vital pour nous, soit mis en danger. Nous ne pourrons remplir notre mission que si nous le conservons, et aussi à condition que nous restions en vie.

Blazon Alpha s'était avancé à côté de son frère.

— Il a le sang un peu vif… tenta-t-il de l'excuser.

— Arrête tes bêtises ! Je dis ce que je pense !

De nouveau, le silence se fit. Tous regardaient Saedelaere, qui n'avait pas encore réagi.

— Dis-lui ce qu'il en est, Alaska ! le pressa L'Émir.

— Il n'a peut-être pas tort, admit l'homme au masque avec un calme olympien. Toutefois, en l'occurrence, là n'est pas la question. Nous *devons* retourner sur Cocon. Si quelqu'un ici n'est pas d'accord, qu'il demande à débarquer sur Praspa IV. Quiconque ne veut pas participer au vol vers Cocon peut disposer d'une lentille et de l'équipement nécessaire.

Personne ne bougea.

— Et vous, Monsieur Blazon Bêta ?

Les yeux du petit homme brillaient.

— Je vous accompagne, dit-il d'une voix ferme. Cependant, je donnerais cher pour voir ce qui se passe derrière votre masque.

— Je souris, Monsieur Blazon, déclara laconiquement Saedelaere.

*
* *

Mentro Kosum calcula une nouvelle trajectoire. Le plan d'Alaska prévoyait qu'ils établissent d'abord où se trouvait la forteresse du Démon Noir. L'astronef se poserait alors aux antipodes. Les Terraniens profiteraient du mince avantage que cela leur conférerait pour chercher un abri.

Kosum savait qu'il ne serait pas simple de localiser le véhicule blindé. Comparée à l'extension du réseau de lignes énergétiques, sa taille était réduite ; de plus, les rayonnements qu'il pouvait diffuser étaient masqués par ceux des rails. Lors de l'incursion précédente, ils ne l'avaient pas repéré. À présent, ils étaient informés de son existence et veilleraient à ne pas être pris au dépourvu.

L'émo-astronaute reçut les données de navigation du cerveau P. Cette fois encore, il piloterait sans sa résille T.R.E.S. Il se tourna vers Alaska.

— Prêt !

Le *Gevari* quitta sa position et mit le cap vers Cocon.

Quelques minutes plus tard, la station mobile se profila sur l'écran de la détection longue portée.

— La voilà ! appela Mentro Kosum.

Il amena l'aviso hors de vue du blindé.

— Elle se déplace avec une relative lenteur, constata Saedelaere. Cela augmente nos chances d'atterrir en toute discrétion.

Kosum posa sur lui un regard empreint de scepticisme.

— Si nous ne trouvons pas une cache convenable directement après l'atterrissage, la forteresse nous détectera et attaquera.

Le *Gevari* aborda les hautes couches atmosphériques. Le véhicule du Démon Noir avait été localisé dans la zone nocturne de la planète. Le vaisseau discoïdal se dirigea donc vers la face éclairée. Les membres d'équipage pouvaient observer les formations nuageuses et les lignes énergétiques.

— En dessous de nous se trouve une gigantesque montagne de protoplasme, annonça Balton Wyt. Si les mesures sont exactes, elle a une altitude de l'ordre de cinq mille mètres.

Alaska se demandait combien de temps les dégénérés avaient dû proliférer pour produire de tels amoncellements.

— Où atterrissons-nous ? s'enquit le pilote.

Saedelaere réfléchit un instant. Son intention initiale était de se dissimuler quelque part entre les rails colonisés par le matériau organique. Ils pouvaient être sûrs que la forteresse ne les découvrirait pas immédiatement. Mais il venait d'avoir une meilleure idée encore.

— Posons-nous sur la montagne !

Wyt hésita :

— Croyez-vous que les dégénérés seront d'accord ?

L'homme au masque s'attendait à cette objection. Il s'adressa à L'Émir :

— Te sens-tu en assez bonne forme pour reprendre contact avec le collectif ?

Le mulot-castor hocha affirmativement la tête.

— J'espère que les dégénérés se sont calmés. Dans ce cas, il n'y aura pas de problème.

Le *Gevari* perdit de l'altitude, se glissa entre les lignes énergétiques et se dirigea vers la montagne protoplasmique. Les astronautes notèrent que les amas organiques avaient colonisé tous les rails alentour. Dans cette région, la forteresse ne pourrait pas se déplacer librement. Cela conforta le chef de mission dans sa décision.

Kosum réduisit la vitesse. Tout dépendait maintenant de L'Émir.

— Je capte les impulsions du protoplasme, rapporta celui-ci. Les dégénérés sont encore emplis de leur crainte face à la forteresse du Démon Noir, mais ils sont plus calmes que lors de l'attaque.

Les autres membres de l'équipage se taisaient.

Le mulot-castor se concentra. Il s'écoula un certain temps avant que certains individus au sein du collectif ne prêtent attention au télépathe.

— *Je vous offre paix et amitié au nom de Xym-Xatharma le Bon*, communiqua-t-il. *Notre premier contact a été interrompu par l'agression du Démon Noir.*

En réponse, il perçut un sentiment de reconnaissance.

Il comprit immédiatement ce que les créatures voulaient exprimer. Elles avaient interprété la retraite des deux disques volants et de leurs équipages comme une tentative d'aide. En effet, immédiatement après la fuite des astronautes, la forteresse avait suspendu son bombardement.

— *Nous ne voulons causer aucune difficulté*, déclara l'Ilt. *Ce que nous souhaitons, c'est que vous nous offriez un site d'atterrissage sûr.*

Nouvelle pause dans le dialogue, plus longue.

Face à l'impatience de ses compagnons, L'Émir expliqua :

— Les dégénérés semblent se concerter.

Kosum consulta ses instruments.

— S'ils nous font attendre plus longtemps, la forteresse va nous repérer et rappliquer par ici.

Le mulot-castor fit part des craintes du pilote au protoplasme. Il reçut immédiatement une réponse.

— *Nous avons décidé de vous accueillir.*

— Tu peux y aller, Mentro, dit L'Émir. C'est bon !

— Et où, par toutes les planètes, dois-je me poser ?

— Je ne sais pas encore. Ils nous adresseront un signe que nous ne pourrons pas rater.

Kosum jeta un regard dubitatif à Saedelaere. Il coupa néanmoins la propulsion du *Gevari* et fit descendre le vaisseau sur ses seuls antigrav. Il éviterait ainsi de blesser les créatures de la montagne protoplasmique avec les jets des tuyères.

L'Ilt tourna la tête vers l'émo-astronaute.

— Nos nouveaux amis nous remercient. Ils ont remarqué que nous avons stoppé les propulseurs pour le bien de leur sécurité.

L'aviso planait à présent dans une large vallée. Des deux côtés s'élevait une muraille couleur ocre. Pour Kosum, il était impensable que cette masse prodigieuse fût vivante. Pourtant, il devrait s'accoutumer à ce fait.

Comment le protoplasme a-t-il subi cette division cellulaire anarchique ?

Il se mordit la lèvre inférieure. Mais pour l'heure, il n'avait pas le temps d'y réfléchir car il devait se consacrer entièrement au pilotage. Depuis que le *Gevari* survolait la vallée, ses instruments travaillaient presque normalement. Les versants de matière organique le protégeaient des rayonnements des lignes énergétiques.

— Ralentis, Mentro ! recommanda L'Émir. L'abri que les dégénérés ont prévu pour nous n'est plus très loin.

L'émo-astronaute contemplait le relief à travers le plastoverre blindé de l'habitacle. La chaîne de montagnes n'était en rien comparable à un paysage naturel tel qu'il en connaissait sur Terre et sur d'autres planètes. Elle manquait de gorges encaissées, de crevasses, de pitons. Le protoplasme formait des ondulations douces et des incisions régulières. Il n'y avait nulle part de sommets saillants ni d'aiguilles. Le terrain au-dessus duquel planait le *Gevari* ressemblait à un colossal amas de gelée.

Soudain, à proximité du vaisseau, une cavité s'ouvrit dans la paroi de matière organique. Elle mesurait une centaine de mètres. Saedelaere la vit immédiatement et désigna l'écran.

— Là ! Le protoplasme s'est creusé !

Kosum se gratta nerveusement le crâne. Il n'était pas parfaitement serein à l'idée de devoir engager son navire dans cette ouverture.

Que se passera-t-il une fois que le Gevari aura pénétré dans ce trou ? s'interrogeait-il.

Saedelaere sentit les réticences de l'émo-astronaute.

— Je crois que nous pouvons faire confiance aux dégénérés, dit-il.

L'Émir partageait ce point de vue.

— Si on cherchait à nous tromper, je le sentirais. Tu peux sans hésitation planquer le *Gevari* dans l'abri qu'ils nous offrent, Mentro.

— Préparez-vous tout de même à une fuite rapide, suggéra Blazon Bêta, méfiant.

L'aviso s'était approché de l'ouverture. Il faisait sombre dans l'immense cavité. Kosum se demandait si le protoplasme était assez solide pour supporter le poids de l'engin terranien.

— Nous devons prendre le risque, affirma Alaska. Le petit nous avertira en cas de danger, ajouta-t-il en regardant L'Émir accroupi dans son siège.

Le chef de mission avait tranché. Le pilote engagea le *Gevari* dans la grotte. Dans la clarté des projecteurs extérieurs, il vit des parois irrégulières, de couleur jaune. Le protoplasme bougeait légèrement.

Prudemment, Kosum posa son astronef. Par l'ouverture de la caverne artificielle, il pouvait observer les pentes de la montagne qui lui faisait face. Grâce au grossissement, il nota la présence de grandes surfaces garnies de plantes. Il attira l'attention de Saedelaere sur cette découverte.

— Elles vivent probablement en symbiose avec le protoplasme, avança l'homme au masque. L'Émir pourra se renseigner sur ce phénomène.

À cet instant, une coulée de matière organique obstrua l'entrée de la caverne.

Par réflexe, l'émo-astronaute porta la main vers la commande des radiants lourds.

— Arrêtez ! ordonna Alaska en percevant son mouvement. Ce n'est pas un geste hostile. Les dégénérés ont simplement refermé la cavité par mesure de sécurité. Ils la rouvriront pour nous dès que nous aurons besoin de sortir. Est-ce exact, petit ?

— Ça colle, confirma le mulot-castor. Maintenant, j'ai un très bon contact avec eux. Ils certifient que notre atterrissage est passé inaperçu. La région dans laquelle nous nous trouvons n'a jamais encore été attaquée par la forteresse. Nous pouvons nous consacrer tranquillement à nos nouveaux amis.

La perspective d'obtenir des renseignements importants dans les prochaines heures avait pour Saedelaere quelque chose d'excitant.

Corello, qui avait gardé le silence durant toute la manœuvre d'atterrissage, prit la parole.

— Je capte moi aussi les impulsions des étrangers. Ils sont réellement pacifiques et prêts à nous aider.

Si le collectif organique de Cocon se composait de Conquérants Jaunes, ces créatures avaient changé, non seulement physiquement mais aussi intellectuellement.

À moins que… Tout ce qu'ils avaient appris jusqu'à maintenant sur l'Essaim n'était-il qu'un trompe-l'œil ?

L'entretien avec le protoplasme, qui fut mené avant tout par L'Émir puis, plus tard, avec la collaboration de Ribald Corello, se révéla aussi fastidieux que peu informatif. Les dégénérés étaient incapables de réprimer leurs émotions. Les deux télépathes devaient en permanence édifier un barrage mental pour ne pas éprouver de difficultés.

Il leur fallut des heures pour dégager une vague image des processus qui se déroulaient sur Cocon.

À l'origine, la troisième planète était un monde tout à fait normal. Comme sur de nombreuses autres à l'intérieur de l'Essaim, les Conquérants Jaunes y vivaient.

Puis, il y a des millénaires, survint une catastrophe.

Les habitants de Cocon subirent une perturbation dans leur métabolisme. Pendant que l'Essaim se déplaçait d'une galaxie à l'autre, ils commencèrent à se diviser avant terme. Ils n'atteignirent pas assez rapidement leur destination, une planète préparée afin qu'ils y opèrent leur nouvelle phase de naissance. La conséquence en fut une explosion cellulaire redoutée de toutes les créatures ocres. Il s'agissait d'une sorte de maladie hautement infectieuse, qui pouvait contaminer tous les Conquérants Jaunes et les faire muter vers un état similaire.

Des informations fournies par les dégénérés, l'équipage

du *Gevari* put déduire que Cocon n'était pas l'unique planète sur laquelle un tel dérèglement s'était produit.

— Maintenant, je comprends pourquoi par deux fois déjà, une avant-garde a quitté l'Essaim, dit Saedelaere. Les Ocres ont envahi le monde des insectes et celui des amazones pour éviter une nouvelle catastrophe.

Le protoplasme confirma ces déductions. Il expliqua que pour une division anticipée, il convenait de préparer des lieux *aclars* – ce que recouvrait exactement cette notion ne fut pas précisé – car le processus de naissance n'était possible que dans certaines conditions bien déterminées.

— Nous devons trouver pourquoi, en cas d'urgence, ils n'amorcent pas leur division à l'intérieur de l'Essaim, dit Kosum.

L'Émir et Corello orientèrent dans cette direction l'entretien avec les dégénérés. Le protoplasme ne put toutefois pas donner de réponse satisfaisante à cette question.

Une contrainte intérieure poussait toujours les Conquérants Jaunes à sortir du conglomérat stellaire. Les mondes de l'Essaim ne pouvaient en aucun cas être utilisés. C'était là une tradition incompréhensible, pour laquelle le collectif organique n'avait pas d'explication.

— Je crois qu'ils nous disent la vérité, déclara le mulot-castor.

Alaska commençait à distinguer un tableau d'ensemble.

Les habitants qui peuplaient autrefois la planète Cocon avaient été victimes d'une multiplication cellulaire explosive. Ils s'étaient divisés et redivisés, enchaînant les processus de naissance les uns après les autres, jusqu'à former les immenses montagnes de protoplasme. Et durant ce phénomène, ils n'avaient pas perdu leur intelligence.

— Maintenant, je comprends pourquoi nous n'avons localisé aucun vaisseau spatial à l'intérieur du système de Praspa ! s'exclama Kosum. Ceux qui sont restés normaux se tiennent à l'écart car ils veulent éviter à tout prix d'être contaminés. Ce foyer d'infection est un domaine interdit à l'intérieur de l'Essaim.

— Les Conquérants Jaunes voient effectivement dans cette division incontrôlée une maladie mortelle à cause de sa propension épidémique, confirma L'Émir. Y succomber équivaut à perdre son âme.

Saedelaere réfléchissait intensément. Il s'adressa au mulot-castor :

— Un point demeure obscur. Le protoplasme se décrit lui-même comme inoffensif, ainsi que les Conquérants Jaunes. Cela ne s'accorde pas avec les événements affreux qui se sont produits dans notre Galaxie. Demande aux dégénérés comment ils justifient la mort de plusieurs centaines de milliers d'amazones dans des circonstances terribles. Tu dois expliquer à ce protoplasme que le changement de la gravitation et de la température des planètes choisies comme lieux de naissance signifie la mort de milliards d'êtres vivants !

— Je vais essayer, répondit l'Ilt. Je crains seulement qu'on ne me comprenne pas.

L'Émir et Corello se concentrèrent sous l'œil tendu de leurs compagnons. Au bout d'un moment, le Supermutant manifesta de nouveau les signes avant-coureurs d'un épuisement imminent.

Enfin, L'Émir soupira et rapporta :

— C'est ce que je craignais : ils ne comprennent pas ce que je veux dire.

— Ils ne *veulent* pas comprendre ! rétorqua sèchement Alaska.

— Ce n'est pas vrai ! intervint Ribald. Ces créatures ne comprennent effectivement pas que leurs semblables ont semé le malheur. Ils ne le croient pas.

L'entretien muet continua. Saedelaere s'impatientait. Ce collectif organique le rendait nerveux.

— Nous avons commis une grosse erreur, Alaska, dit le mulot-castor après un temps. Les Conquérants Jaunes méiteraient de porter un autre nom. Ce ne sont nullement des conquérants.

— Comment ? s'étonna l'homme au masque. Aurais-tu l'obligeance d'expliquer cette affirmation ?

— C'est très simple : ces créatures possèdent quelque chose que l'on pourrait qualifier au mieux comme un instinct migrateur. Elles traversent l'espace et abordent une galaxie après l'autre pour y mettre au monde leurs rejetons. À l'instar de tout oiseau migrateur qui vole de place en place, de tout saumon qui remonte une rivière vers sa frayère au mépris de la mort, ils n'ont aucune conscience des éventuelles conséquences de leurs actes. Les Ocres atterrissent sur des planètes étrangères, ils les manipulent, y procèdent à leur scission puis repartent. (L'Émir eut un geste d'impuissance.) C'est pour eux la chose la plus naturelle du monde !

Saedelaere jura et se laissa tomber dans un siège.

— Si c'est vrai, les Conquérants Jaunes sont des meurtriers malgré eux, en conclut Kosum.

— Exactement ! approuva L'Émir. Je ne crois pas qu'on puisse les considérer comme responsables de leur conduite.

L'esprit d'Alaska se hérissait contre cette interprétation. Comment lutter contre des êtres qui ne font pas vraiment de mal au sens propre du terme ?

S'il s'avérait que les Conquérants Jaunes ne faisaient que répondre à un instinct naturel, la question se poserait immédiatement de savoir si les Terraniens avaient le droit de les combattre. Car les habitants de l'Essaim étaient des créatures intelligentes : il était impossible de les comparer avec un vol de sauterelles que l'on pouvait, elles, détruire sans scrupule.

— Il doit y avoir une erreur quelque part, dit le chef de mission. Le protoplasme ne peut pas rester sourd aux méfaits perpétrés par les Pourpres et les Installateurs. Il doit savoir ce qui s'est passé et se passe encore dans notre galaxie. Petit, tu dois lui faire un rapport détaillé à ce sujet.

— Je me retire provisoirement, annonça Corello avec un gémissement. Ces pourparlers télépathiques sont très difficiles et exigent de moi une grande dépense d'énergie.

— Je continue, déclara L'Émir. Je vais expliquer aux dégénérés ce qui s'est déroulé dans la Voie Lactée.

Cette fois, la pause fut plus longue. Saedelaere et Kosum conversèrent à voix basse afin de ne pas troubler la concentration du mulot-castor.

— Que pensez-vous de cette affaire ? demanda l'émo-astronaute.

— Je ne peux pas y croire, répondit Alaska en regardant ses pieds.

— Si c'est la vérité, nous allons nous empêtrer dans de grandes difficultés morales.

— Mais pourquoi mentiraient-ils à L'Émir ? Cela doit être la vérité.

Le visage de Mentro ne trahissait rien de son état d'esprit.

— Peut-être le protoplasme est-il fou et a-t-il inventé toute cette histoire, dit-il.

L'homme au masque s'adossa dans son siège et ferma les yeux.

Le mulot-castor respirait difficilement, mais il s'exprima fermement.

— J'ai traité en détail les questions qui se posent, annonça-t-il. Les données du problème ont changé ; dans le meilleur des cas, il convient de considérer que celui-ci s'est déplacé. Il ne fait aucun doute que les Conquérants Jaunes sont des migrateurs cosmiques qui répondent à un instinct profond. Le protoplasme l'a expliqué de façon claire et convaincante.

— Et qu'en est-il des exactions perpétrées en préparation de leur scission ? voulut savoir Balton Wyt.

— Il doute qu'elles aient eu lieu. (L'Émir se dandina vers Saedelaere et s'appuya contre les jambes du Terranien.) Cependant, les entités reconnaissent qu'il existait jadis une loi qui exigeait une protection du processus sacré de la division contre tout agresseur étranger.

— Et de cette loi découlent peut-être toutes les difficultés auxquelles nous sommes confrontés, ajouta Corello.

— Vous supposez que les Conquérants Jaunes ont perdu le contrôle sur leurs équipes auxiliaires et leurs peuples protecteurs, interpréta Merkosh.

— Ce doit être ça, confirma l'Ilt. Du moins, c'est pour l'instant la seule explication logique.

Il rapporta d'autres détails complémentaires. Les réponses qu'il avait reçues des dégénérés donnaient une impression de confusion car la mentalité des Ocres était radicalement différente, étrangère.

— Parce qu'ils suivent un instinct naturel, continua-t-il, ils supposent simplement que personne ne se mettra en travers de leur route. Les planètes qu'ils adaptent et visitent, cela fait partie de leur comportement usuel. Pour les dégénérés, que leurs congénères manipulent des mondes et les utilisent comme endroits de naissance, c'est un processus tout à fait normal, aussi inéluctable que le lever et le coucher du soleil !

Si le collectif organique disait la vérité, l'unique difficulté des Terraniens consistait à faire comprendre aux Conquérants Jaunes que leur manière d'agir plongeait d'autres peuples dans le malheur.

— Étonnamment, les dégénérés n'ont qu'une conscience abstraite du concept de « tuer », poursuivit le mulot-castor.

Alaska leva un bras.

— Un instant, petit ! Si le mot « tuer » ne fait pas partie de leur vocabulaire, comment justifient-ils la présence de la forteresse du Démon Noir, qui ouvre le feu sur le protoplasme contaminé et restreint sa croissance ?

Blazon Bêta adressa un regard approbateur à Saedelaere.

— Une bonne question ! Je me demande quelle explication les dégénérés pourront fournir.

L'Émir relaya la question par voie télépathique.

Le collectif organique ne sembla pas hésiter, car le mulot-castor hocha aussitôt la tête d'un air compréhensif puis dit :

— Une loi interdit la destruction des planètes occupées par des victimes de la maladie. Celles-ci doivent être protégées d'un anéantissement complet. Les gardiens de chaque masse de protoplasme vivent dans des forteresses pareilles à celle du Démon Noir. C'est leur tâche que d'endiguer l'expansion pathologique des dégénérés, de sorte que ceux-ci puissent demeurer en vie sans s'étouffer sous leur propre croissance et recevoir suffisamment de nourriture. Ainsi, des parties du collectif sont éliminées afin de préserver l'existence du reste.

— Quelle logique macabre ! gémit Blazon Alpha.

— Une autre question, reprit Alaska. Les dégénérés connaissent la mission de la forteresse, et pourtant, ils la craignent et essaient d'échapper à ses attaques.

— Ils ne font pas que la craindre, ils la haïssent également, transmit L'Émir. C'est un sentiment très compréhensible. Naturellement, ils savent que la mission du blindé du Démon Noir est de réguler la croissance du protoplasme pour son propre bien, mais comme presque tous les organismes intelligents, les Ocres possèdent un instinct de conservation prononcé. C'est pourquoi ils luttent contre la forteresse. Mus par cette haine et cette crainte, ils ont réussi à envahir différents rails et à couper leur alimentation énergétique, de sorte que ces voies ne sont plus utilisables par l'engin. Certaines parties de la masse organique ont, au fil du temps, acquis une résistance aux radiants de la forteresse et sont en mesure d'absorber les tirs des coupoles d'artillerie.

— Une histoire fantastique ! commenta Mentro Kosum.

— En fin de compte, force nous est de constater que

les Conquérants Jaunes sont des êtres pacifiques qui ne font que suivre leur instinct, lâcha Blazon Bêta d'un ton sarcastique. Magnifique ! Qui a déjà empêché un oiseau migrateur de céder à l'appel de la Nature ?

— Cette fois, il s'agit de notre existence, souligna le mulot-castor. La situation est différente.

Saedelaere savait que l'équipe pouvait discuter pendant des heures sans trouver de solution.

— Nous sommes entrés dans l'Essaim pour récolter des renseignements, leur rappela-t-il. Jusqu'à maintenant, nous l'avons fait avec succès. En tirer des conclusions ne nous revient pas, pas plus que de prendre des décisions.

— Tout de même, vous pourriez m'éclairer, le pria Kosum. Les Ocres sont-ils des ennemis ou non ?

Saedelaere le regarda pensivement ; il comprenait le dilemme de l'émo-astronaute.

— Chacun à bord peut en décider selon sa propre conscience, dit-il.

Merkosh porta sur lui des yeux inexpressifs.

— Et dans quel sens penchez-vous ?

— Je réserve mon avis, déclara diplomatiquement l'homme au masque. Quand nous en saurons plus, je vous dirai ce que j'en pense.

— Comment vous proposez-vous d'obtenir davantage d'informations ? s'enquit Wyt.

— D'une manière très simple, répondit Alaska en pointant un doigt en direction du sas. Nous descendons et nous observons.

CHAPITRE IX

Saedelaere et L'Émir enfilèrent leur tenue protectrice. Par télépathie, l'Ilt avait communiqué leurs intentions aux dégénérés. Le protoplasme les avait mis en garde contre la forteresse, tout en se déclarant prêt à ouvrir la paroi extérieure de la cavité afin qu'ils puissent sortir.

— Restons-nous en contact radio ? se renseigna Kosum.

— Si rien d'extraordinaire ne se passe, nous nous abstiendrons de communiquer sur les ondes, décida Alaska. Le danger d'être localisés est trop grand. C'est pourquoi seuls L'Émir et moi, nous sortons. Si la forteresse apparaît, il me ramènera ici d'un bond téléporté.

Mentro regarda le mulot-castor avec inquiétude.

— Est-il encore assez en forme ?

— Dis donc ! Je vais très bien ! répliqua l'intéressé d'un ton provocant.

— Allons, inutile de t'exciter ! Ménage tes pauvres nerfs surmenés.

L'Émir pointa son incisive en direction de l'émo-astronaute, puis il ferma le casque de sa tenue et, sur les talons de Saedelaere, se dandina vers l'entrée du sas. Ils pénétrèrent dans la chambre. L'atmosphère de Cocon n'était pas toxique mais Alaska ne voulait pour l'instant prendre aucun risque. Ils ignoraient totalement ce qui les attendaient dehors.

Le panneau extérieur glissa de côté. La lumière des deux projecteurs frontaux tomba dans la cavité creusée au sein du protoplasme. L'homme au masque descendit de l'aviso. Ses pieds foulèrent le matériau organique ; il était flexible et moelleux. Saedelaere trouvait pénible l'idée de piétiner ainsi des êtres vivants. Selon ses estimations, il devait y avoir dans cette montagne des milliards de Conquérants Jaunes. Devant la paroi de la grotte, les deux explorateurs s'arrêtèrent.

L'Ilt envoya une impulsion télépathique aux entités du collectif.

Une ouverture irrégulière, d'environ cinq mètres de diamètre, se forma. L'Émir fit un geste engageant à l'adresse d'Alaska.

— Après toi, très cher !

Le chef de mission activa son projecteur antigrav. Le danger de détection était faible. La dispersion énergétique des rails masquerait les émissions des équipements dorsaux. Saedelaere plana à travers l'orifice. Il était tard dans la soirée, mais les rubans diffusaient assez de clarté pour illuminer la vallée entre les montagnes de protoplasme.

L'Ilt rejoignit Saedelaere.

La vallée offrait une vue fantastique. Elle mesurait au moins cinquante kilomètres de long et environ dix dans sa plus grande largeur. La couleur dominante était l'ocre mais certaines régions, colonisées par des plantes basses, des buissons et même des arbres, présentaient une teinte brun vert. Saedelaere pivota lentement de gauche à droite.

— Incroyable… murmura-t-il. Tout cela est constitué d'êtres vivants !

Il leva la tête. Loin au-dessus de la vallée, le réseau de rails éclairait le paysage. Quelques-unes des lignes étaient envahies de matériau organique.

— Alors, on y va ? s'impatienta L'Émir.

L'homme au masque n'avait pas de but déterminé en tête. Il se proposait de reconnaître les alentours immédiats.

Il flotta le long de la paroi dépourvue de toute aspérité, qui s'élevait à la verticale. Ensuite, il se laissa descendre doucement vers la dépression. Le mulot-castor le suivait de tout près. Bientôt, ils atteignirent un endroit où poussaient des plantes herbacées hautes d'une trentaine de centimètres.

Bien qu'il n'y eût pas de vent, l'herbe ondulait. Ces frémissements étaient causés par les mouvements du protoplasme. Alaska se posa pour examiner plus attentivement les lieux. L'Émir cerclait autour de lui. Le sol parut ici plus ferme à Saedelaere, qui se pencha et passa la main sur les végétaux. Les plantes se redressaient dès qu'il les libérait. De fines racines serpentiformes étaient ancrées dans le matériau organique.

— Ils vivent en symbiose, jugea le Terranien. L'herbe ne pourrait pas croître si le protoplasme n'était pas d'accord.

Il redécolla, et les deux équipiers poursuivirent leur vol. À proximité de quelques buissons, Saedelaere atterrit de nouveau. Les arbustes eux aussi étaient solidement enracinés dans le protoplasme, qui s'agita quand l'homme au masque cassa une branche.

Plus loin, les deux compagnons tombèrent sur une ligne énergétique qui surplombait la vallée.

— Irions-nous voir ce rail de plus près ? demanda L'Émir.

Alaska hésita.

— Le collectif peut-il nous indiquer si la forteresse navigue dans les parages ?

Après un contact télépathique avec les dégénérés, le natif de Perdita rapporta qu'à ce moment, le Démon Noir ne constituait pas une menace directe. À ce propos, il avait questionné plusieurs fois les Ocres sur la signification de cette dénomination, en vain cependant. Saedelaere en avait conclu qu'ils ignoraient qui occupait et contrôlait la station mobile.

L'homme au masque pointa le pouce vers le haut.

Côte à côte, ils s'élevèrent au-dessus de la vallée. Le soleil s'était couché depuis un certain temps déjà mais en bas, il faisait toujours clair grâce à la lumière du rail. Celui-ci s'étirait comme un pont entre deux montagnes. Des pseudopodes se tendaient vers lui, sans toutefois pouvoir l'atteindre.

Alaska flottait à quelques mètres en dessous de la ligne brillante. Cette fois encore, il fut incapable de déterminer de quel matériau elle était composée. Elle rayonnait si fort que malgré sa visière opacifiée, le Terranien en avait mal aux yeux.

Saedelaere et L'Émir remontèrent le rail sur quelques kilomètres sans y découvrir ni irrégularité ni discontinuité. Tout le système semblait bâti d'un seul tenant. La partie que longeaient les deux explorateurs présentait partout la même section. On eût dit qu'un artisan à l'échelle cosmique avait profilé le ruban sur une gigantesque filière puis l'avait chargé d'énergie pour enfin en emmailloter la planète Cocon.

Tout comme son processus de fabrication, la manière dont cet assemblage était stabilisé demeurait une énigme.

Alaska et le mulot-castor passèrent au-dessus du rail.

— Je voudrais m'y poser, annonça l'homme au masque. Demande au protoplasme si c'est dangereux.

— C'est fait, affirma L'Émir. Les Ocres répondent évasivement. Ils ne voient pas trop ce qui pourrait nous arriver si nous touchons le ruban. S'y poser ne leur paraît pas particulièrement risqué.

Saedelaere réfléchit un instant, puis il dégaina son radiant et le jeta sur la ligne. Rien ne se passa. L'arme n'avait subi aucun dommage, nul éclair n'avait fusé, nulle énergie inconnue ne l'avait enveloppée.

— J'essaie, décida Alaska. Toi, tu attends jusqu'à ce que nous soyons sûrs qu'il n'y a vraiment pas de danger.

Il se laissa lentement descendre. Il tâta prudemment le

rail de la pointe des orteils, et comme rien ne lui arrivait, il coupa son antigrav et se soumit au champ gravitationnel de Cocon. Il pesait maintenant de tout son poids sur le ruban.

Il tapota plusieurs fois du pied, puis mit un genou sur la surface. Il n'y eut aucune réaction de la ligne énergétique.

— Tout va bien ! dit-il à L'Émir. Tu peux venir aussi.

Il récupéra son radiant et le remit à sa ceinture.

L'Ilt s'était penché et éprouvait du poing le matériau.

— Ça m'a l'air métallique, hasarda-t-il.

— Ça pourrait être n'importe quoi, rétorqua Saedelaere. Y compris de l'énergie stabilisée.

Bien que les deux explorateurs fussent proches l'un de l'autre, les communications radio étaient très mauvaises, parasitées par les interférences que suscitait le rail.

— Nous ne trouverons pas grand-chose ici, estima Alaska, déçu. Pour en savoir plus sur les caractéristiques du réseau énergétique, nous devrions apporter des instruments de mesure. Mais nous n'avons pas le temps : nous devons nous occuper de la station de régulation.

— Quels sont tes projets ? s'enquit le mulot-castor.

Saedelaere mit une main en visière contre son casque et regarda en l'air, vers l'enchevêtrement de rubans qui s'étendait au-dessus d'eux, comme s'il voulait apercevoir l'engin blindé.

— J'aimerais voir cette curieuse forteresse de plus près, avoua-t-il.

*
* *

Trois heures plus tard, Saedelaere et L'Émir avaient atteint l'extrémité de la vallée. Ils se tenaient au sommet d'une des montagnes les plus hautes et contemplaient, en contrebas, le paysage qui était maintenant éclairé seulement par les rubans énergétiques. Les masses de protoplasme s'étendaient sur des kilomètres. Des pseudopodes avaient partiellement envahi une savane herbeuse délimitée, au-delà, par des collines naturelles. Derrière cette chaîne basse, Alaska le savait, c'était la mer.

De cet endroit, la vue sur les rails provoquait chez les observateurs une impression de confusion. Les lignes énergétiques semblaient se nouer en une pelote inextricable. En différents points, les rubans se superposaient ou se reliaient bord à bord, de sorte qu'ils formaient un gigantesque bloc.

— À quoi penses-tu ? s'enquit L'Émir.

— À ce monde, répondit Saedelaere.

— Tu ne devrais pas, lui conseilla l'Ilt. Cela ne te mènera à rien, sinon peut-être à en avoir peur.

L'homme au masque ne put s'empêcher de rire.

— Nous allons rentrer ! décréta-t-il. De toute façon, poursuivre le vol serait inutile, et de surcroît dangereux. Je ne crois pas non plus que nous pourrons faire des découvertes importantes avec les moyens dont nous disposons.

— Je vais reprendre contact avec les contaminés, annonça L'Émir. Peut-être ont-ils encore des renseignements pour nous.

À cet instant, Alaska s'aperçut qu'un rail relativement peu éloigné se mettait à vibrer. Il le signala au mulot-castor qui commençait à se concentrer. L'Émir s'accroupit et dirigea ses pensées vers les Conquérants Jaunes dégénérés. Une minute plus tard, il se redressa, alarmé.

— C'est la forteresse ! s'exclama-t-il. Elle vient vers ces montagnes.

Saedelaere jura.

— Pourquoi le protoplasme ne nous a-t-il pas avertis avant ?

— Je dois vraiment le leur demander maintenant ? Je ne crois pas que ce soit le moment !

— Tu as raison, petit ! Disparaissons !

Il prit la main de L'Émir.

— Penses-tu que la forteresse a localisé le vaisseau ?

(La voix du chef de mission se fit hésitante.) Peut-être était-ce une erreur que d'atterrir sur un rail. Cet engin du diable a dû percevoir ce contact et évaluer à tort qu'un pseudopode avait colonisé une ligne.

— Je… Je n'y arrive pas, bredouilla alors l'Ilt.

Alaska comprit immédiatement.

— Tu ne peux pas te téléporter !

— Je n'y pige rien ! Mes facultés télépathiques ne sont pas affectées, mais la téléportation ne fonctionne pas.

— C'est probablement lié à cette source d'énergie inconnue, supposa l'homme au masque. Inutile d'en discuter pour l'instant ! Nous devons filer en vitesse !

Un coup d'œil en l'air le convainquit que la vibration du rail augmentait. La forteresse du Démon Noir pouvait apparaître à tout instant et ouvrir le feu. Saedelaere activa son unité dorsale. Il utilisait ouvertement son propulseur, puisqu'ils ne pouvaient plus éviter qu'on ne les découvre. En outre, ils progresseraient ainsi plus vite qu'avec la seule aide de leurs antigravs. Les deux explorateurs décollèrent presque en même temps.

Alaska regarda en haut et vit, au loin, l'engin blindé qui approchait à grande vitesse. Peu après, il perçut le bruit qu'il avait déjà entendu auparavant.

— En bas, dans la vallée ! ordonna-t-il.

Accélérant au maximum, les deux compagnons descendirent vers la surface. Le Terranien nota que le protoplasme s'inquiétait. Toute la chaîne de montagnes commençait à frémir. La forme des sommets se modifiait. Les dégénérés de Cocon enregistraient l'arrivée de la station et réagissaient à leur manière.

Alors qu'il levait de nouveau les yeux, l'homme au masque constata que la forteresse était hors de sa vue, mais le tremblement des rails indiquait qu'elle venait vers le sol, sur leur droite. Saedelaere et L'Émir volaient maintenant à ras de terre. Le Terranien espérait que l'équipage du blindé ne les découvrirait pas trop vite.

La forteresse fonçait à une vitesse époustouflante. Elle descendit un rail en pente raide, suivit une courbe et glissa sur une ligne voisine. Vue d'en bas, elle avait l'air d'un petit coléoptère. Elle s'arrêta quelques secondes puis repartit de plus belle.

Le vacarme qu'elle produisait emplissait la vallée.

— Elle nous rattrape ! s'exclama L'Émir.

Alaska se posa sur le protoplasme.

— Demande aux dégénérés de former une cavité ici afin que nous nous y abritions !

La liaison télépathique fut immédiatement établie mais l'Ilt ne put expliquer aux Ocres ce qu'il désirait. Depuis que la forteresse avait refait son apparition, le collectif organique mourait de peur. Le mulot-castor dut bloquer son esprit face aux impulsions mentales des dégénérés.

— Rien à faire ! cria-t-il à Saedelaere. Si je ne romps pas le contact, je vais morfler !

L'homme au masque serra les lèvres. Ils étaient livrés à eux-mêmes…

Ils s'éloignèrent. Entre-temps, la station blindée avait atteint une ligne qui abordait la vallée par le travers. Elle se positionna en plein milieu de la dépression. Ses coupoles d'artillerie s'illuminèrent, et les faisceaux énergétiques fusèrent en direction des sommets.

— Cette fois, ils s'attaquent aux montagnes ! s'horrifia Alaska.

Mais il se révéla vite que la station ne tirait que sur les plus hautes cimes pour contraindre le protoplasme à la retraite. Ensuite, le lourd véhicule réaccéléra et disparut quelques secondes derrière le massif. Quand il redevint visible, il fit feu de toutes ses pièces sur le matériau organique qui bouillonnait. Le rail sur lequel il se déplaçait maintenant coupait la vallée en diagonale, au loin.

Saedelaere se dirigea vers un secteur recouvert de hauts buissons et se posa. À quelques kilomètres de là, les sommets des montagnes protoplasmiques s'embrasèrent une fois de plus.

— On s'arrête ici ! décida le Terranien quand L'Émir l'eut rejoint. Les arbustes nous offrent une protection. Désactive ton unité dorsale !

Ils s'accroupirent sous des branches basses.

— Nous devons rejoindre au plus vite la grotte où stationne le *Gevari*, dit le mulot-castor. Si la forteresse bombarde cette chaîne de montagnes, le vaisseau sera en grand danger.

— Pour l'instant, nous restons ici ! insista Alaska.

La station se déplaçait très lentement sans cesser de tirer. Du rail sur lequel elle se trouvait, elle pouvait viser tous les sommets environnants. Cependant, elle ne prenait pour cible que les plus élevés.

Le collectif organique l'avait compris et réagissait en conséquence. Les cimes qui n'étaient pas encore attaquées commencèrent à se rétracter. De gigantesques masses vivantes se déversaient sur les pentes, jusque dans la vallée. Toute la chaîne se mettait peu à peu en mouvement.

La surface sur laquelle se tenaient Saedelaere et L'Émir oscillait fortement.

L'homme au masque s'inquiétait du sort du *Gevari*. Le navire discoïdal était enfermé dans la cavité creusée au sein du protoplasme. Or, les dégénérés avaient cédé à la panique, et il était impossible de dire comment ils se comporteraient. Alaska espérait que la grotte artificielle ne s'effondrerait pas sur elle-même.

La station avait atteint l'extrémité de la voie diagonale. Elle demeura plusieurs secondes immobile, perchée tel un oiseau de proie sur le ruban à la luminosité rouge clair. Tendu, Alaska observait. Il vit alors la forteresse foncer soudain dans la direction opposée et glisser de l'autre côté des montagnes. Elle avait cessé son bombardement.

Elle changea de rail et s'éleva dans le ciel. Peu après, elle avait disparu du champ de vision des explorateurs.

Son vacarme s'éteignit également. Le protoplasme se calma aussi vite qu'il s'était mis à bouillonner.

Saedelaere se redressa.

— La voilà partie !

Dernier signe de la retraite du lourd engin, les vibrations du réseau de rails décrurent puis se turent. Depuis les deux versants de la vallée, les Ocres reformèrent progressivement les sommets des montagnes.

— Tant que la forteresse peut se déplacer à sa guise sur Cocon, nous ne serons nulle part en sécurité, dit le chef de mission. Tôt ou tard, elle nous découvrira et attaquera. Nous devons la liquider.

Les deux explorateurs se remirent en route. Saedelaere voulait rejoindre au plus vite la cavité qui servait de hangar provisoire au *Gevari*. Il avait un très mauvais pressentiment.

*
* *

Dans la lumière des projecteurs extérieurs, Mentro Kosum remarqua que les parois de la grotte artificielle commençaient soudain à trembler et à onduler. Il réveilla les frères Blazon et les informa du phénomène. Blazon Bêta bâilla derrière sa main.

— Je ne crois pas que nous devions nous faire des soucis pour cela, dit-il avec une nuance de reproche dans la voix. La montagne dans laquelle nous nous trouvons se compose d'un amas d'organismes intelligents. Il est tout naturel qu'elle s'agite de temps en temps.

Quand le sol se mit à osciller, transmettant le mouvement au vaisseau, l'émo-astronaute s'inquiéta franchement.

— Là, il y a quelque chose qui ne va pas ! trompetta Merkosh, troublé.

Le bruit qui résonnait dans le central éveilla Ribald Corello. D'un regard, le Supermutant comprit la situation.

Il adressa quelques impulsions mentales au protoplasme. Bien qu'il ne fût pas aussi bon télépathe que L'Émir, il put constater que le collectif organique avait peur.

— La forteresse est de nouveau en expédition ! annonça-t-il aux autres.

— Alaska et le petit sont encore dehors ! s'inquiéta Mentro.

La surface sur laquelle reposait l'aviso remuait de plus en plus. Kosum consulta les instruments. Il enclencha les projecteurs antigrav afin de stabiliser l'assiette du *Gevari* si nécessaire. À cet instant, une énorme boule de protoplasme s'abattit du plafond sur la coupole de plastoverre blindé. Le choc fit culbuter l'émo-astronaute. L'équipage ne pouvait plus voir ce qui se passait dehors. Durant quelques secondes, Mentro caressa l'idée d'ouvrir le feu au radiant et d'effectuer une sortie en force. Mais dehors, c'était le titan blindé qui les attendait, et il était plus dangereux encore que l'agitation du protoplasme.

Des bruits sinistres émanant de l'extérieur se répercutaient dans l'habitacle.

Corello se tassa sur le siège de son robot-porteur.

— Je ne peux pas maintenir le contact, déclara-t-il.

Kosum posa sur lui un regard empreint d'inquiétude.

De nouveau, une boule de matière organique frappa la coque du *Gevari*. Sous le navire, le sol ne cessait de trembler. Deux des étançons perdirent leur appui.

Immédiatement, le pilote activa les antigravs, mais l'aviso était déjà complètement englué dans le protoplasme et accompagnait les mouvements de la masse.

— La vacuole s'est effondrée sur elle-même ! s'exclama Blazon Alpha, qui avait pâli. C'est toute la montagne qui bouge !

— Ouvrez le sas ! demanda Merkosh à Kosum. Je vais nous faire de la place !

Mais Mentro s'y opposa.

— Nous n'attaquerons pas le protoplasme. Il n'est pas responsable de ce qui se passe actuellement.

— Si nous sommes absorbés plus profondément sous l'amas, nous ne pourrons plus nous libérer, avertit Blazon Bêta. Il est également douteux que le vaisseau supporte cette pression, à la longue. Si la coupole est enfoncée, nous sommes perdus.

Kosum eut la sinistre vision du dôme qui se brisait et du matériau organique qui submergeait le poste central. Reportant son attention sur les instruments, le pilote nota qu'ils affichaient des valeurs peu crédibles qui ne le renseignaient en rien sur la direction dans laquelle était entraîné le navire. Il espérait qu'ils ne s'éloignaient pas trop loin du versant.

Au bout d'un moment, le mouvement s'interrompit. L'espoir de Mentro que la montagne reviendrait à un état normal fut toutefois déçu. Au contraire, les dégénérés se remirent à trembler fortement. Les vibrations parcouraient le *Gevari*. La pression sur la coque se faisait de plus en plus intense.

— Combien de temps comptez-vous encore nous laisser subir cela ? s'exclama Blazon Bêta.

Kosum ne lui répondit pas.

— Avant tout, enfilons nos spatiandres, par mesure de sûreté, ordonna-t-il.

Il se rendait compte que les tenues ne serviraient pas à grand-chose en cas de problème, mais il voulait occuper ses compagnons et les distraire de ce qui se passait à l'extérieur. Le *Gevari* fut repris par les mouvements onduleux du protoplasme. Il se déplaçait de nouveau, lentement. Soudain, Kosum réalisa que le vaisseau émergeait partiellement de la montagne.

Alors qu'il se préparait à activer la propulsion, le matériau organique enveloppa derechef le *Gevari*.

— Nous nous trouvons toujours dans la partie superficielle du massif, dit Mentro, soulagé. Cela signifie que le protoplasme ne nous a pas avalés.

Blazon Alpha lui jeta un regard en coin.

— Pourquoi ne profitons-nous pas de l'occasion pour nous sortir d'ici ?

L'émo-astronaute y avait pensé, lui aussi, mais plutôt que de risquer d'exposer le navire à une attaque de la forteresse, il préférait encore demeurer sous la protection relative, sinon douteuse, qu'offrait l'agglomérat d'Ocres contaminés.

Enfin, le protoplasme s'apaisa. La masse qui englobait l'aviso se stabilisa.

— Il semblerait que ce soit fini, dit Kosum en se tournant vers Corello. Vous pourriez essayer de reprendre contact avec eux.

Le Supermutant hésita.

— Si c'est trop dangereux pour vous, ajouta rapidement Mentro, ne le faites pas !

Mais Ribald se concentrait. Sa poitrine fluette se levait et s'abaissait par à-coups. Il offrait l'image d'une extrême tension. Puis son petit visage s'illumina d'un sourire.

— La forteresse s'est retirée, rapporta-t-il à voix basse. Les dégénérés recouvrent graduellement leurs esprits. Ils s'excusent auprès de nous et assurent qu'ils vont ménager une nouvelle grotte pour le vaisseau.

Les six membres d'équipage n'eurent pas longtemps à attendre pour voir cette promesse se réaliser.

— Une cavité se forme au-dessus de la coupole ! annonça Balton Wyt avec satisfaction. Le *Gevari* est libre.

Un peu plus tard, l'aviso reposait de nouveau au centre d'une vaste caverne. Les parois et le sol frémissaient encore légèrement, mais aucun danger ne menaçait plus le navire.

— Wyt, sortez et examinez si la coque a subi des dommages, ordonna Kosum au télékinésiste.

L'émo-astronaute s'inquiétait à présent pour Saedelaere et L'Émir. Quelques minutes plus tard cependant, il apprit de Corello que ces derniers étaient arrivés devant l'emplacement de la nouvelle grotte artificielle et attendaient qu'une ouverture se forme.

— Tout se termine bien encore une fois, conclut Mentro en respirant. Néanmoins, la forteresse constitue une menace permanente. Nous devons entreprendre quelque chose contre elle. C'est aussi dans l'intérêt du protoplasme.

Blazon Alpha fronça les sourcils.

— Je ne suis pas sûr que nous devions perturber l'équilibre qui règne sur ce monde. Peut-être ne rendrons-nous pas service aux Ocres contaminés en détruisant la station régulatrice.

— Je suis convaincu que les dégénérés nous en seront reconnaissants, dit Wyt.

— Croyez-vous que les malades sont à même d'autolimiter leur croissance ? demanda Kosum.

— Ce sera à L'Émir de le découvrir, répondit Ribald. Je ne peux pas traiter de questions aussi complexes avec le protoplasme. Notre mulot-castor est meilleur que moi à ce jeu-là.

La paroi de la grotte s'ouvrit. L'Émir et Saedelaere entrèrent en planant. Kosum leur donna accès au sas.

De retour dans le central, Alaska enleva son casque et déclara :

— Nous devons attaquer la station blindée !

*
* *

Six heures après sa périlleuse excursion en compagnie d'Alaska Saedelaere, L'Émir recouvra ses capacités de téléportation. Il semblait que lors des attaques de la forteresse, les impulsions parapsychiques paniquées des dégénérés affaiblissaient sélectivement certaines parafacultés du mulot-castor. Il n'y avait, pour l'heure, pas d'autre explication au blocage qui l'avait affecté.

Le chef de mission avait décidé que l'équipage du *Gevari* devait attaquer la station blindée sans consultation préalable avec le protoplasme. Alaska craignait que les Ocres ne soulèvent des objections. Une conférence de plusieurs heures s'ensuivit. Des plans furent élaborés puis rejetés.

— Nous pourrions probablement détruire la forteresse à coups de bombes ou de rayons, déclara Balton Wyt. Cependant, est-ce réellement dans notre intérêt ?

— Certainement pas ! s'exclama Blazon Bêta. Mon frère et moi, nous pensons que nous devons découvrir qui occupe cette station.

Saedelaere écoutait sans rien dire. Il savait qu'il serait difficile de conquérir la forteresse du Démon Noir sans être impliqué dans une confrontation avec son équipage. Que celui-ci soit composé de robots ou d'êtres vivants importait peu en l'occurrence.

— En outre, renchérit Merkosh, nous devons partir de l'hypothèse selon laquelle la station est en contact avec une centrale, quelque part dans l'Essaim. Si nous attaquons, elle appellera à l'aide. Nous pouvons couper ses moyens de communication mais tôt ou tard, des agents extérieurs procéderont à un contrôle.

— Une objection fondée, admit Kosum. Je n'y avais pas encore pensé.

Wyt se prit la tête dans les mains.

— Une action contre cette forteresse devient de plus en plus illusoire.

— Nous devons frapper à l'improviste, dit Saedelaere après avoir gardé le silence un long moment. L'adversaire ne doit pas avoir l'occasion de contacter qui que ce soit hors du système de Praspa.

La concertation se poursuivit. On finit par s'accorder sur une proposition d'Alaska, qui se basait sur l'absence apparente d'écran protecteur autour de la forteresse.

— Nous quitterons notre grotte avec le *Gevari* et grimperons haut dans l'atmosphère, exposa l'homme au masque. De là, nous déterminerons la position de la station. Dès que nous l'aurons localisée, L'Émir s'y téléportera avec Ribald Corello et Merkosh. Nous partons du principe qu'il n'y a pas de bouclier susceptible de renvoyer le petit à son point de départ. Ribald et Merkosh devront prendre de vitesse l'équipage de la forteresse et empêcher qu'il ne demande de l'aide. Entre-temps, L'Émir reviendra nous chercher, Wyt et moi. Nous soutiendrons l'action des deux autres, au cas où cela s'avérerait nécessaire.

Il se leva de son siège puis s'adressa aux frères Blazon.

— L'Émir vous amènera auprès de nous lorsque la station sera tombée entre nos mains. Votre tâche consistera alors à examiner toutes les installations de cet engin.

Regardant l'émo-pilote, il continua :

— Cela veut dire que Kosum restera seul à bord du *Gevari* et survolera la station afin que nous puissions regagner le vaisseau si besoin était.

Le Terranien émacié toucha prudemment son masque.

— Naturellement, tout cela, c'est la théorie. Dans la pratique, cela se passera probablement autrement, surtout si l'équipage de la forteresse nous cause des difficultés. (Il se retourna pour faire face à ses hommes.) Quelqu'un a-t-il des questions ou des objections ?

Tous gardèrent le silence. Saedelaere hocha la tête d'un air satisfait.

— Alors, nous pouvons commencer. L'Émir, prends contact avec les dégénérés et prie-les d'ouvrir la grotte.

Quelques minutes plus tard, le *Gevari* était prêt au départ. Les Conquérants Jaunes libérèrent le passage vers l'extérieur.

— Ils ne posent pas de question, rapporta le mulot-castor. Ils nous font totalement confiance. Ne sommes-nous pas en train d'en abuser ?

Saedelaere était d'avis que non.

— La forteresse est notre ennemi commun. En outre, nous sommes ici pour représenter les intérêts de l'Humanité. L'existence des Terraniens est menacée. C'est sur ce fait que nous devons fonder toutes nos réflexions.

Il n'y avait rien à y objecter.

Le *Gevari* quitta le sol de la cavité et plana au-dessus de la vallée, sur laquelle la nuit tombait pour la deuxième fois depuis leur arrivée, une nuit éclairée par la lumière des lignes énergétiques.

CHAPITRE X

Allongé sur le dos dans son bassin de prédilection, Magallion regarda sans intérêt son dernier rejeton se muer en énergie pure. Toutes les heures, le colosse noir qui vivait dans la station donnait ainsi naissance à dix-neuf descendants, lesquels disparaissaient tous de cette même manière. Il ne se faisait à ce sujet aucun souci car, aussi loin qu'il pouvait se rappeler, tel avait été le destin de ses enfants. Comme chaque fois qu'il reposait dans le bassin, il se mit à rêver. Ses pensées remontèrent rapidement vers le passé, jusqu'à ce qu'elles se heurtent à une barrière. Le géant ne pouvait se souvenir que de la période qu'il avait passée à l'intérieur de la forteresse. Aux limites de sa conscience, il savait qu'avant de séjourner dans ces vastes locaux, il avait vécu ailleurs, et qu'on l'avait amené ici en des temps immémoriaux.

Magallion vivait de l'énergie convoyée par les rails. Chaque fois que l'alerte sonnait, il se redressait, avançait en tâtonnant à travers les grandes salles et actionnait les leviers de commande, comme on le lui avait jadis appris. Il mesurait vingt mètres de hauteur et était noir comme du charbon. Il possédait un corps en forme de tour, des membres peu mobiles, et on lui avait implanté dans le crâne un hypnocristal d'un mètre de diamètre. Parfois, il employait les forces de cet artéfact contre le protoplasme.

Il arrivait rarement que Magallion éprouvât en son for intérieur ce qui aurait ressemblé à un sentiment humain.

Le géant somnolait et remplissait mécaniquement sa tâche lorsque revenait le moment d'agir contre le collectif organique. À intervalles réguliers, il devait s'assurer que certains témoins de contrôle étaient éclairés. Si ce n'était pas le cas, il devait manipuler les leviers.

Jusqu'à ce jour, il n'avait rencontré aucune difficulté dans l'exécution de sa tâche.

Magallion vit que son corps enflait à nouveau. Il y fit à peine attention. Somnolent, il observa la boule qui commençait à se former sous sa peau noire. Celle-ci se tendit de plus en plus, puis libéra une fraction du géant.

La créature gigotait et s'efforçait de se détacher du grand corps. Après la division, le nouveau rejeton glissa, épuisé, de la couche jusqu'au sol. Il y demeura alors que le monstre préparait déjà un nouveau processus de scissiparité. Au bout d'un moment, le jeune commença à briller et se changea en un nuage d'énergie qui se dissipa aussitôt. Durant ce phénomène, Magallion éprouvait parfois un certain malaise, comme si une voix secrète lui chuchotait que ce bourgeonnement perpétuel était absurde et peu naturel.

Dans ces moments-là, le colosse oubliait ses rêves et se redressait dans le bassin. Le liquide dans lequel il baignait collait à son corps noir en tirant des fils argentés. Dans son crâne, l'hypnocristal brillait sourdement. De temps en temps, Magallion avait un aperçu de son reflet sur une paroi polie ou sur un écran. En chacune de ces occasions, il ressentait l'artéfact comme un poids. Un jour, il y a longtemps, le titan avait perdu son sang-froid et s'était précipité contre un pilier, au milieu de la station, avec l'intention de broyer le grand cristal. Il gardait un souvenir très vif de la terrible douleur qui avait alors irradié dans tout son être et l'avait rendu incapable de tout mouvement. Il n'avait jamais oublié ce sévère avertissement. Il savait qu'il devait être prudent. Quelqu'un avait implanté des réflexes bien déterminés dans son puissant corps, et ils s'activaient chaque fois que Magallion n'agissait pas dans le sens voulu par ses maîtres. Cependant, l'hypnocristal n'était pas l'unique source de préoccupation – occasionnelle – du géant. Par moments, il souhaitait ardemment s'échapper de la forteresse et s'intégrer au protoplasme qui couvrait la surface de la planète. En deux occasions, ce désir était devenu si puissant que Magallion y avait cédé, tentant de quitter l'engin blindé. Le résultat avait été une perte de conscience en pleine action.

Le colosse noir avait depuis longtemps compris qu'il existait certains liens entre lui et les créatures de l'extérieur. Elles aussi se divisaient sans cesse, avec, toutefois, cette différence que les descendants des Jaunes ne s'évanouissaient pas en bouffées d'énergie mais continuaient à vivre et à se multiplier. C'était précisément la tâche de la station que d'empêcher leur croissance excessive. Non sans intérêt, Magallion avait suivi l'augmentation de la résistance du protoplasme.

Entre l'émetteur-récepteur automatique de la station et une centrale lointaine avaient lieu des échanges permanents de messages. Le géant ne savait pas grand-chose à ce sujet. Les installations de la forteresse étaient beaucoup trop complexes pour que le Démon Noir en saisisse les fonctions.

Souvent, au cours de ses pérégrinations dans le véhicule blindé, il avait touché les pièces d'équipement. Ses gestes étaient à chaque fois empreints d'une grande timidité. Il se rendait compte de son immense force physique et redoutait une punition s'il détruisait quelque chose. C'est pourquoi il avait renoncé à examiner de plus près les machines et les instruments.

À la seconde où le *Gevari* émergea de son abri dans la montagne de protoplasme, Magallion reposait dans son bassin et attendait la fin d'une autre division. Il était au courant de la présence de créatures étrangères sur Cocon ; il ne s'en inquiétait pas outre mesure et n'y réagissait d'aucune manière particulière. La situation était pourtant totalement inédite. Très profondément dans la conscience du colosse noir était ancré une connaissance élémentaire : tout le monde évitait cette planète. Cela avait quelque chose à voir avec la division continuelle des entités protoplasmiques. Si Magallion avait été plus intelligent et plus résolu, il aurait sans doute essayé d'informer les contrôleurs lointains de la forteresse sur la venue des étrangers. Mais il se contentait d'attendre que la station dans laquelle il vivait détruise les intrus.

Le colosse assista à la fin d'un autre de ses rejetons. Sans s'en préoccuper, il roula sur lui-même et rampa lentement hors du bassin. Il se redressa lourdement puis demeura comme figé durant un moment. Ensuite, il commença son périple quotidien. Il s'était déjà demandé pourquoi, à intervalles réguliers, il visitait tous les locaux accessibles, mais ce comportement appartenait lui aussi aux secrets enfouis derrière cette barrière, dans ses pensées, qu'il ne pouvait franchir.

Pendant que le Démon Noir parcourait les salles du véhicule blindé, le *Gevari* atteignait les couches supérieures de l'atmosphère. Le titan, à l'intérieur de la forteresse, ne pressentit nullement que son destin se jouait à cet instant.

*
* *

Le collectif organique avait promis d'atténuer fortement son activité parapsychique. Saedelaere en attendait deux choses : pouvoir exploiter pleinement les capacités de téléportation de L'Émir, et réduire la charge qui pesait sur les systèmes de contrôle et de détection du *Gevari*.

Cependant, les valeurs qu'affichaient les instruments de l'aviso étaient toujours influencées par les impulsions énergétiques émanant du réseau de rails.

— Il sera très difficile de retrouver la forteresse,

constata avec dépit Mentro Kosum. Si je descends, notre adversaire risque de nous localiser en premier, ce qui entraînerait une attaque immédiate sur notre navire.

Il se révéla vite que les nerfs de certains membres de l'équipage étaient fragilisés. C'étaient surtout chez les frères Blazon que les événements des deux derniers jours avaient laissé des traces. Saedelaere percevait la tension qui couvait dans le central. Chacun à bord comprenait que le passage à l'action était imminent. Or, personne ne pouvait dire de quelle manière la forteresse réagirait à une attaque. Un autre facteur d'incertitude était le protoplasme. Alaska imaginait bien que si certaines circonstances étaient réunies, le collectif interviendrait dans la lutte. Mais l'homme au masque n'était pas sûr que cette entité se mettrait du côté des Terraniens.

Soudain, il fut assailli par les scrupules : était-il opportun d'attaquer la forteresse sans l'accord des dégénérés ? Cependant, il était trop tard, maintenant, pour négocier une fois de plus avec eux. Cela aurait seulement coûté inutilement du temps.

Alors qu'il relevait la tête, Saedelaere capta un rictus sur le visage de Balton Wyt. Le télékinésiste indiqua du doigt un écran.

— La voilà !

Mais il s'avéra que ce n'était qu'un reflet.

Le *Gevari* volait lentement pour permettre une observation détaillée de la surface. Il leur fallut néanmoins toute la nuit pour trouver enfin la forteresse. Elle stationnait sur une ligne qui courait tout près du sol.

Alaska respira avec soulagement quand des impulsions faibles mais caractéristiques s'inscrivirent sur les écrans des détecteurs.

— Rien d'étonnant à ce que nous ayons dû chercher si longtemps, dit Corello. Elle ne bouge pas et, ainsi immobile, elle est à peine différentiable des rails.

Au sein de l'équipage, la tension retomba et fit place

à une activité fébrile. Des manœuvres depuis longtemps répétées furent exécutées pour de bon.

— Nous procédons comme prévu, déclara Saedelaere. Avant tout, L'Émir essaie de se téléporter à l'intérieur du blindé avec Merkosh et Corello. Ensuite, il reviendra nous chercher, Wyt et moi.

Le Supermutant dut quitter le siège de son robot-porteur. Le mulot-castor lui promit de remonter prendre l'engin spécial le plus vite possible.

L'Émir, Ribald et l'Opronien bouclèrent leur spatiandre et soumirent leur équipement à une ultime vérification.

L'Ilt prit par la main les deux « passagers » de son premier saut et se concentra.

— S'il y a des difficultés, reviens ! ordonna le chef de mission.

Il ne reçut pas de réponse : ses trois équipiers s'étaient dématérialisés.

Une pression sourde étreignit la poitrine d'Alaska : maintenant, l'Ilt et ses compagnons étaient au pied du mur.

L'homme au masque adressa un signe de tête à Balton Wyt.

— Tenons-nous prêts, recommanda-t-il. Le petit peut revenir à tout moment.

Mais il n'en paraissait pas convaincu. Alors qu'il patientait à côté du télékinésiste, d'interminables secondes s'égrenèrent.

*
**

Ce fut l'impression qu'un changement s'était produit dans les alentours immédiats qui poussa Magallion à interrompre sa randonnée à travers la station. Les bras repliés, il s'arrêta et écouta. Sauf la rumeur habituelle qui montait des machines, il n'entendit rien.

Et pourtant…

Le géant noir pivota lentement sur lui-même, pour se retrouver face à l'entrée du local voisin.

Rien n'avait changé. Il se trouvait toujours dans le même environnement familier.

Et pourtant, il y avait quelque chose ! Quelque chose d'impalpable !

Magallion se sentait saisi d'une excitation telle qu'il n'en avait jamais connue. Il perçut à peine la séparation et la disparition d'un autre rejeton. Ses processus mentaux se déroulaient avec une lenteur extrême.

Quand il se remit en mouvement, il suivit davantage un instinct qu'une réflexion objective. Une impulsion le ramenait vers son bassin. Aussi loin que remontaient ses souvenirs, c'était la première fois qu'il ne terminait pas sa ronde.

Soudain, il entendit un bruit. Très faible, mais qui n'appartenait pas à l'éventail des sons habituels. Irrité, il s'arrêta. Il ne savait pas comment il devait se comporter. La procédure millénaire avait été inopinément interrompue. Peut-être même n'avait-il rien entendu, peut-être n'était-ce qu'une impression. Ses perceptions sensorielles étaient affinées jusqu'à en être insupportables ; c'était la conséquence de sa solidarité étroite avec ces espaces et leurs installations mécaniques. Magallion s'était adapté au rythme de la station au point que chaque changement, si infime soit-il, faisait sonner une alarme dans son cerveau.

Durant ces secondes, le colosse se sentit complètement impuissant. Bien qu'une tension intérieure le pressât d'identifier la source du trouble, il fermait les yeux au moment de l'affronter et hésitait consciemment avant d'accomplir tout mouvement. Il avait vécu trop longtemps dans des conditions stables pour pouvoir en supporter une modification.

Le géant émit un profond et puissant gémissement. C'était sa première manifestation vocale depuis des temps très éloignés, et il s'effraya du bruit qu'il produisait. Il avait complètement oublié qu'il possédait une voix.

Cette réaction instinctive rendit le Démon Noir encore plus incertain. Il craignait de découvrir en lui-même d'autres capacités depuis longtemps oblitérées, dont la réminiscence ne ferait qu'accroître sa confusion. D'un pas maladroit, il s'avança vers l'entrée de la salle voisine. Là, il s'arrêta et observa ce qui l'entourait. Il ne vit rien de suspect. Tout était comme avant.

Magallion aurait pu en éprouver quelque soulagement mais, au contraire, son inquiétude grandit. Il se sentait épié par des yeux invisibles. Perplexe, il recula jusqu'à toucher du dos l'un des piliers de soutien. La dure pression du métal contre sa nuque lui rendit un peu de son assurance. Il était résolu à ne pas quitter cette place. Peut-être tout passerait-il aussi vite que cela avait commencé…

Un petit Démon se détacha du corps du géant et tomba par terre. Son géniteur le considéra avec indifférence alors qu'il se désintégrait.

*
* *

L'Émir se rematérialisa dans une salle remplie de machines à la configuration étrange. D'un regard, il constata qu'il n'y avait personne à proximité. Néanmoins, quand il tendit ses « antennes » télépathiques, il capta, outre les faibles impulsions du protoplasme, un influx mental à peu de distance.

Il se tourna vers Merkosh et Corello pour les mettre en garde.

— Faites attention ! Il y a quelqu'un, tout près.

Ribald s'assit par terre et s'appuya contre une machine. Dans l'une de ses petites mains, il tenait une arme spéciale. Puisque il ne pouvait pas s'enfuir sans l'aide du téléporteur, il était décidé à se défendre contre toute attaque en l'absence de celui-ci.

Le vitroïde avait déployé sa trompe et scrutait attentivement le voisinage.

— Tu n'as pas besoin de ta voix mauvaise pour l'instant, lui déclara L'Émir. Ne l'utilise que si un danger vous menace, toi ou Corello.

— Économise tes conseils ! rétorqua l'Opronien. Je sais ce que j'ai à faire.

Une fois encore, l'Ilt focalisa ses sens télépathiques sur les alentours proches. Les impulsions de l'étranger étaient faibles. Il ne put en retirer aucun renseignement.

Les paroles de Merkosh s'imposèrent à sa conscience.

— Tu peux sauter à bord du *Gevari* et ramener les deux autres. Entre-temps, nous explorerons les lieux.

Le Supermutant s'efforçait de localiser la source d'énergie principale de la station. L'Émir jeta encore un coup d'œil à ses deux collègues, puis se dématérialisa.

Quand il reparut dans le central de l'aviso, Saedelaere l'attendait avec une grande impatience.

— Nous pensions déjà qu'il vous était arrivé quelque chose ! Que se passe-t-il, là-bas ?

L'Ilt leva la tête et découvrit son incisive.

— Mollo, Alaska ! Ribald et Merkosh se trouvent à l'intérieur de la forteresse. Ils ne courent aucun danger pour l'instant. Il y a aussi une créature que je ne peux pas situer exactement.

— Et l'alimentation principale, vous l'avez trouvée ? répliqua sévèrement le chef de mission. Vous rappelez-vous qu'il peut exister des dispositifs d'alarme automatiques dans cet engin ?

— Si nous ne les paralysons pas immédiatement, il appellera à l'aide, prédit Wyt.

— Dans ce cas, pourquoi poireautons-nous encore ici ? demanda l'Émir d'un ton sarcastique.

Il tendit ses deux petites pattes. Alaska et Balton les saisirent.

Le mulot-castor grimaça un sourire à Mentro Kosum.

— À la revoyure ! lui lança-t-il avant de s'évaporer.

*
* *

Magallion espérait que la forteresse allait se mettre en mouvement vers une nouvelle destination. Ainsi, cette situation fantasmagorique prendrait fin. Mais le blindé continuait de stationner sur le rail où il s'était arrêté plusieurs heures auparavant.

Bien que le Démon Noir n'aimât nullement prendre des décisions extraordinaires, il finit par abandonner la colonne de soutènement pour continuer sa ronde. Le besoin de découvrir la cause du trouble était plus fort que sa crainte d'une surprise désagréable.

Sur ses jambes épaisses comme des piliers, il marcha d'un pas lourd vers la salle voisine. Loin au-dessus de celle-ci, au sommet de la station, trônaient les coupoles d'artillerie. Magallion ne s'était jamais interrogé sur elles, pas plus que sur les autres équipements du colossal véhicule. Aujourd'hui, il le regrettait. Il s'était comporté trop passivement durant toutes ces années. Jadis, en cette époque qui lui demeurait cachée derrière la mystérieuse barrière bloquant sa mémoire, il devait avoir été différent, il en était convaincu.

Il laissa derrière lui un autre de ses rejetons qui venait de se détacher. Le curieux « bourgeon » ouvrit une gueule presque carrée, comme s'il allait crier, puis il se mua en un nuage d'énergie qui se dissipa en quelques fractions de seconde. L'hypnocristal enchâssé dans la tête du géant commença à pulser. Magallion s'arrêta et leva les bras. Jamais auparavant il n'avait éprouvé si intensément la présence de cette inclusion dans son crâne.

Qu'est-ce que cela pouvait bien signifier ?

Sans le vouloir, le Démon Noir chercha une surface dans laquelle examiner son reflet. Le revêtement arrière d'une machine qui s'élevait presque jusqu'au plafond fit l'affaire. Pour la première fois depuis des millénaires, Magallion considéra son image avec un intérêt placide.

Cette contemplation suscita chez lui une certaine émotion. Il voyait un colosse haut de vingt mètres, une forme massive et grossière, comme taillée dans un bloc de bois d'un noir brillant. La tête était un simple renflement dans lequel l'hypnocristal était implanté. Le rayonnement lumineux de l'artéfact était maintenant si puissant que le Démon Noir ne distinguait pas la majeure partie de son propre visage. À peine pouvait-il reconnaître une mince fente horizontale, sa bouche.

À mi-hauteur sur son corps saillaient deux espèces d'entonnoir dans lesquels étaient enroulés des bras flexibles épais d'un mètre et longs d'une dizaine. Magallion ne possédait pas de mains au sens humanoïde du terme, mais des extrémités fuselées très mobiles. Ses jambes étaient courtes et trapues. Elles se ramifiaient en une multitude de petits membres, ce qui leur donnait l'apparence de racines. Sous les excroissances qui supportaient les bras, la peau était plissée et rugueuse. Les innombrables divisions l'avaient flétrie et fragilisée. D'ailleurs, une nouvelle phase de scission était en cours. Le géant tenta alors de retenir son rejeton dans ses bras. Il n'y parvint pas, et poussa un gémissement. Pour la première fois, il désirait ardemment un contact avec ses descendants. Savoir qu'il ne l'obtiendrait jamais le désespéra. Il se détourna et traversa lentement la salle. Ses pensées n'étaient que confusion. Bizarrement, après des millénaires de soumission, sa résignation l'effrayait tout à coup.

C'était plus que son esprit ne pouvait en supporter.

*
* *

Quand L'Émir se rematérialisa dans la forteresse avec Alaska Saedelaere et Balton Wyt, Merkosh se tenait au milieu du local et tirait au radiant sur un épais faisceau de câbles qui couraient directement sous le plafond.

Saedelaere surmontait toujours très vite la douleur

causée par les sauts téléportés. Il interrogea du regard Ribald Corello.

— C'est moi qui ai ordonné cette action, expliqua celui-ci. Je suis sûr qu'il s'agit d'une ligne d'alimentation principale qui mène directement à la centrale.

Alaska ne répondit pas. La multitude de machines à la conception exotique était déconcertante. Bien qu'il n'y eût ni poussière, ni trace d'usure ou de délabrement sur les installations, l'homme au masque acquit immédiatement la conviction que la station était très ancienne.

— Nous devons atteindre la centrale, dit-il. S'il existe des dispositifs d'alarme, il faudra les neutraliser.

Quand il se retourna, il découvrit, dans le passage qui débouchait de la salle voisine, une créature gigantesque, noire, et qui portait un énorme cristal lumineux sur la tête.

Saedelaere se sentit pris d'un soudain vertige.

— Là… là… articula-t-il péniblement.

La voix lui manqua. L'éclat du cristal exerçait sur lui une fascination quasi magique.

Un effet hypnotique émanait de cette grosse gemme. Alaska voulait s'en libérer, mais il était comme paralysé. Il comprit avec horreur qu'il avait succombé à l'emprise de cet artéfact.

Du coin de l'œil, il apercevait Wyt. Le télékinésiste ne bougeait pas plus que lui.

Au seuil de la salle, le monstre lâcha un gémissement. Il se prit la tête dans les extrémités flexibles de ses bras, comme s'il éprouvait une terrible souffrance.

CHAPITRE XI

L'Émir se trouvait entre Alaska et Merkosh quand Magallion apparut dans l'entrée. Dès que l'Ilt vit le gigantesque étranger, il ressentit les puissantes impulsions qui émanaient du cristal. Ce n'était pas la première fois qu'il subissait un assaut de cette nature mais rarement auparavant il avait été exposé à des ondes hypnotiques aussi intenses.

Avant de penser à une contre-attaque, il devait se blinder contre ce rayonnement. Le mulot-castor édifia une barrière parapsychique. Il dut cependant constater avec inquiétude qu'elle n'était pas des mieux structurées. Les influx suggestifs continuaient à pénétrer dans son esprit. Il devait risquer de détourner une partie de ses énergies pour renforcer son écran mental. Cela signifiait qu'il ne lui serait pas possible de se téléporter aussi longtemps qu'il le maintiendrait. Ses capacités télékinétiques en seraient également affectées.

La pression sur son cerveau diminua. Pourtant, d'instinct, il recula.

Il vit que Saedelaere, Wyt et Merkosh demeuraient immobiles au milieu de la salle, complètement soumis à l'influence de l'hypnocristal. L'Émir jeta un rapide coup d'œil de l'autre côté, vers Corello, qui était adossé contre une machine. Il ne put déterminer si le Supermutant était lui aussi fasciné ou s'il possédait encore la maîtrise de soi.

Sans céder à la panique, l'Ilt reconnut que la situation était très dangereuse pour lui et ses compagnons. Le contact avec l'étranger avait été si soudain que les intrus s'étaient laissé surprendre. L'Émir avait perçu les influx mentaux du géant pendant tout le temps qu'il avait passé dans la forteresse, mais sans y prêter une attention particulière parce qu'ils lui avaient paru faibles et primitifs. Cette erreur leur coûtait cher ! Sans abaisser son bouclier mental, le mulot-castor envoya une pichenette télékinétique. Le monstre ne réagit pas. L'Émir ouvrit son esprit aux pensées de l'étranger. Il reçut un embrouillamini d'impulsions. Il détermina avec stupeur que le colosse était au moins aussi étonné que les cinq explorateurs. Cela signifiait qu'il ne contrôlait pas consciemment l'effet du cristal enchâssé dans son crâne. Le mulot-castor ne croyait pas que ce grand hypno-émetteur était de nature organique. D'autres créatures avaient probablement implanté ce minéral dans ce qui correspondait à la tête.

Le Démon Noir se désignait lui-même par le vocable de « Magallion ».

Les yeux grands ouverts, L'Émir nota qu'un renflement se formait au milieu du corps du géant. En quelques secondes, la peau fut distendue par cette excroissance.

Il se divise! pensa le mutant, ébahi. *Existerait-il une parenté entre cette créature et les Conquérants Jaunes ?*

Physiquement, on ne pouvait établir qu'une ressemblance éloignée. Peut-être le Démon Noir était-il lui-même un dégénéré, un Conquérant Jaune atteint par une maladie encore plus grave.

Sur Cocon, se dit l'Ilt, *tout est possible*…

Fasciné, il assista à l'individualisation du jeune démon noir. Celui-ci tomba sur le sol et y demeura, tentant de happer l'air avec sa curieuse gueule. Ensuite, le mulot-castor fut témoin de la désintégration du petit monstre. Alors que ses résidus disparaissaient, les indices d'un nouveau bourgeonnement se dessinaient déjà sur le corps du colosse.

L'Émir se secoua.

Il se sentait de plus en plus somnolent. Les injonctions hypnotiques ne l'atteignaient pas directement, mais la pulsation permanente du cristal agissait également sur lui. Il ferma les yeux et recula lentement tout en appelant :

— Alaska ! Alaska ! En arrière !

— Il ne t'entend pas ! le coupa Corello.

L'Ilt tourna la tête.

— Ribald ! s'exclama-t-il avec soulagement. Je suis heureux que tu y aies échappé !

— Cela ne m'avance pas à grand-chose, répliqua le Supermutant d'un ton sarcastique. À moins que tu ne puisses me dire ce que je fais, sans mon robot-porteur ? Je ne peux que rester ici et attendre ce que fera le monstre.

L'Émir se souvint alors de son arme. Lentement, il abaissa la main vers son radiant. Il referma les yeux pour éviter de contempler le cristal. Sous ses paupières closes, il croyait encore le voir pulser.

— Nous devons attaquer ! cria-t-il à Corello.

Il leva le bras. Quand il rouvrit les yeux, il nota que Ribald avait également pointé son arme.

Le mulot-castor ajusta Magallion, mais il ne parvint pas à presser la détente. Sa volonté était annihilée.

— Je… Je suis incapable de faire feu ! gémit-il, impuissant.

— J'avais espéré qu'il ne pourrait pas te dominer ! déplora Corello.

— Je ne peux pas lutter. Ma barrière mentale n'est pas assez forte.

Il parlait encore quand le Démon Noir se mit en mouvement, s'avançant à tâtons dans la salle où se trouvaient les intrus. Les bras tendus, il s'approcha de Saedelaere.

— Il attaque ! cria L'Émir.

Le Supermutant leva son arme à deux mains et visa avec soin. Le nain contrefait donnait une impression de calme total ; cependant, ses pensées tourbillonnaient dans son cerveau hypertrophié. L'Ilt espérait que son équipier tiendrait, mais il avait peur pour lui.

De nouveau, Magallion expulsa un rejeton.

Ribald tira.

La peau noire du colosse absorba l'énergie.

Le Supermutant changea de cible et s'en prit à l'hypnocristal incrusté dans la tête du géant. Malheureusement, un écran protecteur s'interposa devant l'artéfact, et le faisceau du radiant fut sans effet.

L'Émir s'effondra sur le sol. Il captait les impulsions désespérées de Magallion. Celui-ci avait perdu tout contrôle et ne se rendait plus compte de ce qui se passait autour de lui. Mais la désorientation du géant ne servait guère aux explorateurs. Leur adversaire réel était l'artéfact enchâssé dans son crâne. Le Démon Noir chancelait à travers la pièce, battant des bras autour de lui. Il frappa ainsi Saedelaere et le catapulta contre une machine. L'homme au masque s'écroula.

— Alaska ! gémit l'Ilt. Alaska !

Il ne reçut aucune réponse. Corello lâcha une rafale, sans pouvoir arrêter le géant ni détruire l'hypnocristal.

À quatre pattes, le mulot-castor rampa vers Saedelaere. Le Démon Noir errait sans but. S'ils ne pouvaient pas le terrasser, il les tuerait tôt ou tard. L'Émir atteignit Alaska, allongé immobile sur le dos. Ses yeux n'étaient pas visibles à travers les fentes du masque.

L'Ilt se força à concentrer ses antennes mentales sur le chef de mission. Puis il le saisit par le bras.

Sa tentative de téléportation à courte distance avec Saedelaere échoua. Ses forces paranormales étaient très diminuées.

Étendu à côté d'Alaska, il observa le Démon Noir, qui se trouvait maintenant devant Corello et le fixait, indécis.

*
**

Le tumulte mental de Magallion ne s'apaisait pas. Le colosse avait perdu tout contrôle et obéissait à d'incompréhensibles réactions intérieures. La présence d'intrus dans son domaine le faisait enrager. Il ignorait d'où ils venaient et quels objectifs ils poursuivaient, mais il les considérait comme des gêneurs. Depuis des millénaires, il vivait en solitaire, isolé dans cette station. Et voilà qu'un changement soudain se produisait ! Le Démon Noir n'était pas en mesure de supporter moralement cet événement.

Il se déchaîna dans la salle où les étrangers s'étaient rassemblés. Bien qu'il fût pris d'une rage de plus en plus intense, il ne pouvait entreprendre aucune attaque coordonnée contre ses visiteurs. Tout son crâne bourdonnait des pulsations du grand cristal. Cela l'irritait et perturbait ses mouvements.

Enfin, il s'arrêta et se retourna. Par terre juste devant lui se trouvait un être minuscule, qui tenait dans ses mains un instrument grâce auquel il pouvait produire de l'énergie. Il avait tenté de l'utiliser, sans toutefois nuire sérieusement au colosse. Celui-ci agita des bras menaçants. Pourtant, l'autre ne bougea pas. Magallion émit un grognement et piétina sur place. Le sol trembla sous son poids.

La pulsation du cristal s'accrût encore. Le Démon Noir poussa un cri et se mit à pivoter sur lui-même. En cet instant, il ne savait plus ce qu'il faisait. Empoignant sa tête dans ce qui lui servait de mains, il essaya de saisir l'inclusion minérale et de l'arracher pour se libérer enfin de ce supplice. Ce faisant, il écrasa sous ses pieds l'un de ses descendants qui venait de se séparer de son corps.

Le colosse martela l'hypnocristal. Dans la lueur de l'artéfact, ses bras paraissaient transparents.

Le Démon Noir inclina le torse et se frappa la tête contre une paroi métallique. Toute la salle en fut ébranlée. Mais la gemme continuait de pulser, infrangible.

Magallion se retourna, mal assuré sur ses jambes, et chercha les étrangers. Il distinguait son environnement comme à travers un brouillard. Il tâtonnait à gauche et à droite, tentant de saisir toutes les ombres qu'il apercevait.

*
* *

Corello fit un effort pour réfléchir calmement. Rarement il avait frôlé la mort de si près que quelques instants auparavant, quand le géant noir s'était dressé juste devant lui et avait fouetté l'air de ses bras puissants. Heureusement, Ribald résistait de mieux en mieux aux impulsions diffusées par l'hypnocristal. Il avait lâché son arme car elle ne lui était d'aucune utilité dans la lutte contre cet adversaire.

Le Terranien minuscule, à la tête surdimensionnée, n'était pas étonné de ce que même le mulot-castor avait succombé à l'influence hypnotique. Le cristal enchâssé dans le crâne du Démon Noir émettait en effet des impulsions suggestives concentrées.

Le Supermutant pressentait que ces ordres n'émanaient pas du cerveau du colosse maladroit. Ce dernier n'était nullement en mesure de contrôler la gemme luminescente. Soit le minéral était activé depuis ailleurs, soit il réagissait spontanément. Corello penchait pour la seconde hypothèse : la présence d'intrus, *leur* présence, avait éveillé l'artéfact. Les injonctions qu'émettait celui-ci contraignaient leurs cibles à une totale passivité. Ce qui signifiait que le cristal faisait partie des systèmes défensifs de la station.

Ribald constata que ses compagnons, sans exception, étaient hors de combat. Il focalisa alors son attention sur l'énergie qui était libérée chaque fois qu'un des monstrueux rejetons se désintégrait aussitôt après sa séparation d'avec le corps du géant. Il percevait cette énergie. Peut-être pourrait-il la canaliser et la manipuler ? Il déploya vers elle ses facultés de transmetteur fictif organique. Tout dépendrait du fait qu'il parvienne ou non à dominer cette énergie.

***

L'Émir, étendu par terre à côté d'Alaska Saedelaere, observait la scène sinistre qui se présentait à son regard. Magallion avait définitivement perdu sa maîtrise de soi. Il semblait aussi être devenu aveugle ; comment expliquer autrement ses attaques sauvages contre toutes les installations de cette salle ? Les machines qui la remplissaient se révélaient d'ailleurs étonnamment résistantes : si le colosse avait sévi pareillement dans le central d'un navire terranien, la plus grande partie des appareils eût été bonne pour la casse. Alaska, Wyt et Merkosh paraissaient inconscients. Curieusement, le télékinésiste et l'Opronien étaient restés debout. Néanmoins, ils ne faisaient pas le moindre mouvement pour s'écarter du géant déchaîné, même si les coups de celui-ci les frôlaient de très près.

Le mulot-castor suivait le cours des choses avec un détachement tranquille. Il était incapable de se lever afin d'entreprendre une quelconque action, même si, comme Corello, il avait pleinement conscience de la présence dévastatrice du géant.

Car l'Ilt subissait toujours les impulsions de l'hypnocristal. De temps en temps, une bribe de pensée de Magallion pénétrait dans son esprit. Il savait que le Démon Noir avait été surpris par les événements et éprouvait un sourd désir de restaurer au plus vite le calme qui avait été perturbé. Il souhaitait ardemment un retour à l'état dans lequel il avait vécu depuis des temps immémoriaux. La créature, comprenait L'Émir, était une sorte de fossile vivant qui séjournait manifestement dans ce véhicule depuis sa construction. Il donnait continuellement naissance à des descendants dont aucun n'existait plus de quelques secondes. Si le mulot-castor ne se trompait pas, Magallion ne possédait même pas une idée précise des tâches de la forteresse. Il était le serviteur abruti d'autres créatures qui l'avaient enfermé ici pour des raisons inconnues. Peut-être l'avait-on choisi uniquement comme porteur du dangereux hypnocristal.

L'Émir se demandait si les Conquérants Jaunes normaux étaient sans égards au point d'exiler leurs congénères malades sur un monde comme Cocon. Un soupçon lui effleura l'esprit, et ce n'était pas la première fois : y avait-il à l'intérieur de l'Essaim d'autres détenteurs du pouvoir que les Ocres ? Il pensait aux affirmations des dégénérés, qui ne voulaient pas croire que leurs peuples auxiliaires puissent causer des dommages irréparables dans la Galaxie. En outre, Sandal Tolk n'avait-il pas qualifié les Conquérants Jaunes de « Premiers Serviteurs ». Dans ce cas, qui donc servaient-ils ? Les réflexions du mulot-castor étaient de plus en plus confuses.

Tout en méditant sur les Conquérants, il ne quittait pas des yeux le géant furieux. Les déplacements erratiques de celui-ci le portaient maintenant vers Balton Wyt, et ses bras tentaculaires battirent l'air à côté du télékinésiste. Magallion s'arrêta soudain, car il avait perçu un mouvement. Wyt avait pourtant à peine bougé ; s'il avait un tant soit peu conscience du danger qui le menaçait, il ne faisait absolument rien pour lui échapper.

Le colosse tendit un bras, enroula le mutant dans son extrémité épaisse de plusieurs centimètres et le souleva comme un jouet.

Ce spectacle poussa L'Émir à mobiliser ses dernières forces. Il se redressa. Il ne pouvait s'en prendre au géant par télékinésie. Aussi lui lança-t-il une injonction télépathique :

— *Lâche-le ! Tu dois le lâcher !*

Le colosse se retourna lentement, signe indubitable qu'il avait capté et compris le message. Il agita Wyt en tous sens dans les airs. Le télékinésiste ne manifestait aucune réaction.

Le mulot-castor se laissa retomber. Il ne pouvait rien faire de plus.

*
* *

Le Démon Noir promenait Balton Wyt à travers la salle en hurlant furieusement. Corello savait que son équipier se trouvait en danger extrême. Le géant ne semblait toutefois pas encore avoir décidé de quelle manière il allait tuer sa victime.

Le Supermutant dut se contraindre à se désintéresser du sort de Wyt. Il s'agissait maintenant pour lui de prendre sous contrôle l'énergie qui se dégageait lors de la désintégration des rejetons du monstre. S'il voulait aider le télékinésiste, il fallait y parvenir sans tarder.

Le colosse s'arrêta de nouveau. Il parut s'amuser à soupeser Balton, suspendu à l'extrémité de son bras droit. Puis il le souleva. Horrifié, Ribald retint son souffle. L'adversaire allait-il écraser son captif par terre ?

Mais au contraire, le monstre le ramena doucement vers lui. Tremblant, Corello vit le géant presser Balton Wyt sur sa poitrine et l'écarter ensuite. Ce comportement, pour curieux qu'il fût, venait d'accorder au prisonnier un délai de grâce. Tendu, le Supermutant patienta jusqu'à ce que le corps de l'étranger bourgeonne à nouveau. Quand cela se produisit, il se concentra sur l'énergie qui se formait à la disparition du rejeton. S'il voulait la manipuler, il devait d'abord la maîtriser totalement, et en premier lieu, éviter qu'elle ne se dissipe immédiatement.

Ribald retint le résidu énergétique grâce à ses forces mentales. Il ne risqua pas encore à le déplacer car il craignait de le voir lui échapper.

Le géant noir s'arrêta sur place et émit une sorte de bourdonnement qui trahissait sa perplexité. Il semblait observer le nuage d'énergie qui ne se diluait pas comme d'habitude. Après quelques instants, il s'en rapprocha lentement.

Corello observa la manœuvre avec une grande satisfaction.

C'est alors que l'énergie lui échappa. Pendant une fraction de seconde, il avait focalisé son attention sur le colosse. Le nuage se délita.

Balton Wyt était à nouveau plongé en plein péril. Dans ces circonstances, il était heureux qu'il fût complètement paralysé par les ondes hypnotiques du cristal. En effet, tout mouvement intempestif de sa part aurait pu déclencher une réaction qui lui aurait été fatale.

Ribald jeta un coup d'œil vers ses autres compagnons. L'Émir et Saedelaere gisaient côte à côte. Merkosh se trouvait toujours figé, debout. Le Supermutant ne pouvait espérer d'eux aucune aide.

Le colosse noir était maintenant en train de s'asseoir par terre. Puis il s'allongea sur le dos. Il tenait Balton Wyt au-dessus de lui. Avec les deux bras… Corello ne pouvait estimer l'intensité de la pression, il souhaitait seulement que la poigne du monstre ne tue pas le télékinésiste.

Le corps du Démon enflait de nouveau. Quand le jeune s'individualisa enfin et se mit à irradier, Ribald captura le résidu énergétique. Cette fois, il se concentra exclusivement sur la maîtrise de cette ressource. Au prix d'efforts indicibles, il réussit à déplacer le nuage d'énergie. Il le dirigea, à titre d'essai, vers le sol, puis le fit remonter vers le plafond et redescendre encore.

Graduellement, il se familiarisa avec la manipulation de cette forme d'énergie, et il n'eut bientôt plus besoin d'y accorder toute son attention. Au bout d'un moment, il se sentit assez confiant pour passer à l'étape suivante. Il immobilisa le nuage et se concentra. S'il voulait réussir, il devait propulser cette puissance en une fois contre l'hypnocristal, et elle devait se matérialiser derrière l'écran protecteur du Démon Noir.

Corello respirait difficilement. Aux limites de sa conscience seulement, il perçut que le géant libérait Wyt et le déposait sur sa poitrine. Il ne savait pas si le télékinésiste était encore en vie.

Il s'agissait à présent pour le mutant de catapulter l'accumulation d'énergie à travers l'hyperespace afin qu'elle en émerge directement sur l'hypnocristal. Il ignorait si cette force à l'origine étrange se laisserait manipuler jusqu'à ce point, mais il devait essayer.

Quand il déploya toutes ses facultés, il sut déjà que la tentative allait aboutir. Il se sentait en complète harmonie avec le nuage énergétique qu'il contrôlait. Celui-ci réagissait à ses impulsions psioniques comme une créature vivante.

L'accumulation de puissance disparut, pour resurgir quasi instantanément sur l'hypnocristal. Là, elle se déchargea dans une terrible explosion.

Le minéral se brisa en milliers de fragments minuscules, qui s'éteignirent. Presque aussitôt, Ribald sentit que son cerveau se libérait d'une pression sourde. De l'autre côté de la salle, L'Émir se redressa. Corello se roula sur le ventre et rampa vers le géant. Ce dernier avait été tué : la détonation lui avait fendu le crâne. Une ultime phase de scissiparité avait été interrompue en plein développement.

Wyt! pensa le Supermutant. *L'explosion doit l'avoir pulvérisé!*

Péniblement, se retenant aux extrémités tentaculaires du géant noir, il hissa son petit corps contrefait le long de l'immense cadavre. Balton reposait encore sur la poitrine de leur adversaire. Sans le vouloir, celui-ci avait, de ses gigantesques bras, protégé le télékinésiste. Le spatiandre paraissait intact.

Corello se laissa retomber. Il était complètement épuisé et fut pris de vertige.

— Ribald! entendit-il appeler le mulot-castor. Ribald, ça va?

À cet instant, il perdit conscience.

*
* *

Magallion était mort.

Debout sur le torse du géant, L'Émir considérait sans remords la cavité dans laquelle avait été enchâssé l'hypnocristal. Il fit un bref essai de télékinésie et constata avec soulagement que ses facultés opéraient parfaitement. Saedelaere et Merkosh s'approchèrent pour s'occuper de Corello et de Wyt.

— Vous avez eu une chance incroyable, Balton, dit Alaska. C'est un miracle que le colosse ne vous ait pas écrasé.

Il s'adressa ensuite au mulot-castor.

— Dès que tu seras assez fort, petit, tu amèneras ici les frères Blazon et le robot-porteur de Ribald. Dans l'immédiat, nous n'avons plus rien à craindre.

Depuis peu, le protoplasme ocre s'écoulait lentement à travers les sas ouverts de la forteresse et se répartissait dans les salles de contrôle. L'Émir, en contact permanent avec les dégénérés, donnait les instructions nécessaires.

— Nous devons remettre en ordre toutes les lignes d'alimentation qui ont été coupées, déclara-t-il. La station doit fonctionner, sans quoi le système de Praspa recevra rapidement de la visite.

Blazon Alpha et son frère se mirent fiévreusement au travail. Avec l'aide du protoplasme, ils avaient assez vite réussi à activer les systèmes les plus importants.

Une heure plus tard, le *Gevari* s'était posé sur le gigantesque véhicule blindé.

— Tu dois déterminer si la forteresse a déjà émis un signal de détresse, demanda Saedelaere à l'Ilt.

Celui-ci renoua le lien avec les malades.

— Ils ne croient pas que la station ait appelé à l'aide, mais ils nous recommandent d'envoyer une courte impulsion sur l'appareil radio préprogrammé et d'annoncer à la centrale qui doit exister quelque part dans l'Essaim qu'il s'est produit une panne, maintenant réparée.

Alaska fit un signe de tête à ses compagnons.

— Nous allons faire ce qu'ils nous conseillent.

— Le collectif exige aussi que la forteresse reprenne son ancienne fonction, poursuivit le mulot-castor.

— Comment ? s'étonna l'homme au masque. Ils veulent que nous désintégrions les montagnes de protoplasme ?

— Ils ont raison, intervint Corello, qui avait dormi plusieurs heures dans son siège spécial. En apparence, rien ne peut changer sur Cocon. Ce n'est qu'ainsi que nous pouvons espérer demeurer inaperçus.

Balton Wyt grimaça un sourire.

— Jamais je n'aurais pensé que la forteresse remplirait son office avec nous aux commandes !

Les travaux de réparation continuaient. Peu avant qu'ils ne soient terminés, le blindé reçut un message hypercom de quelque part dans l'Essaim.

L'Émir en informa le collectif organique, puis rapporta à ses compagnons les conclusions du protoplasme.

— Quelqu'un veut savoir pourquoi la forteresse n'envoie plus aucune impulsion !

Quand tous les circuits furent reconnectés, le véhicule se remit lentement en marche. Les membres de l'équipage du *Gevari* n'avaient pas grand-chose à faire, les contrôles étant presque complètement automatisés.

L'émetteur diffusa alors l'annonce convenue.

— Espérons qu'ainsi, « on » ne se souciera plus de Cocon, déclara Saedelaere. Le processus suit à nouveau son cours habituel, avec la différence que nous choisirons les régions à désintégrer un peu plus soigneusement que le Démon Noir. Nous détruirons le moins possible de protoplasme.

Alaska admettait qu'ils n'auraient jamais pu maîtriser si vite la forteresse sans l'aide du collectif organique. Ce dernier, s'étonnait l'homme au masque, possédait une connaissance remarquable des dispositifs techniques de la station.

Quand les réparations furent bouclées, le chef de mission prescrivit quelques heures de repos à ses équipiers épuisés. Le protoplasme qui avait pénétré dans la station régulatrice s'en retira. Mentro Kosum prit le premier tour de garde.

— Réveillez L'Émir en cas de difficultés, ordonna Saedelaere à l'émo-astronaute. Il pourra alors contacter les Ocres.

— Ce ne sera probablement pas nécessaire, assura Kosum. Dans quelques jours, le contrôle que j'exercerai sur ces systèmes sera si bon que je n'aurai plus du tout besoin de l'aide des dégénérés !

— Tant mieux ! se réjouit Alaska.

Il sortit par le sas et regagna le *Gevari*. Il était très content des résultats de l'opération. Ils avaient recueilli des renseignements capitaux sur les Conquérants Jaunes et avaient en outre conquis une excellente base avancée. S'il ne survenait pas d'incident malheureux, ils pouvaient vivre dans la forteresse pendant de longues années sans être découverts.

Mais telles n'étaient pas les intentions de l'homme au masque.

Il devait maintenant trouver un moyen de renouer le contact avec Perry Rhodan. Les Terraniens, et avant tout les équipes scientifiques, devaient être informées des connaissances que le commando du *Gevari* avait recueillies à l'intérieur de l'Essaim.

Alaska s'installa sur son étroite couchette et croisa les bras derrière la tête.

Un léger ébranlement parcourut l'aviso. La forteresse du Démon Noir glissait à nouveau sur son rail d'énergie, et avait repris sa tâche brièvement interrompue.

CHAPITRE XII

Planète Cocon, quelques jours plus tard, à bord de la forteresse

Alaska Saedelaere arracha les frères Blazon à leur période de repos et leur expliqua ce qu'il voulait.

— Nous savons que la station lance continuellement des signaux de reconnaissance, mais nous ignorons à qui ils sont destinés et dans quelle direction ils sont envoyés. Nous ne pouvons pas couper l'émetteur automatique, puisque nous aurions alors immédiatement une unité de vérification sur le dos. Par contre, si nous repérons le train d'ondes avec nos appareils et remontons à sa source, personne ne le remarquera. C'est ce travail que je voudrais vous demander de réaliser.

— Quand commençons-nous ? s'enquit Blazon Alpha.

— Le plus tôt sera le mieux. Notre centralcom contient tous les instruments nécessaires.

— Nous nous y mettons, assura Bêta.

— Je crois que je peux vous laisser, conclut l'homme au masque. Je dois encore m'occuper des autres, sans quoi ils ne se réveilleront que quand l'Essaim nous aura emmenés dans une autre galaxie !

Il regagna la salle qui leur servait de dortoir.

Ribald Corello se reposait sur son robot-porteur. Il était réveillé et attendait Alaska.

— Le protoplasme donne des conseils certainement

excellents, mais je doute qu'ils présentent le moindre intérêt pour nous. Il nous recommande de ne pas nous diviser maintenant. Le temps n'est pas encore venu et nous devons attendre. Par « nous diviser », il entend une scission cellulaire, évidemment.

— Personne parmi nous ne pense à se diviser, dit Saedelaere en souriant derrière son masque.

Il s'assit sur le capot métallique de l'une des nombreuses machines qui remplissaient le local.

— Le collectif organique, reprit-il, pense selon d'autres normes que nous. Il est incapable de s'identifier à une autre forme d'existence. Il éprouve de l'amitié pour nous, mais son mode de raisonnement est par trop subjectif. Néanmoins, soyons attentifs car parmi toutes ces propositions apparemment peu importantes, il peut s'en trouver l'une ou l'autre qui nous servirait. Merci, Corello.

Alaska réveilla les autres. Ils remontèrent à bord du *Gevari*, et quand ils en revinrent une demi-heure plus tard, toute la troupe était fraîche et dispose. Saedelaere les pria de s'asseoir.

— J'ai décidé de rester pendant un moment encore sur Cocon et d'examiner la planète de plus près, amorça-t-il en les regardant chacun à son tour. Les Blazon sont dans le vaisseau et tentent de tracer les émissions de la forteresse. Je sais que cette position attentiste ne plaît pas à tout le monde, mais je pressens qu'il va se passer quelque chose, je ne sais pas quoi. Si cette planète n'avait pas une quelconque utilité, l'Essaim l'aurait expulsée depuis longtemps.

La répartition des tâches que détailla ensuite le chef de mission parut si fastidieuse au mulot-castor qu'il se leva en adressant un signe de tête au télékinésiste.

— Viens, Balton, on va enfiler nos spatiandres et aller faire une balade. Tu nous excuses, patron, nous allons rendre une autre visite au protoplasme. Nous serons de retour vers midi. J'espère qu'il y aura quelque chose d'extra à se mettre sous la dent !

— Mentro Kosum s'en occupera, assura Alaska, signifiant ainsi qu'il était d'accord pour l'excursion.

*
* *

Ils s'étaient rematérialisés dans une vaste dépression séparant des montagnes de protoplasme. La forteresse circulait très haut au-dessus de celles-ci, minuscule point sombre sur son rail d'énergie scintillant. Praspa se trouvait assez bas sur l'horizon ouest et se coucherait bientôt. Mais les explorateurs n'avaient pas ajusté leur emploi du temps au rythme local.

L'Émir contacta le collectif organique par télépathie et posa les questions auxquelles il n'avait pas, jusqu'à maintenant, reçu de réponses satisfaisantes.

Soudain, il s'étonna.

— Je capte de nouveaux influx mentaux ! s'exclama-t-il en indiquant d'autres montagnes, vers le nord. Ça ne vient pas du protoplasme, ce sont des impulsions individuelles ! Il s'agit d'êtres bien distincts, qui vivent et pensent indépendamment les uns des autres !

Balton Wyt hocha la tête.

— Tu dois te tromper, petit ! Nous avons établi avec certitude que la planète n'est occupée que par le protoplasme muté. Á part lui, il n'y a ici aucune forme de vie si ce n'est quelques végétaux. Personne ici ne pense, en dehors de nous et des dégénérés.

— Qui est le télépathe, ici, toi ou moi ? s'insurgea le mulot-castor en entendant son équipier mettre en doute ses capacités. Tu peux être sûr que je ne me trompe pas ! Nous devons rentrer à la forteresse. Alaska sera content quand il saura ça.

— Pourquoi donc ? Mais même si tu as raison, il risque

de s'agir d'un adversaire. Peut-être y a-t-il sur Cocon une base secrète que nous n'avons pas encore localisée.

— Eh bien voilà qui est fait ! Donne la main, on rentre !

*
* *

— Nous avons réussi, dit Blazon Alpha. Nous avons pu repérer les émissions et remonter une partie de leur cours. Leur portée, naturellement, reste inconnue. Pour la déterminer, il faut des appareils plus sensibles que les nôtres, malheureusement.

— Mais nous avons la direction ! triompha Blazon Bêta. Droit sur la queue de l'Essaim !

Alaska, qui était revenu à bord du *Gevari* pour se renseigner sur les progrès des deux savants plophosiens, hocha la tête.

— Ainsi, les émissions vont d'ici jusqu'à l'extrémité arrière du conglomérat stellaire… Très intéressant, en effet. Il se trouve donc là-bas une sorte de station de contrôle. Aussi longtemps que la forteresse diffuse son signal de reconnaissance, rien ne se passe. Mais si elle se tait, une vérification est opérée. Or, c'est précisément ce que nous voulons éviter.

— En avons-nous terminé ici ? s'enquit Bêta.

— Dans l'immédiat, je n'ai aucune tâche à vous assigner, répondit le chef de mission. Je vous autorise à jouer une partie de ce que vous voulez avec votre frère, ou vous pouvez prendre une autre période de repos. Ce qui vous fait envie, tant que vous ne gênez pas les occupations de vos collègues.

Sans autre commentaire, Alaska quitta le *Gevari* et alla rejoindre ses autres équipiers.

— Tu peux aller dormir, mon cher frère, déclara tranquillement Blazon Alpha. Je me rends à la cambuse. Mentro Kosum me doit une explication.

— Une explication ? s'étonna Bêta ? Comment cela ?

Alpha haussa les épaules et les laissa retomber, en un geste d'absolue perplexité.

— Hier, j'ai joué avec lui une partie de *gentox*... Eh bien figure-toi qu'il a gagné !

— Et alors ?

— Tu es sourd ? *Il a gagné !* Pourtant, je m'étais arrangé pour que certaines des baguettes métalliques soient légèrement tordues, pour que tous les empilements s'écroulent, et il a gagné malgré ça ! Le gars a triché !

Bêta ricana.

— Dans ce cas, va donc lui demander une explication, conseilla-t-il à son frère en quittant la pièce.

*
* *

Entre-temps, Saedelaere discutait avec Corello à propos de L'Émir et Balton Wyt.

— Avez-vous un contact avec eux ?

— Oui, Alaska. Ils sont en bas, à la surface, et semblent avoir découvert quelque chose d'intéressant. Je leur laisse le soin de vous en informer. Ils ne vont plus tarder. Le petit vient de nous ajuster par télépathie pour effectuer son saut...

Les deux mutants se rematérialisèrent dans la grande salle et le mulot-castor relata ses observations. L'homme au masque considéra pensivement la pointe de ses bottes, puis il leva les yeux.

— Des impulsions individualisées... ? De qui peut-il s'agir ?

— Je n'ai pas pu les identifier, ça n'a pas duré assez longtemps, expliqua L'Émir. Il faudrait faire une autre tentative, ça donnera certainement des résultats. Mais ce qui m'intéresse là tout de suite, c'est de savoir ce que Mentro nous a fristouillé avec nos concentrés.

C'était le mot-clé. Ils se souvinrent soudain tous qu'ils

avaient faim, et Alaska donna le signal de la pause de midi.

***

Deux mois plus tôt, un commando sous les ordres de L'Émir avait pénétré pour la première fois dans l'Essaim et découvert une stupéfiante planète cristalline. Les Terraniens avaient établi que cette gemme de taille planétaire n'était rien d'autre qu'un foyer d'émission d'impulsions hypnosuggestives. Après d'incroyables aventures, l'équipe infiltrée avait réussi à détruire ce colossal dispositif et à revenir ensuite dans la Voie Lactée.

L'opération avait permis d'éliminer une menace de premier plan.

Personne ne pouvait deviner s'il existait d'autres mondes de cette sorte, grâce auxquels on pouvait contrôler par hypnosuggestion des systèmes stellaires, voire même l'ensemble de la galaxie vagabonde.

Alaska y réfléchissait alors qu'assis dans le central du *Gevari*, il essayait de déterminer le cours de leurs actions futures en se basant sur les événements passés.

Soudain, il entendit un murmure. Un murmure mental, pressant mais incompréhensible. Il traduisait une exigence, mais ne contenait nulle menace. L'homme au masque ne percevait que des impressions, pas de concepts clairs, ni même une logique sous-jacente. Le message n'était certainement pas destiné au commando terranien.

L'Émir et Corello !

Eux seuls seraient capables d'identifier et de déchiffrer ces impulsions. Saedelaere quitta l'aviso sans informer ceux qui restaient à bord. L'Ilt dormait dans une niche, à côté du Supermutant. Les influx ne l'avaient pas réveillé.

— L'Émir, Ribald ! appela Alaska. Ces hypno-impulsions ! Que signifient-elles ?

Le mulot-castor se retourna et se gratta le ventre.

— Je le savais, geignit-il, qu'on abuserait honteusement de mes facultés ! Je me plaindrai au syndicat galactique ! Ou je résilierai purement et simplement mon contrat ! Dites-moi que ce n'est pas vrai !

— Arrête un peu, veux-tu ? le coupa Saedelaere. Es-tu d'accord pour le faire ou non ?

L'Émir lui jeta un coup d'œil oblique.

— D'accord pour faire ou ne pas faire quoi ?

— Étudier ces impulsions ! D'où viennent-elles, quel est leur message ?

— Eh bien… il ne n'est pas particulièrement agréable de répondre à ta question, tu vas vite comprendre pourquoi. C'est qu'en principe, elles ne devraient même pas exister, parce que la planète qui les diffusait ne peut plus remplir son office.

— Tu penses qu'il s'agirait d'un influx suggestif produit par des cerveaux mutants et amplifié par une lentille planétaire ? Un nouvel équivalent de ton Cristal des Âmes Captives ?

— Tout juste, Auguste !

— C'est catastrophique ! Nous n'avons probablement pas beaucoup de temps pour nous mettre en sûreté. Je présume que cette vague hypnotique ne survient pas sans raison. On nous a découverts.

— Mais non !

Le mulot-castor se leva et se mit à marcher de long en large dans la niche. Il regardait régulièrement Ribald. Ils étaient tous deux d'accord, c'était certain.

— L'émission ne nous concerne nullement, conclut L'Émir. Elle est destinée aux montagnes de protoplasme. Mais pas seulement.

— Pas seulement au protoplasme ? À qui d'autre ?

— Ne t'ai-je pas dit qu'il se trouve sur Cocon des individus dont je capte les pensées ? C'est vers eux que les hypno-impulsions sont dirigées. Le collectif organique, lui, est plein d'espoir, mais ne me demande pas l'espoir de quoi ; je ne le sais pas, du moins pas encore. Si tu nous laisses un moment de tranquillité, à Ribald et moi, nous finirons bien par le découvrir. Ça marche ?

Alaska comprit qu'il devrait accorder ce plaisir au mulot-castor s'il voulait en apprendre davantage. Il s'assit et se tut.

Attentifs et silencieux, Corello et L'Émir avaient adopté une position qui reflétait leur concentration. Ils écoutaient les influx suggestifs. Les non télépathes, eux, ne faisaient que les entendre sans rien pouvoir en tirer, mais plus l'émission se prolongeait, plus distinct devenait aussi pour Saedelaere le sens de l'« assaut mental », ainsi qu'il qualifiait l'événement pour lui-même. Toutefois, il ne lui apparaissait plus comme une agression, mais comme la diffusion automatique d'un message de bon augure.

L'Ilt tourna la tête et annonça :

— La fréquence de ces para-impulsions est similaire à celle du Cristal des Âmes Captives, là où créchaient les mutants jaunes. Soit il existe plusieurs mondes de cette sorte, soit on a réussi à reconstruire celui où je me suis illustré. Mais ça m'étonnerait, donc ce doit être la première solution qui colle : il y en a plusieurs. Cela signifie aussi que leur portée n'est pas aussi grande que je ne le supposais.

— Que dit cette émission ? D'après ce que j'en comprends, c'est une nouvelle heureuse, mais laquelle, précisément ? Et pour qui ? Le protoplasme ?

L'Émir hocha la tête.

— Que de questions à la fois ! Commençons donc par les dernières. Je peux affirmer une chose : l'émission est seulement destinée à une petite partie du protoplasme. Elle s'adresse à des individus qu'attend prochainement une joie immense, le plus grand bonheur de leur vie. Alors, ça fait tilt, tout doucement ?

— Le plus grand bonheur de leur vie… ? Tu ne veux pas dire… ?

— Mais si ! La division ! Le message concerne ceux qui vont bientôt se reproduire. On va venir les chercher. Et qui va-t-on venir chercher ? Je présume que tu as pigé ça aussi : les Conquérants Jaunes, ces drôles de poires géantes ! J'avais raison ! Il y en a bien sur ce monde, et ils sont cachés dans les montagnes de protoplasme !

— Pourquoi le collectif ne nous l'a-t-il pas révélé ?

— Nous ne le lui avons pas demandé.

— Si c'est exact, nous sommes dans la panade. J'imagine que l'émission n'est qu'un préavis. Ce que je ne comprends pas, c'est comment il peut encore y avoir des spécimens sains de ces étranges créatures jaunes sur une planète contaminée.

— Le protoplasme commence à se retirer, intervint soudain Corello. Il délaisse les rails qu'il avait neutralisés et redescend à la surface de la planète.

— Dans ce cas, il a perçu un danger et essaie de se mettre à l'abri. Mais l'émission court toujours.

— Oui, elle n'est plus adressée qu'aux Jaunes qui vont entrer en phase de division. Maintenant, elle revêt un caractère quasi sacré, elle devient jubilatoire, euphorique, si je peux m'exprimer ainsi. L'Émir peut le confirmer.

— Sans aucun doute, acquiesça celui-ci. Et elle répète un contenu déterminé, comme si le message devait imprégner le récepteur.

— Quel est ce contenu ?

— Ça vient… Encore quelques secondes de patience.

Pendant que l'Ilt tendait ses antennes, Corello chuchota :

— Le protoplasme est troublé et inquiet même si aucune menace n'a été proférée. Cependant, il me semble avoir capté quelque chose comme une interdiction. Une interdiction de se diviser à l'avenir.

— Comment cela va-t-il se passer ? Par quel mécanisme ?

— Je ne sais pas, Alaska.

Corello se tut car le mulot-castor venait de faire signe qu'il avait obtenu des éléments supplémentaires. Il fallut encore plusieurs minutes avant qu'il ne se détende.

— Voilà, nous avons tout le bazar ! annonça-t-il en se remettant à aller et venir dans la niche. Je crois qu'il s'agit d'une hypnobande qui tourne, car le message s'est répété à plusieurs reprises sans montrer le moindre changement. Il atteste une fois de plus que ces fameux « lieux aclars » sont disponibles pour accueillir les bienheureux, qu'ils les attendent pour leur offrir une grande joie, et que cet événement magnifique est imminent. Pas mal, non ?

— Les lieux aclars ! Si seulement nous savions de quoi il est question ! Cela recouvre-t-il toutes les planètes sur lesquelles une division s'effectue ? Si oui, ce serait un terme générique qui ne désigne aucun endroit précis.

— C'est probablement ça, approuva L'Émir. Cependant, je pense qu'il vaudrait mieux remettre les spéculations à plus tard. La question urgente, c'est « Que faisons-nous maintenant ? » Attendrons-nous que les vaisseaux-ruches débarquent ?

— Nous savons par expérience que nous bénéficions encore d'un peu de temps.

Quand les deux télépathes reprirent l'écoute, ils constatèrent que les impulsions avaient faibli. Grâce à une opération compliquée de paralocalisation, ils établirent que l'émission avait été extrêmement focalisée et dirigée vers un destinataire différent.

Un autre monde subissait l'influence parapsychique…

***

Les Terraniens ne se sentaient plus en sécurité dans la forteresse conquise. La menace ne durerait toutefois, c'était clair, que jusqu'à ce que l'on soit venu chercher les Conquérants Jaunes qui étaient sur le point de se diviser.

Ensuite, Cocon serait de nouveau un globe désert, si l'on faisait abstraction du protoplasme dégénéré.

Ils étaient assis dans le poste central du *Gevari* et tenaient une conférence. Chacun exprimait son opinion, essayant d'évaluer de son point de vue les événements et la situation.

— Comment se fait-il, demanda Merkosh après une demi-heure de débat, qu'il existe encore ici des Conquérants Jaunes en tant qu'individus ? Sont-ils sains ou malades ? À mon avis, ils doivent avoir été contaminés par le virus qui affecte le protoplasme, sans quoi ils auraient quitté cette planète depuis longtemps.

Alaska hocha la tête.

— Vous m'inspirez là une idée, Merkosh. Une idée très dangereuse, je dois le reconnaître. Imaginez que les Jaunes d'ici soient des porteurs sains de la maladie. Que se passera-t-il quand ils entreront en contact avec des individus encore indemnes… ? Il faut dire que nous ne sommes pas sûrs qu'on va venir les chercher, ni qu'ils ont effectivement reçu un message dans ce sens. L'émission que nous avons captée peut seulement avoir frôlé Cocon par erreur.

— Ah non ! Objection, Votre Honneur ! s'exclama L'Émir avec emphase. Une telle affirmation est illogique ! Les impulsions hypnosuggestives s'adressaient au protoplasme et donc, c'est bien à cette planète qu'elle était expédiée !

Balton Wyt prit la parole.

— Si l'on met de côté la séduisante perspective d'introduire des porteurs d'un dangereux virus parmi la multitude des Conquérants Jaunes sains, nous nous trouvons une fois de plus devant le même problème, à savoir qu'une phase de naissance hors de l'Essaim est proche, et qu'un monde va en mourir, ou du moins la vie éventuelle qui l'habite. Ne pouvons-nous pas empêcher cela ?

— Pour l'instant, ce n'est pas notre tâche, ni notre problème immédiat. Une occasion exceptionnelle s'offre à nous et nous devons en tirer profit. J'ai aussi une ébauche d'idée pour la mettre en pratique mais nous verrons cela plus tard. Quelqu'un a-t-il quelque chose à ajouter… ?

— Oui, moi ! dit Blazon Bêta d'un ton maussade. Il y a une question qui me préoccupe depuis longtemps et à laquelle il n'y avait jusqu'à maintenant aucune réponse satisfaisante. Pourquoi les Conquérants Jaunes doivent-ils quitter l'Essaim pour se reproduire ? Pourquoi ce processus ne se passe-t-il pas ici, sur leurs propres mondes ? Ce serait pourtant beaucoup plus simple. Qu'en pensez-vous, Alaska ?

— Vous savez que nous avons déjà largement évoqué ce sujet. Il y aurait peut-être une interprétation mais personne ne peut affirmer qu'elle s'approche, ne serait-ce que légèrement, de la vérité. Considérez que le processus de division se produit dans un environnement extrême. L'ajustement secondaire de la planète qui servira aux naissances peut être fatal à la faune et à la flore locales. La température doit atteindre une valeur constante de 62,7134 degrés sur toute la surface. Ces conditions tuent non seulement les animaux et les plantes, mais elles déciment aussi les précieux micro-organismes sans lesquels aucun écosystème ne peut subsister. Elles privent les mondes sélectionnés de moyens d'existence future. Toute civilisation qui s'y est développée est condamnée.

Le Plophosien balaya d'un geste ces déclarations.

— Nous savons déjà tout cela, Alaska. Ça ne répond pas à ma question.

— Je l'admets, mais se remémorer ces faits établis nous pousse à tirer une conclusion qui paraît logique : les Conquérants Jaunes ne veulent pas détruire leurs propres mondes dans l'Essaim. Pour le pouvoir secret qui dirige le destin de la galaxie errante, il est probablement plus simple d'envoyer des vaisseaux en reconnaissance à l'extérieur et d'y chercher des planètes appropriées où le processus de division peut avoir lieu.

— Le collectif organique n'a-t-il cependant pas affirmé que jamais il ne causerait de destructions ni de morts ? A-t-il menti ? Il se compose pourtant de Conquérants Jaunes, même s'ils sont mutés et malades.

— Non, le protoplasme dit la vérité. Les Conquérants Jaunes ne *veulent* jamais tuer ou conquérir, je crois qu'ils y sont contraints. Peut-être *doivent*-ils détruire des mondes étrangers sous peine de ne pouvoir opérer leur division. Si toutefois ils ne se reproduisent pas, arrive alors ce qui se passe actuellement sur Cocon. D'une part ils suivent leur instinct, et de l'autre ils obéissent aux ordres hypnosuggestifs. Ils ne pourraient même pas se défendre contre cette contrainte même s'ils le voulaient.

— Bon, c'est une théorie... hésita Blazon. Peut-être n'est-elle pas non plus tout à fait correcte. Qu'en est-il de votre plan ?

Alaska se pencha en arrière dans son fauteuil.

— Je voudrais que nous prenions contact avec les Conquérants Jaunes de Cocon. Nous pouvons le faire sans danger d'être découverts car je suis sûr que les communications entre Cocon et les maîtres de l'Essaim sont à sens unique. Je propose que L'Émir rende de nouveau visite au protoplasme, seul. En tant que téléporteur, il bénéficie de la capacité de se déplacer librement. En tant que télépathe, il peut détecter les Conquérants Jaunes et s'entretenir avec eux. Nous devons en apprendre plus sur eux et trouver quand on doit les emmener. Ce n'est qu'une fois en possession de ces informations que mon plan aura un sens.

— En quoi consiste-t-il, ce plan ? s'enquit Balton Wyt.

— J'y ai déjà fait allusion. Nous essaierons de convaincre quelques-uns des Jaunes de nous laisser les conduire sur un monde de l'Essaim où se prépare un appareillage vers une planète de naissance. La pression qui les pousse à se reproduire est si puissante que nous ne manquerons pas de trouver des volontaires. Nous amènerons ainsi des porteurs du virus parmi les populations saines. Nous les utiliserons comme une arme, qui n'est heureusement pas mortelle. Mais nous devons d'abord savoir si les Conquérants Jaunes sur Cocon sont effectivement contaminés. L'Émir, es-tu prêt ?

— Toujours ! affirma le mulot-castor en se redressant de toute sa taille – ce qui le grandit de deux centimètres. Je suis toujours prêt quand il s'agit de sauver l'Univers.

— Parfait, mon ami. Mets tout de même ta tenue de combat, on ne sait jamais sur qui on peut tomber…

L'Ilt refusa d'un geste négligent.

— Pas la peine ! Je sors juste ramasser quelques gigapoires, ça n'a rien de dangereux.

CHAPITRE XIII

L'Émir se trouvait seul à la surface de Cocon, dans la fournaise de la mi-journée. Le climatiseur de son spatiandre travaillait à plein régime.

Le mulot-castor visa le massif montagneux jaune qui se dressait à quelques kilomètres au nord. C'était de là que venaient les impulsions mentales des Conquérants Jaunes qui ne s'étaient pas fondus dans le protoplasme.

Étaient-ils vraiment immunisés ?

Il se rematérialisa face à la muraille ocre de matériau organique dont la para-émission collective le frappa de toute sa puissance. L'Ilt réduisit sa sensibilité de réception pour éviter un choc parapsychique, après quoi il put commencer à passer les influx au crible.

Les impulsions des Jaunes sains, nettes auparavant, étaient dans une certaine mesure masquées par celles du protoplasme. C'était le cas depuis le début, sinon Corello et L'Émir les auraient découvertes plus tôt. Le mulot-castor essaya de prendre contact avec le collectif.

Comme chaque fois, ce ne fut pas simple, puisque celui-ci devait atteindre une certaine coordination avant de transmettre une émission unifiée et focalisée sur un sujet unique. Dès que cet ajustement fut réalisé, L'Émir fut en mesure de capter des pensées claires et d'y répondre.

— *Nous savons qu'à part le collectif protoplasmique, d'autres créatures résident sur ce monde. Pouvez-vous nous aider à les trouver ? Nous voulons les aider égale-*

ment, mais nous devons leur parler. Êtes-vous disposés à faire office d'intermédiaires ?

— *Ce sont nos ancêtres, et ils vivent en notre sein.*

Le mulot-castor fut assez déconcerté par cette formulation, sur laquelle il s'interrogea un instant avant de reprendre :

— *En votre sein... ? Voulez-vous dire par là qu'ils vivent en vous de la même manière que le sang de mes ancêtres coule dans mes veines ? Ce n'est pas à cela que je songeais. Je suis convaincu que vos ancêtres sont encore présents physiquement sur ce monde. Où sont-ils ?*

— *En nous et parmi nous*, lui répliqua-t-on. *Veux-tu les voir ?*

— *C'est ce que je vous demandais. Montrez-moi le chemin.*

Il n'y eut pas de réponse télépathique. En lieu et place, la montagne ocre commença à s'ouvrir juste devant L'Émir. Bouche bée, celui-ci constata que cet accès menait à une gigantesque cavité qui s'étendait profondément dans le massif. Le sol et le plafond étaient irréguliers, des couloirs partaient sur la gauche comme sur la droite, et le tout semblait bel et bien percé dans le matériau organique.

Les renseignements concernant les anciens étaient exacts dans leur acception littérale : ils vivaient au sein du protoplasme !

— *Entre ! Les ancêtres t'attendent.*

Cette invitation télépathique ne pouvait présenter qu'un sens symbolique car jamais les Conquérants Jaunes ne s'étaient divisés sur Cocon, jamais ils n'y avaient produit des générations de descendants. Leur durée de vie était par ailleurs inconnue.

L'Émir renonça à se téléporter sur cette courte distance. Il se dandina sur la surface grossière jusqu'à l'entrée de la caverne en s'étonnant de ce qu'il ne fît pas sombre à l'intérieur du complexe organique. Partout, il percevait une lueur jaune mat.

Les impulsions des entités diminuèrent puis se turent tout à fait. Le mulot-castor comprit que la masse ocre avait coordonné ses pensées. Toute activité mentale était dorénavant contrôlée de manière à faciliter le travail au visiteur. Un influx différent de celui du protoplasme pénétra dans la conscience de L'émir, net, puissant et concentré :

— *Nous te souhaitons la bienvenue sur notre monde, petit hôte. Nous savons que des étrangers sont venus à nous, et qu'ils ne sont pas des ennemis. C'est pourquoi nous nous sommes cantonnés dans l'expectative. Nos frères infortunés nous annoncent que vous voulez nous aider. Continue d'avancer, et nous nous rencontrerons. Je t'attends, ami du peuple malheureux.*

Ainsi, les Conquérants Jaunes de Cocon étaient télépathes ! L'Émir ne s'y attendait pas, mais il se dit immédiatement que ce talent sortant de l'ordinaire était peut-être une conséquence de la maladie, et qu'il contribuait éventuellement à les protéger contre une transformation en protoplasme dégénéré.

— *Je dois m'entretenir avec toi et les tiens*, transmit le mulot-castor en progressant. *Il reste beaucoup de questions sans réponse, et nous ne pourrons vous aider que quand ces énigmes seront résolues. Nous faites-vous confiance ?*

— *Nous vous faisons confiance, car nous avons souvent été trompés.*

La phrase était illogique, mais L'Émir crut décrypter le sens derrière les mots : les Jaunes étaient animés par le désir d'accorder leur confiance parce que jusqu'à ce jour, ils avaient été bernés par des meneurs d'intrigues inconnus. Ils se raccrochaient au moindre espoir.

— *Vous pouvez nous faire confiance. Quand vais-je te rencontrer ?*

— *Tu n'es plus très loin. Vois-tu la paroi du fond ? Elle s'ouvrira, et je serai là. Je t'attends. Mon peuple m'a désigné comme porte-parole, et ma voix mentale reflète notre pensée à tous.*

Le mulot-castor marcha bravement vers la muraille jaune, dans laquelle une fente se forma peu à peu. Au-delà s'étendait un espace à l'aspect artificiel, avec un plafond et des parois réguliers. Le sol présentait la même texture unie, mais sa teinte était tout aussi jaune que le reste des lieux.

Et un Conquérant s'approchait doucement du mulot-castor…

L'être ressemblait à une poire de plus de deux mètres de haut dont la partie basale, ronde et lisse, atteignait un diamètre d'un mètre. Appuyé sur de puissants appendices latéraux, il se déplaçait à la manière lente d'un escargot.

Sur la partie sommitale amincie du corps s'inséraient deux organes multifonctions, l'un sur l'avant, l'autre sur l'arrière. Ils rappelaient des yeux, mais étaient le siège d'autres sens que la simple vue.

Le Conquérant Jaune qui faisait maintenant face à L'Émir était nu. Sa peau était lisse, brillait d'un éclat huileux et ne présentait aucune pilosité. Deux bras vigoureux se divisaient à la moitié de leur longueur en deux membres secondaires terminés chacun par une main à six doigts.

Le protoplasme se conforma pour constituer deux sièges confortables. L'hôte les désigna.

— *Tu es notre invité. Je t'en prie, installe-toi !*

Ses pensées étaient si fortes et intenses que, pour le télépathe hors pair qu'était l'Ilt, elles sonnèrent comme des mots prononcés à haute voix. Ce fut involontairement de cette façon qu'il répondit :

— Merci, je t'adresse également les salutations de mes amis, qui sont aussi les amis de ton peuple. Nous voulons vous aider.

Ils s'assirent l'un en face de l'autre.

— *Nous le savons. C'est pourquoi nous n'avons rien entrepris contre vous. Nous avons non seulement toléré votre visite, mais également encouragé votre volonté de rester ici. En cela, le protoplasme, ainsi que vous appelez nos frères infortunés, nous a soutenus.*

— Vous qui êtes restés sains, vous attendez un événement heureux. C'est ce qui a été annoncé. Quand aura-t-il lieu ?

— Jamais. Cela nous est promis depuis longtemps, mais jamais personne n'est venu nous chercher. Nous attendons depuis longtemps, mais nous avons abandonné tout espoir. Un jour, nous devrons mourir sans avoir rempli notre tâche. Sur ce monde ne vivent plus que neuf mille cinq cents spécimens de notre peuple autrefois si nombreux.

— Pas plus ? (L'Émir réfléchit un instant.) *Ainsi, vous avez déjà souvent entendu l'heureuse nouvelle sans que jamais elle ne se réalise ? Personne n'est venu, personne n'a créé sur cette planète les conditions propices au bonheur suprême de ton peuple ? Pourquoi ? Et pourquoi alors cette promesse ?*

— Nous ne le savons pas, mon ami. Peut-être parce que nous sommes immunisés mais porteurs de la maladie.

— Immunisés et malades en même temps, donc ?

— Immunisés contre la transformation qui a affecté nos frères, et malades parce que nous portons en nous les germes de ce funeste destin. Je ne peux te donner davantage d'explications, mais on craint le contact entre nous et les peuples sains. Dis-nous maintenant comment vous voulez nous aider.

— Un autre le fera : le responsable de notre groupe. Il s'entretiendra avec toi et te dira tout. Je suis seulement un ambassadeur à qui revenait la tâche d'établir le premier contact. Vous devez nous croire, c'est là l'essentiel. Quand nous saurons tout de vous, nous pourrons vous aider. Mais ce désir doit venir de vous seuls, pas de nous.

Nous permettrez-vous d'atterrir une fois de plus à la surface de cette planète que nous appelons Cocon ?

— Nous serons heureux de vous accueillir comme nos invités. Et nous attendons vos propositions. Soyez sûrs que personne ne viendra nous chercher. Nous sommes condamnés à passer le reste de notre vie sur ce monde qui jamais ne nous offrira la plus grande de toutes les joies.

— Peut-être aurons-nous les moyens de vous aider. Notre chef en parlera avec toi et ton peuple dès que nous aurons atterri. À ce sujet : où pouvons-nous poser notre astronef ?

— Partout, vous êtes les bienvenus, mais peut-être serait-il préférable que votre vaisseau se replace sous la protection du protoplasme. Nous veillerons à creuser une vaste grotte avec une large entrée. Glissez-vous dedans, vous y serez bien à l'abri.

— Je vais en informer notre chef.

Le mulot-castor se demanda s'il pouvait aborder d'autres questions sans compromettre le plan d'Alaska, conclut que non, et se décida à prendre congé. Il rouvrit son bloc mental et communiqua :

— Permets-moi de retourner auprès de mes amis. Je leur ferai part de votre invitation. Nous atterrirons aujourd'hui peut-être, ou alors demain. Puis-je te demander d'y préparer ton peuple ? Nous ne voudrions par susciter de panique. Oh, encore une chose…

— Je t'en prie, mon ami.

— Tu parlais de neuf mille cinq cents survivants… Résident-ils tous ici, dans ces montagnes ? Ou occupent-ils les autres continents ?

— Ce nombre inclut tous les membres de mon peuple disséminés sur la planète entière. Tous ne se trouvent pas en ces lieux avec nous. Sur cette partie du monde, nous vivons en ce seul et même endroit, mais nous n'y sommes pas plus de trois mille.

— *Merci, le renseignement m'est utile. Nous nous reverrons bientôt. Je te sais gré de ta collaboration.*

— *C'est vous qui voulez nous aider*, rappela le Jaune avec sérieux.

Il se leva, et le fauteuil que lui avait sculpté le protoplasme réintégra la masse amorphe. L'Émir se leva à son tour, puis regarda son siège se rétracter et disparaître.

— *Nous vous attendrons dans la joie !*

Le Conquérant accompagna le mulot-castor jusqu'à la paroi, qui se partagea spontanément pour créer un passage. Avant de s'en aller pour de bon, le visiteur adressa un signe d'amitié à l'étrange et aimable créature piriforme. Pendant qu'il parcourait le couloir puis la grotte, il capta encore une courte impulsion émanant de son hôte et qui lui était sans nul doute destinée :

— *Selon ta chronologie, nous travaillons sur un projet d'évasion depuis dix-huit cents ans déjà ! Peut-être le réaliserez-vous. Alors, nous n'aurons pas espéré en vain.*

— *Quel est ce projet ?* questionna L'Émir, pris au dépourvu.

Mais il ne reçut aucune réponse.

Devant lui brillait la lumière du jour…

*
* *

Quand l'Ilt eut fini son rapport, Alaska le regarda, dévoré de curiosité.

— Un projet d'évasion ? Qu'est-ce que cela signifie ?

— Je l'ai demandé mais je n'ai pas obtenu d'informations supplémentaires. À mon avis, pourtant, c'est tout à fait clair : ils attendent depuis près de deux millénaires la division, qui constitue pour eux, non seulement un événement vital, mais encore le plus heureux de leur existence. Ils ont été menés par le bout du nez, et ils le réalisent enfin. C'est pourquoi ils se sont décidés à prendre leur destin en main, bien que je ne voie pas comment ils veulent arriver à quelque chose sans navigation spatiale. J'ai le sentiment que c'est là que nous tombons à pic. Et maintenant, quels sont tes plans ?

Alaska lut de l'espoir sur les visages de ses compagnons. Il s'adressa à L'Émir en souriant :

— Je comprends ce que tu veux dire. Ils veulent partir d'ici, vers une planète sur laquelle règnent les conditions propices à leur division. Ils escomptent que nous les y amènerons. Mais le *Gevari* est trop petit pour embarquer près de dix mille Conquérants Jaunes. Toutefois, quelques-uns d'entre eux pourraient prendre place à bord de notre aviso…

Mentro Kosum leva la main.

— Nous avons déjà été confrontés avec un problème de cette sorte, rappelez-vous. Dans la galaxie Gruelfin, nous avons aussi dû serrer des réfugiés dans un vaisseau comme des harengs en caque. Ils pouvaient à peine bouger, mais ils ont finalement été sauvés.

— J'estime que l'on pourrait en entasser cinq à huit cents, dit Balton Wyt.

Ils conversèrent encore pendant un moment et arrêtèrent leur ligne d'action. Les Conquérants Jaunes étaient télépathes, il convenait de ne pas l'oublier. D'autre part, les Terraniens voulaient sincèrement les aider, même si leurs motivations n'étaient pas purement désintéressées.

— Nous dormirons quelques heures puis nous quitterons la forteresse. Kosum pilotera prudemment le *Gevari* jusqu'à la grotte promise. Dans six heures si vous êtes d'accord. Ce sera précisément le coucher du soleil.

*
* *

Le navire discoïdal laissa derrière lui les rails énergétiques et descendit vers la surface. Il prit la direction des montagnes jaunes et s'approcha de la haute muraille de protoplasme, dans laquelle un couloir se dévoila derrière une large fente. L'Émir assura que rien de ces infrastructures n'existait lors de sa visite. Kosum réduisit encore la vitesse et l'altitude. Ensuite, porté par ses seuls antigravs, le *Gevari* glissa vers l'ouverture derrière laquelle on distinguait une vaste caverne. Elle devait mesurer dans les cent mètres de diamètre pour une cinquantaine de haut. L'émo-astronaute effectua un atterrissage en douceur. Il coupa le champ répulseur quand il eut constaté que le sol jaune ne cédait pas sous les étançons. Le matériau supportait sans difficulté le poids de l'astronef.

Plusieurs Conquérants Jaunes étaient venus accueillir les visiteurs. Campés dans une position digne et sérieuse, ils attendaient. Contrairement à la créature qu'avait rencontrée L'Émir lors de la première négociation, ils portaient des vêtements semblables à des sacs qui descendaient jusqu'à terre.

Le mulot-castor en resta bouche bée.

— Ça alors ! Des poires en robe de chambre ! J'aurai tout vu ! Peut-être devrions-nous aussi enfiler nos pyjamas pour nous adapter au savoir-vivre en usage ici…

Ils conservèrent bien entendu leurs tenues de combat, avec les casques ouverts.

— Corello reste à bord en couverture, décida Saedelaere.

Il ne prenait aucun risque, car personne ne pouvait prédire l'évolution de la situation. Les Terraniens avaient déjà fait d'amères expériences.

— Tous ceux-là se ressemblent comme deux gouttes d'eau, commenta l'Ilt en s'avançant sur la rampe de débarquement. Je ne sais pas si le gars avec qui j'ai discuté se trouve dans ce groupe.

— À mon avis, cela n'a aucune importance. Bien qu'ils demeurent individualisés, ils ont tous un lien commun, à l'instar du protoplasme. Chacun de ceux-ci sait de quoi tu as parlé avec leur représentant.

Le tourbillon de pensées du collectif organique décrût jusqu'à un murmure.

Un influx puissant et unique le remplaça, qui n'était compréhensible dans tous ses détails que pour L'Émir et Ribald. Les Conquérants Jaunes, quant à eux, saisissaient chaque mot que prononçaient les Terraniens. Aussi le mulot-castor fit-il fonction d'interprète au bénéfice de ses compagnons.

— Soyez les bienvenus, amis de notre peuple, leur répercuta-t-il. Le temps de l'accomplissement approche, et nos ennemis sont aussi les vôtres. La haine s'est perpétuée à travers les siècles. La haine envers la trahison de ceux qui nous commandent. Nous voulons être libres, nous voulons vivre dans la paix et jouir du suprême bonheur de l'existence. Le Démon Noir est mort, et le monde du suprême bonheur vit.

Alaska écouta la traduction de L'Émir alors qu'il parcourait la distance qui séparait le pied de l'aviso et les Conquérants Jaunes. Arrivé face au comité d'accueil, il déclara :

— Nous vous remercions de l'invitation, que nous acceptons avec plaisir. Si nous pouvons vous aider, nous le ferons volontiers, mais nous ne disposons que d'un petit vaisseau et nous ne serons pas en mesure de vous emmener tous sur la planète du suprême bonheur. Nous allons devoir en discuter.

Les salutations entre les êtres si divers qui composaient les deux groupes furent solennelles. Elles illustraient les possibilités de coexistence pacifique entre des formes de vie différentes, fussent-elles originaires de deux galaxies. Elles traduisaient aussi le fait incontestable que les motivations comptaient plus que les actes résultant de ces motivations.

— Nous avons fait préparer pour vous des espaces de repos, dit le Conquérant qui assumait la fonction de porte-parole.

— Nous pouvons nous reposer dans notre vaisseau, répondit Saedelaere. Nous ne voulons vous causer aucun dérangement.

— Vous êtes des amis, et les amis ne dérangent jamais, assura son interlocuteur. Vos locaux sont prêts. Nous parlerons plus tard.

Alaska n'avait d'autre option que d'accepter l'offre pour ne pas offenser leurs hôtes si bienveillants. Au fond de son subconscient, la présence de Corello à bord du vaisseau le rassurait.

*
* *

Les Terraniens n'eurent guère de loisirs. À peine eurent-ils réalisé quelques rapides observations, qu'ils furent tous mandés pour la première discussion. La convocation arriva sous forme d'impulsions télépathiques que traduisit L'Émir.

Entre-temps, l'équipage avait fait quelques calculs, si bien que Saedelaere put aller droit au but quand les Conquérants abordèrent la question.

— Vous accompliriez le plus grand désir de notre vie si vous pouviez décider de nous faire quitter ce monde. Nous savons que votre vaisseau est trop petit pour nous emporter en une fois, mais peut-être vous serait-il possible de faire un va-et-vient jusqu'à ce que nous soyons tous partis.

— Nous pouvons installer huit cents individus dans notre navire. Cependant, vous serez très serrés. Heureusement, le vol ne durera pas longtemps. Nous essaierons de revenir sur cette planète, mais nous ne savons pas si nous pourrons. J'attire votre attention sur un autre point : nous ignorons tout du monde du suprême bonheur ; toutefois, nous pouvons vous conduire sur une planète où une émigration est imminente. Nous avons pu relever et tracer les impulsions hypnosuggestives. Nous connaissons ainsi la position approximative de cette planète, qui se trouve à l'intérieur de l'Essaim. Serez-vous satisfaits si nous vous y transportons ?

Une onde de joie déferla sur Alaska et ses compagnons. Toute autre question à ce sujet était inutile.

— Nous choisirons les huit cents premiers voyageurs, déclara le porte-parole des Conquérants Jaunes. Quel délai avons-nous ?

— Il ne faut pas perdre de temps car nous ne savons pas quand les transporteurs atterriront sur la planète. Commencez la sélection. Nous nous mettrons en route dès que tous les passagers seront montés à bord.

De retour dans les quartiers qui leur avaient été attribués, les explorateurs s'installèrent confortablement sur le sol de protoplasme. Balton Wyt sombra aussitôt dans les bras de Morphée ; le télékinésiste était connu pour pouvoir s'endormir dans n'importe quelle situation.

Merkosh et Alaska discutèrent à voix basse. De temps en temps, les frères Blazon s'immisçaient dans la conversation. Le premier thème était le but de leur vol, la planète inconnue à laquelle étaient destinées les ondes hypnosuggestives.

— Seulement dix années-lumière ? s'assura Saedelaere.

— C'est ce qu'Alpha a calculé, confirma Merkosh. La direction elle aussi a été déterminée. Il ne devrait pas être difficile de trouver ce monde. Dans cette région de l'Essaim, les systèmes stellaires sont relativement éloignés les uns des autres.

— Une étape linéaire suffira, renchérit Blazon Alpha. Kosum est du même avis. Il m'a aidé dans les calculs.

— Vous avez certainement joué aux échecs, tu veux dire, lâcha ironiquement son frère.

L'Émir, assis à l'écart dans un coin, somnolait. Soudain, il leva la tête et sembla écouter un bruit lointain. Son masque facial arbora une expression inquiète. Il s'approcha du chef de mission.

— Ça sent mauvais, déclara-t-il d'un ton grave.

Alaska le regarda sans comprendre.

— Quelqu'un s'est-il oublié ? plaisanta-t-il.

Mais le mulot-castor ne fit nullement écho à la repartie. Il demeurait sérieux. Lentement, il s'assit, sans quitter de ses yeux mi-clos la paroi opposée.

— Nous ferions bien de rester ensemble dans cette pièce, dit-il doucement.

— Qu'est-ce que tu as ? Ne peux-tu pas t'exprimer plus clairement ? Qu'est-ce qui sent mauvais, et pourquoi devons-nous rester ensemble ?

— Pour le un, c'est au figuré, et pour ce qui est de rester ensemble, ça vaudrait mieux parce que ça chauffe chez les Conquérants Jaunes. Je sens de la colère. Ils ne peuvent pas se mettre d'accord sur ceux qui doivent partir les premiers. Chacun veut être parmi les huit cents élus.

— J'aurais dû m'en douter, mais avons-nous pour autant des raisons de nous inquiéter ?

— Probablement. N'oublie pas que ces créatures sont très intelligentes. Peut-être sont-elles capables de se passer de nous pour piloter un vaisseau comme le *Gevari* et de fuir par leurs propres moyens. J'ai déjà averti Ribald. Il fermera hermétiquement tous les accès au cas où quelqu'un d'autre que nous essaierait de s'introduire à bord. Quant à nous, c'est d'ici que nous pourrons nous faire la meilleure idée des événements.

— Ils s'entendront, sinon ils risquent que nous n'emmenions aucun d'entre eux.

L'Émir le contredit avec impatience.

— Ce que nous en pensons est le cadet des soucis du groupe qui est en train de se révolter ! Ils sont même décidés à s'emparer du navire par la force, et tant pis si nous sommes tués dans l'affaire. Ceux qui nous ont accueillis avec tant de bienveillance ont déjà été mis aux fers.

— Voilà des nouvelles peu réjouissantes, admit l'homme au masque. Je n'avais pas compté avec une fronde. Cela modifie la situation, bien que, pour réaliser nos objectifs, peu importe quels Conquérants Jaunes nous convoyons pourvu qu'ils soient contaminés.

— Au fait, de quelle maladie s'agit-il ? se renseigna Merkosh.

— Aucune idée. Nous savons seulement que des bactéries ou des virus inconnus empêchent leurs porteurs de se fondre en protoplasme au cas où leur division n'aurait pas lieu. En outre, cette affection peut arrêter le processus de naissance. Le désir de division subsiste, mais ce n'est plus un besoin vital. C'est exactement ce que nous souhaitons pour tous les Conquérants Jaunes. Si la maladie est réversible…

— Alors, ils deviendront tous télépathes ! argumenta L'Émir.

— Ce serait un moindre mal, petit. Eh ! Tu penches la tête à te la dévisser. Y a-t-il du nouveau ?

Le mulot-castor opina du chef.

— Un peu ! Ils s'amènent ! Toute la horde, et ils veulent nous forcer à leur livrer le vaisseau !

— Dans ce cas, ils vont sentir notre colère, promit l'homme au masque en se levant. Réveille Balton. Il dormirait même si le monde s'écroulait…

Les révoltés tentèrent d'abord une approche alliant diplomatie et pression. Trois d'eux apparurent entre les lèvres de l'ouverture que forma le protoplasme. Ils s'adressèrent à L'Émir :

— Nous avons décidé de ne pas solliciter votre aide outre mesure afin de ne pas abuser de votre bonne volonté. Nous conduirons le vaisseau jusqu'à la planète de migration sans vous. Ensuite, nous le ramènerons. Mille des nôtres s'en iront.

Alaska écouta la traduction du mulot-castor. Il hocha négativement la tête bien que ce geste n'eût pas cours chez les Conquérants Jaunes. Néanmoins, ils pouvaient lire ses pensées.

— Nous emmènerons huit cents d'entre vous, et nous nous en tenons à cela. En aucun cas, nous n'admettrons que vous utilisiez seuls notre navire. Nous nous sommes déclarés prêts à vous aider, mais ce ne sera pas sous la contrainte. Où est votre frère avec qui nous avons pris contact et négocié en premier ?

— Il n'est plus notre porte-parole.

— C'est pourtant lui notre partenaire ! Nous voulons le voir, ici et maintenant. Sinon, nous ne partirons pas.

— Nous pouvons vous y forcer.

— Essayez donc !

Puisque L'Émir relayait les pensées des Conquérants, tous les Terraniens pouvaient suivre directement l'entretien. Avec une nonchalance ostensible, Mentro Kosum dégaina le petit radiant aiguille de son étui. Puis il considéra leurs adversaires avec un regard expectatif.

La conduite détendue de leurs visiteurs déconcertait les immunisés. Ils avaient compté qu'ils s'enfuiraient immédiatement, et il leur fallait bien constater que ces sept individus osaient s'opposer à plus de trois mille des leurs.

— Nous reviendrons, promirent-ils en s'éclipsant.

— C'est ça, revenez-y ! clama le mulot-castor en bombant le torse. Ton pistolet à eau a fait forte impression sur eux, Mentro. Ils ont besoin de renforts.

— Peux-tu déterminer où se trouve notre ancien interlocuteur ? demanda Alaska à l'Ilt. Nous devons nous occuper de lui.

— Ses influx sont très faibles. Il nous appelle à l'aide, mais je n'ai pas encore pu le localiser. Pas de bol que nous soyons tombés en plein milieu d'une révolution. Est-ce que cela nous concerne ?

— Oui, parce que nous en sommes indirectement responsables, petit. Repère notre ami. Nous devons le libérer.

— Si les autres nous laissent faire, répliqua L'Émir, après quoi il focalisa son esprit sur les impulsions ténues.

Balton Wyt et Merkosh s'étaient entre-temps postés près de l'accès à la grotte qui abritait le *Gevari*. Le groupe aurait aussi pu se retirer à bord de l'aviso, mais personne ne voulait exposer le vaisseau au danger.

— Ça y est, j'ai notre gars, annonça le mulot-castor. Nous sommes en contact et il me demande de l'aider. Dois-je le faire ?

— Espérons qu'il n'y a pas de piège antipsi, s'inquiéta Kosum.

— Ceux d'ici ne connaissent pas ce genre de trucs, le rassura L'Émir en se concentrant sur la téléportation qui devait le conduire à la position de son interlocuteur mental. Au fait, une cinquantaine d'insurgés s'approchent de nous. Ouvrez l'œil… !

Il se dématérialisa.

— Actions défensives uniquement ! recommanda Saedelaere. Nous n'avons pas à nous soucier de Corello : les Conquérants Jaunes ne savent pas qu'il se trouve dans le vaisseau. Il n'y aura pas de morts ! Bien qu'il s'agisse d'une révolte, ils n'ont commis aucun crime. Ils obéissent seulement à leur instinct. Nous nous contenterons de les intimider, c'est tout. Balton, vous pouvez mettre en œuvre vos facultés de télékinésiste, mais n'y allez pas trop fort.

Merkosh rapporta l'apparition des premiers adversaires dans la grande salle. Ils ignorèrent le vaisseau et se glissèrent silencieusement vers les locaux où séjournaient les Terraniens.

Alaska se posta devant l'ouverture dans la paroi de protoplasme et leva la main. Il souhaitait que L'Émir revienne car lui-même n'était pas capable d'interpréter les puissantes impulsions télépathiques qui l'atteignaient alors que l'autre faction pouvait lire en lui.

— Arrêtez, pas un pas de plus ! avertit-il. Partez avant qu'il ne soit trop tard ! Si vous recourez à la violence, vous provoquerez la destruction du vaisseau qui représente votre unique espoir de salut. Soyez raisonnables et tenez-vous-en aux accords conclus.

Les arrivants s'immobilisèrent. Saedelaere ne put comprendre leur réponse, mais il vit l'effet de ses mots. Par nature, les Conquérants Jaunes se déplaçaient lentement. Dans la situation présente, cela donnait l'impression qu'ils agissaient avec une prudence particulière. Quoi qu'il en fût, l'homme au masque remarqua qu'ils n'avançaient pas plus loin mais se rangeaient sur les côtés.

À cet instant, L'Émir se rematérialisa au milieu de la salle; il ramenait un Conquérant qui ne pouvait être que le porte-parole libéré.

— Alors comme ça, on veut nous encercler! s'exclama l'Ilt. Balton! Fais donc voir ce que tu as appris!

L'insurgé qui se trouvait au milieu de la rangée de ses semblables sentit le sol se dérober sous ses « pieds ». Devenu léger comme une plume, il commença à pivoter sur lui-même en montant vers le plafond haut de cinquante mètres. Le mulot-castor le fixait des yeux et le tenait fermement de sa poigne télékinétique.

— Comme au bon vieux temps! se réjouit-il. Hé, Balton, au boulot! Prends-en un… !

Wyt l'imita enfin. Un deuxième Conquérant rejoignit le premier en tournoyant. Les deux mutants les heurtaient doucement l'un contre l'autre.

Le reste des insurgés furent beaucoup trop surpris pour penser à résister. Ébahis, ils regardaient leurs compagnons en apesanteur. Cette démonstration de défense non armée des Terraniens s'avéra décisive, comme dans nombre de leurs succès passés.

Une minute plus tard, les deux êtres piriformes reprenaient pied sur le sol de la grande salle.

— Voilà! Et maintenant, on écoute attentivement! leur intima L'Émir de sa voix aiguë. Ceci n'était qu'un petit échantillon de nos capacités. Si vous n'exécutez pas immédiatement les dispositions prises par votre premier porte-parole, vous pourrez toujours essayer de vous diviser dans votre baignoire, au lieu de le faire sur une planète qui y est adaptée. Autrement dit : soyez raisonnables, ou aucun d'entre vous ne quittera jamais Cocon !

Le Conquérant Jaune que le mulot-castor avait délivré s'adressa avec des gestes énergiques à ses congénères, qui ne songeaient plus à s'emparer du vaisseau spatial de leurs visiteurs. De plus, les partisans du négociateur brièvement destitué envahissaient la grande salle.

Alaska se tourna vers L'Émir. Ce dernier grimaça un sourire et salua en posant la main sur son casque ouvert.

— Révolution terminée, Monsieur ! Retour au programme d'origine. (Son regard croisa celui de Wyt.) Balton, tu peux continuer à roupiller !

Son collègue télékinésiste préféra ne pas entrer dans son jeu.

Par-dessus la tête du mulot-castor, le porte-parole des Conquérants Jaunes annonça à Saedelaere :

— Le choix des huit cents sera bientôt défini. Aucun des insurgés n'en fera partie. Êtes-vous d'accord ?

— Nous embarquerons dans trois heures. Que les élus se présentent en groupes d'une dizaine afin d'éviter toute cohue. Nous les installerons.

— Nous aurons besoin d'au moins dix heures, fit observer Blazon Bêta. Nos amis se traînent comme des escargots, ne l'oubliez pas, Alaska…

CHAPITRE XIV

Il fallut en réalité vingt heures pour faire grimper les huit cents Conquérants à bord de l'aviso. Le moindre espace vide avait été mis à profit. Ils étaient serrés les uns sur les autres, en long, en large et en travers, jusque sur les escaliers et les échelles de secours.

Ribald Corello avait quitté le vaisseau avec son robot-porteur et repris ses quartiers dans la forteresse de feu le Démon Noir. Quelle que soit l'évolution de la situation, Alaska Saedelaere avait la ferme intention de revenir sur Cocon.

Bien que le porte-parole des Conquérants Jaunes ait choisi de rester sur la planète plasmatique, l'homme au masque avait décidé de l'emmener. Il voulait avoir au moins un allié sûr à ses côtés si les circonstances prenaient un tour défavorable. En outre, il espérait obtenir de lui l'une ou l'autre information supplémentaire.

Les Terraniens l'appelaient tout simplement « L'Ami ».

Kosum fit décoller le *Gevari* et gagna l'espace libre. La station mobile, juchée sur ses lignes énergétiques, veillait, sous le contrôle de Ribald Corello. Le Supermutant s'assurerait de ce que les rebelles se tiennent tranquilles et ne tentent pas de s'emparer du colossal blindé.

L'étape linéaire fut programmée pendant que les détecteurs ratissaient les alentours. Ils ne révélèrent aucun objet suspect à proximité directe. L'aviso accéléra selon la procédure standard afin d'atteindre la vitesse idéale pour la plongée.

Saedelaere et L'Émir s'étaient retirés avec le porte-parole des Conquérants Jaunes dans un coin du poste de pilotage où ils pouvaient discuter en toute quiétude. La salle ronde, qui abritait aussi le petit centralcom, offrait encore un peu de place.

— Bientôt, nous découvrirons une planète qui s'apprête à vivre le grand événement de la migration. Pourquoi n'est-on jamais venu vous chercher, L'Ami ? Ne le savez-vous vraiment pas ? Ceux qui donnent les ordres sont-ils au courant de votre maladie ? D'ailleurs, est-ce bien une maladie ?

L'être piriforme réfléchit un peu avant de répondre, par l'intermédiaire du mulot-castor :

— Les dieux de l'Essaim savent que nous avons dégénéré, et ils savent aussi, depuis la phase de division avortée dans la dernière galaxie, que nous avons dépassé la contrainte de la reproduction qui pesait sur nous parce que nous sommes malades. Aujourd'hui, le suprême bonheur nous est une fois de plus interdit. En fin de compte, ce sont les dieux les dégénérés, pas nous ! Jadis, ils s'efforçaient d'apporter la paix et le bien-être à chaque univers-île que traversait l'Essaim. Et pas seulement cela ! C'était la tâche de l'Essaim que d'allumer l'étincelle de l'intelligence de par le cosmos. Partout où la vie avait atteint un développement suffisant, l'Essaim donnait l'impulsion nécessaire à la croissance de l'intellect. Maintenant, il n'apporte plus que mort et destruction. Qui donc a dégénéré ? Les dieux de l'Essaim, voilà qui !

Alaska était tout ouïe. Il s'assura qu'il avait bien compris :

— Allumer l'étincelle de l'intelligence… ? De galaxie en galaxie ? C'était la tâche originelle de l'Essaim ?

— Ainsi en est-il ! Selon votre chronologie, il faut à notre assemblage stellaire environ mille ans pour franchir le colossal abîme qui sépare les galaxies. L'Essaim fut ici, dans ce que vous appelez votre Voie Lactée, il y a un million d'années…

Mille fois mille ans…! L'Essaim a donc entre-temps visité autant de galaxies, mais il ne remplit plus sa tâche originale. Ses dieux ont décliné, dégénéré…

— Qui sont les dieux ? demanda l'homme au masque.

La réponse l'étonna :

— Cela, personne ne peut le dire.

— Pourquoi pas ?

— Parce que ce ne sont plus les dieux du passé, les anciens maîtres. Tout a changé, jusqu'au sens et au but de notre existence. Peut-être apprendrez-vous tout cela, plus tard, quand nous-mêmes nous saurons ce que nous ignorons encore.

Du siège du pilote, Mentro Kosum appela :

— Début de la plongée linéaire dans deux minutes !

Alaska fit un signe de tête à L'Émir.

— Captes-tu toujours les impulsions hypnosuggestives, ou sont-elles maintenant tout à fait éteintes ?

— Faiblement, chef. Elles sont dépourvues de sens, et leur caractère contraignant a disparu. Je ne peux plus que relever la direction – et celle-ci concorde !

— Une minute ! annonça Kosum.

La positronique de navigation supervisait le vol depuis le départ. Le vaisseau allait se glisser sans transition perceptible dans la zone de libration, où il demeurerait matériel. Dans l'entr'espace régnaient d'autres lois, et la vitesse de la lumière y était la plus basse de toutes les allures possibles.

Saedelaere tentait de l'expliquer à L'Ami, mais il avait l'impression que le Conquérant Jaune ne le comprenait qu'à moitié. Bien qu'il fût doué d'intelligence et n'ignorât pas la technologie, l'expérience pratique manquait à son espèce.

— Bientôt, nous pourrons nous diviser de nouveau, énonça soudain la créature en forme de poire.

Stupéfait, Alaska regarda L'Émir.

— Qu'a-t-il dit ? Je pensais qu'ils avaient surmonté leur instinct de reproduction ?

— Pas l'instinct, seulement le besoin vital, répondit aussitôt L'Ami. L'instinct n'est pas en sommeil, car nous serons bientôt sur un monde adapté à nos besoins. Mais les dieux ne doivent pas savoir que nous avons quitté Cocon.

— Nous essaierons d'atterrir en toute discrétion. Cela dépendra des mesures de sécurité auxquelles nous serons confrontés. Mais notre vaisseau est relativement petit et difficile à localiser. Peut-être aurons-nous de la chance.

Le *Gevari* fonçait à travers l'espace linéaire. Il franchit les dix années-lumière en un temps très bref et réintégra automatiquement le continuum einsteinien, pour poursuivre sa route à vitesse infraluminique.

Les détecteurs s'étaient mis au travail dès l'émersion, et les résultats tombèrent rapidement.

À peu de distance se trouvait une étoile jaune de type classique. En conservant la même allure, l'aviso l'atteindrait en quelques heures. Les senseurs à longue portée attestèrent de la présence de quatre planètes, dont la deuxième offrait des conditions terrestres.

Ce ne fut pas ce seul fait qui poussa les Terraniens à conclure qu'il s'agissait du monde recherché. Un autre élément s'avérait beaucoup plus déterminant : la présence en orbite de milliers de navires de surveillance, qui formaient un barrage quasi hermétique entre la planète et l'espace libre.

Kosum laissa le *Gevari* courir sur son erre.

Les craintes de Saedelaere pour l'avenir ne faiblissaient pas. Il pressentait peu à peu qu'ils s'étaient lancés dans une entreprise qui les dépassait. Pour commencer, par quel subterfuge allaient-ils franchir sans être vus ce cordon de quelque cinq mille unités ? Et même s'ils y réussissaient, qu'est-ce qui les attendait sur ce globe similaire à la Terre ? Les vaisseaux-ruches avaient-ils déjà atterri afin d'embarquer les Conquérants Jaunes prêts à se diviser ?

Chaque minute qui passait rendait L'Ami plus nerveux. L'Émir ne le quittait pas d'une semelle et sondait ses pensées en permanence. La créature piriforme demeurait en contact continu avec ses compagnons de voyage entassés à bord du *Gevari*. Une onde d'allégresse submergea le mulot-castor. Les passagers savaient.

Bientôt !

L'inhibition de l'instinct de reproduction provoqué par le virus avait disparu. La volonté avec laquelle ils s'étaient opposés à cet instinct s'effondrait. Ils semblaient être redevenus tout à fait normaux.

Ils voulaient se diviser !

Bientôt, ils *devraient* se diviser !

Alaska eut soudain l'impression que l'opération n'avait plus aucun sens. À quoi bon contaminer tous les autres Conquérants Jaunes qui, sur la deuxième planète, attendaient la migration, si cela ne réfrénait pas leur instinct de reproduction ?

Blazon Alpha et son frère s'approchèrent du tableau de contrôle devant lequel l'homme au masque et Kosum étaient assis dans leurs fauteuils-contour. Se postant dans l'expectative à gauche et à droite d'Alaska, ils fixèrent des yeux l'écran panoramique.

Le chef de mission subodorait que les deux Plophosiens allaient sans tarder mettre sur la table une de leurs habituelles propositions biscornues. Il patienta. Enfin, c'en fut trop pour Bêta. Entre ses lèvres à peine desserrées, il murmura :

— Nous aurions une petite idée…

Sans se retourner, Saedelaere demanda :

— Qu'avez-vous en tête ?

— Il ne s'agit pas seulement de mêler nos huit cents contaminés parmi les Ocres sains afin d'infecter ces derniers.

Nous devons aussi faire en sorte de transmettre un message à Rhodan qui, là dehors, attend de nos nouvelles. Il doit être informé de tout ce que nous avons découvert, et avant tout, il doit savoir que nous sommes en relative sécurité…

— C'est exact, admit l'homme au masque. Cependant, je suis curieux d'apprendre comment vous avez l'intention d'y parvenir sans que nous quittions l'Essaim.

Le savant ne se laissa pas démonter.

— Nous avons un autre problème : une fois de plus, une planète va être modifiée afin de servir de couveuse pour les Conquérants Jaunes prêts à se reproduire. Sur ce monde encore inconnu, toute vie est condamnée. En conséquence, nous devons – et par-dessus tout, Rhodan doit – connaître la position de la planète d'incubation pour lui porter assistance. Eh bien, Alaska, nous pourrions résoudre ces deux problèmes par une unique action.

— Je ne comprends pas un traître mot de ce que vous me dites, répondit l'interpellé, qui observait toujours le moniteur principal. Les navires de surveillance ne montrent aucune réaction. Cela signifie que le *Gevari* n'a pas été localisé. Comment pouvons-nous en même temps apprendre la position de la planète de migration et porter un message à Rhodan ? Je veux dire, sans sortir de l'Essaim ! En outre, vous oubliez Corello, qui nous attend sur Cocon.

— Nous ne l'avons pas oublié, argumenta à son tour Blazon Alpha. Notre plan est simple et sans difficulté. Nous atterrirons sur cette planète – c'est de toute façon ce que nous allons faire puisque nous devons débarquer nos passagers. À cette occasion, Bêta et moi, nous quitterons également le *Gevari* et tenterons de nous dissimuler dans l'un des blocs alvéolaires que transportent les vaisseaux-ruches. Comme nous le savons, ceux-ci sortent de l'Essaim et se posent sur les futures planètes de naissance. Une fois là-bas, nous verrons.

Saedelaere hocha la tête et considéra Alpha comme un médecin regarde un patient récalcitrant.

— Vous verrez ! Est-ce que par hasard vous êtes fatigués de vivre ? À combien évaluez-vous donc vos chances ? En imaginant que vous ne soyez pas découverts, toutes les conditions, environnementales en particulier, seront contre vous, même si vous portez vos tenues de combat. À quoi vous servira-t-il de connaître la position de la planète d'incubation si vous n'avez aucune occasion de transmettre cette information à Rhodan ?

— Nous avons nos émetteurs, rappela Bêta. Nous pourrons atteindre la *Bonne Espérance II* ou l'*Intersolaire*.

— Et à quoi nous servira-t-il, insista Alpha, d'avoir appris un tas d'éléments intéressants si nous devons attendre des lustres pour quitter l'Essaim ? Ne vous tracassez pas pour mon frère et moi. Nous réussirons ! Les spatiandres disposent d'une excellente climatisation et grâce aux antigravs, nous serons en mesure de compenser les modifications de pesanteur. Nous ne manquerons ni d'air respirable ni de nourriture, et au besoin, nous pouvons même survivre dans le vide de l'espace. Que vous faut-il de plus, Alaska ?

— N'allons pas trop vite ! Je ne cherche absolument pas à rejeter votre proposition, elle présente indéniablement des aspects intéressants, mais le risque est gros, énorme – vous ne l'ignorez pas ! Et pourtant…

Il s'enfonça dans un silence méditatif.

Alpha et Bêta s'écartèrent un peu pour ne pas troubler ses réflexions. Ils savaient que poursuivre la discussion était inutile. L'homme au masque avait mordu à l'hameçon, et c'était plus qu'ils n'espéraient.

— Nous avons gagné la partie, chuchota le joueur invétéré à son frère.

L'Émir, qui s'était levé, lui tapota sur la cuisse.

— Qui gagnera la partie, à la fin des fins, ce n'est pas encore écrit, Alpha. Ce jeu-là ne ressemble pas à ceux que tu aimes tant pratiquer, car il s'agit de vie ou de mort.

Mais si, vous réussissez, salue Bully de ma part. Et les autres aussi, bien sûr.

Blazon Alpha respira, soulagé. Si le mulot-castor se rangeait de leur côté, Alaska donnerait lui aussi son consentement. Il n'avait aucun autre choix pour assurer le succès de l'opération d'infiltration.

Et, en effet, de son siège, le chef de mission déclara :

— Très bien, Messieurs. Je suis d'accord, mais pour l'instant, nous avons à résoudre un autre problème : nous poser sans nous faire repérer ! Quand nous y serons, nous parlerons de la suite. Il faudra aussi voir si les vaisseaux-ruches sont déjà sur place. Kosum, je veux toutes les informations possibles sur la deuxième planète, en particulier la durée de rotation et les données géographiques. Dès que j'en disposerai, je choisirai le site d'atterrissage. Quelle sera notre durée de vol si nous conservons notre allure actuelle ?

— Cinq heures trente au maximum.

— Bien. Au besoin, L'Émir entreprendra une reconnaissance.

— Toujours prêt ! clama l'Ilt en se rapprochant. Où dois-je me téléporter, où ?

— Je te le dirai en temps voulu, répondit Saedelaere en souriant. Nous attendrons les résultats détaillés de la détection.

Une heure plus tard, les Terraniens avaient obtenu les informations souhaitées.

Alaska étudia le modèle du terrain et jeta son dévolu sur une avancée difficilement accessible d'une chaîne de montagnes qu'éclairait encore le soleil de l'après-midi. L'exploitation des données révéla clairement que les vaisseaux-ruches avaient déjà atterri et que les blocs d'incubation, ces parallélépipèdes de vingt-cinq mètres de long, à section hexagonale, avaient été distribués à la surface.

Dans la région affichée sur l'écran, on en comptait des dizaines. La plate-forme de chargement la plus proche se trouvait à cinquante kilomètres, dans une plaine. Elle attendait le retour des blocs alvéolaires, qui abritaient maintenant leur précieux contenu, pour les transporter à travers l'espace jusqu'à la planète de naissance.

La difficulté était maintenant pour le *Gevari* de franchir le cordon de navires sans être détecté. Cela fait, les montagnes offriraient suffisamment d'endroits où se dissimuler. En outre, la nuit durerait près de quinze heures. Un temps que les frères Blazon mettraient à profit pour s'introduire dans une alvéole et attendre la migration. Le comportement de la flotte de surveillance ne montrait aucun changement, ses unités orbitaient imperturbablement autour de la deuxième planète, et on aurait pu les croire contrôlées par un dispositif automatique.

Kosum en termina avec ses observations et s'adressa à Saedelaere :

— Les conditions sont excellentes ! La troisième planète est inhabitée, désertique, avec de petites montagnes et quelques mers, et elle possède une atmosphère respirable. De là, on peut atteindre la numéro deux en vol direct car leurs positions relatives sont favorables. Je recommande donc une escale. Nous en aurons ainsi pour sept heures de trajet si nous voulons atteindre le site d'atterrissage au crépuscule.

— Bien ! Dans ce cas, nous faisons une pause sur la troisième planète, d'où L'Émir pourra effectuer sa reconnaissance. Nous rejoindrons notre destination finale par un vol éclair.

Cette solution s'imposait au chef de mission car il n'imaginait pas que l'approche lente du *Gevari* passerait inaperçue jusqu'au bout. En outre, le mulot-castor devait explorer le terrain afin d'éviter des surprises au groupe.

Par une habile manœuvre, Mentro Kosum interposa la troisième planète entre la flotte de surveillance et l'aviso, le mettant ainsi à l'abri de tout repérage. Il atterrit ensuite dans une dépression déserte, parmi des rochers abrupts qui dissimulaient le vaisseau aux regards. Alors que les propulseurs s'éteignaient, l'homme au masque dit à L'Émir :

— Tu as deux heures. Tu connais la zone que nous avons choisie, tu as la carte à l'écran. Crois-tu pouvoir l'atteindre en un saut ?

— Je vais essayer, mais si je n'y réussis pas, ce n'est pas un problème. De toute façon, j'ai le schéma en tête. Dans deux heures au plus tard, je serai de retour. Si ce n'est pas le cas, amenez-vous, tout simplement.

— Attention ! l'avertit Alaska. Pas d'excursion impromptue ! Tu es ici dans deux heures, point final ! Je ne vois pas ce qui pourrait te retenir.

— Là, tu as raison ! approuva l'Ilt. À dans deux heures donc…

Sur ce, il se dématérialisa, mais ses compagnons le virent aussitôt réapparaître sur l'un des rochers, au dehors. Il ferma alors son casque et se prépara à se téléporter vers la deuxième planète.

Il s'évanouit derechef, cette fois définitivement.

Mentro Kosum déclama :

— En un clin d'œil, dans l'éther disparaît L'Émir.

« Espérons que sans tarder il va revenir.

Il considéra d'un regard dubitatif le paysage désolé.

— Mais oui, assura Saedelaere avant de se lever pour rejoindre L'Ami, qui patientait dans son coin en attendant le grand moment.

*
* *

Le mulot-castor se rematérialisa à deux kilomètres de la surface, se stabilisa par télékinésie et descendit lentement vers le site montagneux. Il profita de l'occasion pour s'orienter, et un rapide coup d'œil circulaire lui permit de constater que les relevés topographiques de Mentro Kosum étaient assez précis. Des dizaines de tubes attendaient les Conquérants Jaunes prêts pour la division. Ces derniers s'approchaient doucement afin de choisir leur alvéole. Il y en avait une pour chacun, même si plusieurs individus pouvaient occuper la même cellule.

Le site de débarquement envisagé s'étendait à la limite des montagnes abruptes dont les contreforts et les surplombs offraient une bonne protection contre un observateur aérien. L'aviso y trouverait facilement une cachette. Plus loin, dans la plaine, stationnait une multitude de blocs de transport. L'Émir en estima la quantité à près d'un millier. Cela suffirait pour les voyageurs entassés dans le *Gevari*.

De l'autre côté du haut plateau, les tubes à section hexagonale étaient moins nombreux, et d'ici l'atterrissage du *Gevari*, ils seraient tous occupés car une foule de Conquérants Jaunes convergeaient vers eux. Dans quelques heures, les créatures piriformes auraient atteint la destination provisoire vers laquelle leur instinct les poussait. On eût dit que les conteneurs les attiraient comme un aimant, car les futurs passagers ne pouvaient les percevoir sur le mode optique. Peut-être y avait-il à l'intérieur des émetteurs qui diffusaient des impulsions hypnotiques.

L'Émir se posa sur le haut plateau.

Une heure avait passé. Il lui en restait une autre avant de rejoindre Alaska et ses équipiers.

Non seulement la petite plaine perchée en altitude était largement abritée des regards d'un observateur aérien ou en orbite, mais surtout, elle n'était pas visible d'en bas. Les rochers formaient une cavité presque hémisphérique dans laquelle trois appareils de la taille du *Gevari* auraient pu se loger. Kosum n'aurait aucune difficulté à y dissimuler l'aviso.

Le mulot-castor aurait d'ores et déjà pu retourner sur la troisième planète, mais c'eût été contre sa nature. Puisqu'il était sur les lieux, il allait les examiner en profondeur. Il se tourna vers l'est et se téléporta dans cette direction sans but précis. Il existait certainement un moyen de déterminer combien de Conquérants Jaunes attendaient leur transport. S'ils vivaient depuis longtemps sur ce monde, ils devaient avoir édifié des cités. Des habitats qui, après la migration, demeureraient probablement vides et déserts.

Pour combien de temps ?

L'Émir s'apercevait que les Terraniens ne savaient rien des processus essentiels qui se déroulaient dans l'Essaim, ils ne connaissaient que des détails… et peut-être même des détails de moindre importance. Les intentions réelles des « dieux dégénérés » restaient pour l'heure encore obscures.

Quand l'Ilt se rematérialisa, il avait parcouru plus de cinq mille kilomètres. Au-dessous de lui, c'était la terre ferme mais, plus loin vers l'est, il distinguait une étendue liquide.

C'est alors qu'il vit la cité.

Elle s'étendait directement sous ses pieds, et pour échapper au risque de détection, il sauta quelques kilomètres de côté et prit un peu d'altitude. Suspendu dans l'atmosphère ténue, il essaya de recueillir des informations. Il captait assez d'impulsions mentales pour y parvenir sans difficulté. Un enthousiasme général dominait. Un événement de la plus haute importance approchait : la division si longtemps attendue était imminente ! La finalité de l'existence des Conquérants Jaunes allait se réaliser.

Les dieux de l'Essaim tenaient leur promesse !

Toutefois, L'Émir le savait d'instinct, ils ne le faisaient pas par amour et altruisme. Jamais ils ne le feraient s'ils n'en retiraient aucun avantage.

Mais de quel avantage peut-il bien s'agir ?

Le mulot-castor ne s'obstina pas à vouloir résoudre seul l'énigme. Il pouvait tout au plus apporter une petite pièce au puzzle qui ne prendrait un sens qu'une fois complet. Il recevait de puissants influx, de nature paramécanique, qui différaient totalement de ceux émis par les planètes cristallines et possédaient un caractère hypnotique plus intense. Il lui était relativement simple d'en saisir le contenu. Les positions des vaisseaux-ruches étaient réitérées en permanence, avec des instructions et le trajet le plus court vers les sites d'atterrissage.

L'ensemble des émetteurs distribués sur la deuxième planète dessinait une image précise de la situation. Tout individu destiné à émigrer vers le monde de naissance était maintenant en mesure de trouver le chemin le plus rapide vers sa cellule de transport.

Cela concernait aussi, évidemment, la cité au-dessus de laquelle planait L'Émir. Vu son altitude, il ne pouvait pas distinguer les habitants et leur comportement, mais leurs pensées révélaient tout. Une humeur sombre, souvent aussi une grande peur de rater la migration, de ne pas avoir sa place dans l'un des conteneurs, mêlées avec la joie et le bonheur de ceux qui venaient d'embarquer. Cet afflux de sentiments était perturbant, mais l'Ilt était un télépathe expérimenté. Il pouvait sélectionner et ordonner les diverses impulsions. Il était également capable de faire abstraction des influx qui ne lui apportaient rien.

Du délai de deux heures qu'avait imposé Saedelaere, il lui restait encore le quart. Une nouvelle téléportation vers l'est le conduisit aux antipodes du site d'atterrissage du *Gevari*, où il ne constata aucune différence. Partout régnait la même agitation apparente alliant inquiétude et attente joyeuse. Partout, les Ocres étaient en marche vers les cellules de transport.

L'Émir croyait en avoir appris suffisamment. Il revint d'abord à son point de départ. Les émigrants avaient entre-temps atteint la plupart des blocs alvéolaires situés dans la plaine et se préparaient à en prendre possession. Cela se passait dans un ordre rigoureux et sans discussion, ce qui était certainement dû à l'assurance continuellement répétée qu'il y aurait assez de place pour tout le monde.

La question qui se posait aux Terraniens était de savoir si les conteneurs pourraient accueillir huit cents individus de plus.

Avant de retourner sur la troisième planète, le mulot-castor vérifia que le millier de tubes posés sur le haut plateau étaient encore libres. Il n'imaginait pas qu'ils fussent là par erreur. Il réfléchirait plus tard au pourquoi de leur présence en ce lieu isolé. L'important était qu'ils s'y trouvaient, et qu'il n'y avait à proximité aucun Conquérant Jaune qui eût l'intention de les revendiquer.

L'éclaireur se concentra sur le *Gevari* et sur Saedelaere, puis sauta. Il se rematérialisa dans le central de l'aviso.

Il leur restait une heure avant que l'obscurité ne tombe sur leur zone d'atterrissage, ce qui sonnerait le moment de l'appareillage vers la deuxième planète. Le commando aurait ensuite toute la nuit pour faire débarquer les passagers et les conduire à bord des conteneurs.

Le chef de mission se montra extrêmement satisfait du rapport circonstancié de L'Émir et le complimenta abondamment. Le mulot-castor l'arrêta.

— Je t'en prie, Alaska ! Je n'y suis pour rien si je possède ces formidables capacités qui me distinguent de tout un chacun ! Je ne fais que mon devoir, c'est tout, et si j'ai une fois de plus pu vous rendre service, j'en suis heureux.

Balton Wyt était stupéfait. Avant qu'il n'ait l'occasion d'émettre un commentaire, L'Émir l'interpella :

— Épargne-toi cette remarque idiote, Balton ! Sois content que je t'aie apporté quelques bricoles dans le domaine de la télékinésie, de sorte que tu passes aujourd'hui pour excellent. Tu n'as aucune raison de qualifier mon attitude de « fausse modestie » comme tu t'apprêtais à le faire !

— Mais je n'ai rien dit ! protesta Wyt avec embarras, tout en se morigénant d'avoir oublié que son équipier était aussi télépathe. C'est juste que… cette humilité est assez inhabituelle, tu dois bien en convenir.

— Taratata ! pépia furieusement L'Émir. On se montre humain, et voilà que le premier télékinésiste venu se permet de vous dénigrer ! Par exemple !

— Montre-toi plutôt « iltique », petit, et arrête de discuter, conseilla Saedelaere en regardant son chronographe. Mieux vaudrait nous préparer au départ. Il nous reste quarante minutes, et nous ne sommes pas encore derrière le cordon de surveillance. Si cela se trouve, tu devras amener nos huit cents passagers à destination par téléportation.

— Par les esprits de mes ancêtres ! s'effraya le mulot-castor. Ça, ça dépasse mes capacités, si remarquables soient-elles (Il jeta un regard courroucé à Wyt.) Nous passerons, Alaska, nous passerons à coup sûr.

— Va donc dire ça aux dieux de l'Essaim ! glissa Saedelaere avant de se tourner vers Mentro Kosum pour discuter des paramètres de vol.

***

L'aviso survola la face nocturne de la troisième planète jusqu'à ce que la deuxième apparaisse sur l'horizon. Les détecteurs signalèrent immédiatement que de nombreuses unités s'étaient avancées loin dans l'espace, augmentant ainsi l'étendue de la zone de surveillance.

— Peut-être aurons-nous plus de chance de passer si leur réseau est moins dense, déclara l'émo-astronaute en consultant les résultats affichés sur le pupitre de navigation. On dirait qu'ils veulent empêcher que quelqu'un s'approche de ce système stellaire. Je me demande pourquoi cette prudence à l'intérieur même de l'Essaim, où tout semble si réglementé ? L'Ami en aurait-il une idée ?

Alaska fit signe à L'Émir de l'accompagner auprès de leur invité, qui se trouvait toujours dans son coin et attendait la suite des événements. Quand on lui transmit la question de Kosum, il répondit :

— À cela, je ne peux fournir aucune explication satisfaisante, mes amis. Mais nous savons que les faux dieux ne suivent que *leur* bon vouloir quand il s'agit de notre bien-être. Peut-être interdisent-ils à beaucoup de nos peuples la reproduction naturelle et veulent-ils empêcher à tout prix qu'ils ne quittent leurs mondes pour accéder à des conditions propices à la division. Nous y avons réussi grâce à votre aide. Il est possible que d'autres y soient parvenus jadis sans assistance extérieure et que maintenant, on ait redoublé de vigilance. Je ne vois nulle autre raison à ces mesures de sécurité draconiennes.

— Cela paraît logique, admit l'homme au masque. Cependant, quelles que soient leurs motivations, ils sont là et nous devrons nous débrouiller avec cet état de fait. Mais nous vous amènerons à la surface de cette planète, L'Ami, tu peux y compter ! Vous jouirez du bonheur auquel vous avez droit.

— Nous vous en serons éternellement reconnaissants.

Alaska revint près de Kosum. Le *Gevari* traversa les hautes couches de l'atmosphère et mit directement le cap sur la deuxième planète, éloignée de quarante millions de kilomètres et gardée par une importante flotte.

— Les détecteurs de masse sont moins fiables que la localisation des rayonnements quand il s'agit d'un vaisseau relativement petit comme le nôtre, rappela l'émo-pilote Si nous volons sans la propulsion, aucune émission d'énergie ne pourra être repérée ; ils auront du mal à nous voir venir.

— Ce serait un pur hasard, en effet, approuva Saedelaere. Nous essayons cette technique…

Après une brève phase d'accélération, le *Gevari* avait pris la direction souhaitée. La positronique de navigation calcula les coordonnées du point où l'aviso atteindrait la deuxième planète. L'endroit se situait à une vingtaine de kilomètres de la grotte qu'avait découverte L'Émir. La dernière correction de trajectoire serait effectuée le plus tard possible, après le franchissement du cordon de surveillance.

CHAPITRE XV

Les Terraniens approchaient de leur objectif.

Des navires isolés patrouillaient dans le secteur que traversait le *Gevari*. Naturellement, malgré l'arrêt de la propulsion et les écrans débranchés, l'aviso pouvait toujours être localisé fortuitement, mais le danger avait grandement diminué. Il existait une réelle possibilité qu'il puisse atterrir sans être repéré, la correction finale de trajectoire constituant l'ultime risque.

La séparation entre les zones diurne et nocturne se précisa. Kosum étudiait la projection cartographique ; il indiqua un point qui se situait déjà sur la face obscure.

— C'est là ! Je revérifie le minutage avec la positronique…

Mentro introduisit les données les plus récentes et reçut le résultat en moins de temps qu'il n'en faut pour le dire.

— Oui, ça ira. Changement de cap de trois degrés vers l'est. Décélération dans… trois minutes dix-sept secondes.

Alaska regardait sans mot dire le pilote préparer sa manœuvre. Il savait qu'un second ajustement de la vitesse serait nécessaire ultérieurement. Le vaisseau se trouverait alors tout près de la surface et à proximité du site d'atterrissage.

Assis dans son coin, L'Ami devenait de plus en plus inquiet, cela se voyait. Il était en contact permanent avec ses compagnons mûrs pour la partition.

Le globe remplissait leur champ de vision. La surface révélait ses détails : des cités brillamment éclairées dans la zone nocturne, des voies de communication rectilignes sur la face diurne, et des montagnes à la frontière entre les deux.

Le *Gevari* fonçait vers le terminateur ; au moment prévu, Kosum activa la rétropropulsion et effectua le changement de trajectoire.

Pendant ce temps, Saedelaere s'occupait des détecteurs. Pour autant qu'il pût en juger, les navires de surveillance n'avaient en rien modifié leur schéma de patrouille. Ils ne semblaient pas avoir remarqué l'intrus. Quelques instants plus tard, l'aviso survolait de près les montagnes. Bientôt, un haut plateau qui correspondait exactement à la description de L'Émir fut en vue. L'émo-astronaute coupa la propulsion, et c'est soutenu par ses champs antigrav que le navire gagna l'abri de la grande cavité.

Alliant prudence et habileté, Mentro Kosum y fit entrer puis atterrir le *Gevari*. Le bourdonnement des antigravs se tut.

Ils avaient réussi.

*
* *

Trois cents Conquérants Jaunes avaient quitté le bord. Alaska savait maintenant qu'il s'était trompé. À ce rythme, le débarquement durerait davantage que les quelques heures qu'il avait estimées au départ. Il ferait grand soleil quand les derniers passagers auraient rejoint les alvéoles de transport.

Le chef de mission devait à présent penser aux frères Blazon. Il leur faudrait du temps pour trouver un conteneur où se dissimuler en compagnie d'un des Conquérants Jaunes.

Il fit un signe de tête à Kosum, qui veillait dans le central de l'aviso. Dehors, il retrouva les savants plophosiens et L'Émir. Balton Wyt contrôlait une fois de plus les spatiandres des deux frères.

— Tout est en ordre, annonça-t-il enfin.

— C'est l'heure, déclara Saedelaere alors que les Ocres défilaient lentement devant eux. Laissez vos radios branchées jusqu'à ce que vous entriez dans le bloc. Nous saurons ainsi que ça a marché.

— Mmm… ! grommela Blazon Alpha. Ce ne sera que la première étape…

— C'est vrai, admit l'homme au masque. Après, nous ne pourrons plus avoir de contacts. Nous retournerons avec le *Gevari* sur Cocon et assurerons là-bas notre tête de pont. Nous attendrons. À vous de tout raconter à Rhodan, en particulier la position de la nouvelle planète de naissance. Si elle abrite de la vie, le Stellarque devra agir en conséquence. Quant aux suites de notre opération ici, j'ignore ce qu'elles seront. Je commence à douter que tout cela ait un sens, mais c'est notre devoir que de tenter d'enrayer les processus terribles qui sont liés à la reproduction des Conquérants. Y réussirons-nous ? Seul l'avenir le dira.

— Nous verrons bien, s'impatienta Blazon Bêta. Pouvons-nous y aller, maintenant ?

— Bonne chance à vous ! Ne prenez aucun risque inutile.

— Nous gagnerons la partie, affirma Alpha avec une confiance étonnante.

Sur une dernière poignée de main, ils firent leurs adieux à leurs compagnons et remontèrent le flux des Jaunes plus lents. À l'ouest, les conteneurs alvéolaires attendaient leurs invités.

Alaska suivit les deux frères du regard avec des sentiments partagés. Il espérait ne pas avoir commis une erreur en acceptant leur proposition.

Merkosh annonça par radio que plus de la moitié des passagers en provenance de Cocon avaient quitté l'aviso.

Le débarquement allait désormais s'accélérer puisqu'une partie des lieux avait été dégagée. Le vitroïde estimait qu'ils en auraient terminé dans trois heures.

*
* *

Jusqu'à la dernière seconde, Blazon Bêta avait maintenu la liaison radio ; il n'avait coupé l'appareil que quand l'opercule s'était refermé. Le bloc de transport n'était pas ce qu'on peut qualifier de petit, et pourtant, il y avait peu de place à l'intérieur. Les parois étaient couvertes de caissons et de dispositifs techniques qui occupaient la majeure partie de l'espace. En outre, le Conquérant Jaune se considérait comme le légitime propriétaire des lieux et en conséquence, il prenait ses aises.

Alaska Saedelaere avait chargé L'Émir d'effectuer un dernier contrôle. Le mulot-castor captait les impulsions mentales des deux frères ; cependant, il se trouvait un peu embarrassé devant le conteneur déjà fermé. La communication était à sens unique. Naturellement, il aurait pu se téléporter, mais il se demandait si ce n'était pas trop risqué. Avant de se décider, il écouta un peu la conversation entre Alpha et Bêta, qui essayaient péniblement de s'installer avec un minimum de confort.

Inutile que j'aille les encombrer de ma présence, se dit-il. *Je peux aussi bien apprendre d'ici tout ce que je veux.*

Renonçant donc à sauter, il s'arrêta devant le bloc alvéolaire. Alentour, des Conquérants Jaunes rampaient encore vers les incubateurs inoccupés. Tout se passait dans l'ordre et la discipline. Il n'y avait nulle panique, seulement un bonheur indescriptible et une attente joyeuse.

— Bon, nous ne sommes pas trop mal installés, disait Alpha à son frère. Mais il fait sombre ! Impossible de jouer aux cartes…

— C'est vraiment une manie ! s'insurgea Bêta. Nous

pourrons nous estimer heureux si nous sortons d'ici vivants, et toi, tu ne penses qu'à jouer !

L'Émir captait distinctement leurs impulsions mentales. Alpha changea de sujet.

— Notre Jaune semble agité. J'espère qu'il ne va pas mettre bas tout de suite !

— Ils ne mettent pas bas, ils ramollissent et se divisent.

— Pourvu que nous ne soyons pas divisés, nous aussi… marmonna Alpha.

L'Ilt ricana et se concentra sur Alaska. Il était inutile de continuer à épier les pensées des Plophosiens. À ce stade des événements, il n'en sortirait rien de constructif. Mieux valait regagner le *Gevari*, où il ne restait plus que cent cinquante Conquérants Jaunes.

Saedelaere et Kosum les regardaient sortir du sas et s'éloigner lentement quand L'Émir se rematérialisa sous leur nez. Les deux hommes sursautèrent.

— Ce n'est pas possible ! se lamenta Mentro.

— Mais si, c'est moi ! répliqua le mulot-castor en découvrant son incisive. Bon, les deux frérots ont trouvé une place et ils vont bien. Alpha déplore de ne pouvoir jouer aux cartes. Je pense qu'il est inutile de faire davantage de commentaires.

— De toute façon, nous ne pouvons plus les aider, approuva Alaska. Plus qu'une centaine de passagers à débarquer et nous pourrons filer d'ici. Cela prendra une grosse heure. Le jour ne sera pas encore levé.

*
* *

Le dernier Conquérant Jaune venait de quitter le *Gevari*.

— Nous appareillons, dit Saedelaere à Balton Wyt et Mentro Kosum.

Dix minutes plus tard, l'aviso, soutenu par ses antigravs, se glissait silencieusement hors de sa cachette. Il survola pendant plusieurs secondes le côté ouest du haut plateau.

Les blocs alvéolaires étaient nettement visibles dans les premières lueurs de l'aube. Le soleil ne tarderait plus à poindre à l'horizon.

L'émo-astronaute enclencha la propulsion. Accélérant à pleine puissance, le vaisseau terranien fonça vers l'espace. Il avait laissé la deuxième planète à plusieurs millions de kilomètres derrière lui lorsque Kosum enregistra les premiers faisceaux de localisation adverses. On les avait découverts… Cependant, avant que les navires de la flotte de surveillance n'arrivent à portée de tir, le *Gevari* atteignit une vitesse suffisante pour opérer sa plongée linéaire et disparut du continuum standard.

Il réémergea à une demi-année-lumière. Saedelaere n'était pas absolument certain qu'ils fussent hors de danger ; il proposa néanmoins une pause d'observation. De leur position actuelle, les détecteurs à longue distance donnaient une image précise des mouvements dans le système au soleil jaune sans nom. Durant plusieurs heures, rien ne se produisit.

L'assemblage des vaisseaux-ruches sur la deuxième planète n'avait pas pu être suivi ; toutefois, les Terraniens furent ensuite témoins de leur appareillage. Même sur les petits moniteurs, le spectacle de la technologie spatiale en action était impressionnant. Ils assistaient à un exode planétaire.

Ce furent plus de mille astronefs de quatre kilomètres de diamètre pour huit de longueur qui s'arrachèrent à la surface. L'intégrateur de la détection donna plus tard le chiffre exact, qui se montait à quinze cents. Cela représentait environ trois milliards de Jaunes prêts à se reproduire, ce qui signifiait que ce nombre allait prochainement être multiplié par sept. En outre, cela se passerait à l'extérieur de l'Essaim, sur une planète encore inconnue, éventuellement habitée et qui, en l'occurrence, serait condamnée si personne n'intervenait.

Tout reposait sur les frères Blazon et le succès de

leur évasion au milieu des trois milliards d'Ocres. Si les Plophosiens réussissaient à informer Rhodan à temps, peut-être serait-il possible d'empêcher que ne se déroule le pire des scénarios.

Aux frontières du système, les vaisseaux-ruches se regroupèrent avec les cinq mille unités de la flotte de surveillance. La gigantesque formation s'organisa, mit le cap sur la tête de l'Essaim, et effectua sa transition.

Saedelaere contempla pendant un long moment encore les écrans désormais vides des détecteurs.

— J'ai programmé la trajectoire de retour vers Cocon, annonça l'émo-astronaute. Quand puis-je activer le pilotage automatique ?

Alaska désigna d'un geste les moniteurs qui n'affichaient plus rien.

— Immédiatement, Kosum. Il n'y a aucune raison pour attendre plus longtemps. Corello doit commencer à s'ennuyer. À moins qu'il ne se fasse du souci pour nous, ce qui serait regrettable.

L'Émir se leva.

— Il nous faudra quelques heures pour regagner l'abri de la forteresse. Ça dérange quelqu'un si je me retire au calme ?

— Ne te gêne pas pour nous : nous nous débrouillerons bien sans toi pour rentrer, assura Mentro.

— Voire… conclut ironiquement le mulot-castor, ce qui ne l'empêcha pas de s'éclipser, à pied, de sa démarche typique.

L'homme au masque regarda Kosum.

— Eh bien, qu'attendons-nous encore… ?

L'émo-astronaute arbora un large sourire et, d'une pression du doigt sur un commutateur, donna le signal du vol de retour qu'il avait préparé.

Celui-ci se déroula sans incident, de même que l'atterrissage sur la station blindée. Ribald Corello accueillit ses compagnons ; il était manifestement soulagé de les retrouver tous indemnes.

Le Supermutant n'avait pas de nouvelles à annoncer. Sur Cocon, tout était calme, le protoplasme se comportait passivement. Certes, les Conquérants Jaunes espéraient avec impatience leur transfert et il faudrait les apaiser, mais c'était un problème secondaire.

Pour l'heure, la seule chose cruciale se résumait à un seul mot : attendre ! Attendre de voir si les Blazon sortiraient vivants de leur aventure et pourraient contacter Perry Rhodan.

Avant de quitter le *Gevari* et de réintégrer ses quartiers dans la forteresse de feu le Démon Noir, Alaska Saedelaere consulta le chronographe. Il indiquait le 12 mai 3442 en temps standard de Terrania.

CHAPITRE XVI

Y'Xanthymona, qui rit…

Il avait préparé les lieux aclars pour « ceux qui sont dans l'attente douloureuse et néanmoins heureuse de la division ». Le temps de la joie et du service était venu.

Le Pourpre trottinait dans les couloirs étroits du gigantesque vaisseau-ruche, un assemblage de deux millions de blocs alvéolaires.

Avec sa taille d'un peu moins d'un mètre et demi, il était plus petit que la moyenne de son peuple. Entre ses plaques cornées, sa peau présentait des replis innombrables. Aux extrémités de ses mains à sept doigts, ses ongles autrefois durs comme l'acier s'étaient fragilisés sous l'effet des ans. Mais cela n'avait aucune importance. Plus décisive pour sa position était la couleur de sa chevelure, rassemblée en queue-de-cheval sur la nuque, et qui poussait en une seule zone circulaire du crâne par ailleurs chauve. Les cheveux étaient blancs, et ce trait désignait le Pourpre comme un chef plein de sagesse.

Il était le seul à bord de ce navire à posséder une telle toison de neige. Ses congénères qui le croisaient se rangeaient respectueusement devant lui. Il n'avait nul besoin de leur donner des ordres : ses gens connaissaient leur tâche. Servir était dans leur nature.

Y'Xanthymona, qui pleure…

Il avait fourni mille cinq cents vaisseaux-ruches pour que « ceux qui sont dans l'attente douloureuse et néanmoins heureuse de la division » soient conduits aux lieux aclars...

La musique affaiblissait les instincts des Petits Pourpres, les plongeait dans une humeur simultanément élégiaque et mélancolique, et réveillait en eux des sentiments étranges. Or, les cris sonores et aigus qui retentissaient dans les couloirs de l'astronef constituaient une sorte de musique. Les cris, les gémissements et les plaintes des Conquérants sur le point de se reproduire se mêlaient en un canon dissonant qui submergeait l'esprit des Pourpres et déclenchait chez eux certains réflexes, les réflexes du serviteur.

Chaque fois que s'élevaient ces tristes lamentations, les petits êtres à la peau rouge s'arrêtaient et pénétraient dans les alvéoles pour procurer consolation et soulagement aux Ocres en train de se partager. C'était une réaction instinctive, car dans la vie des Pourpres taciturnes, tout ou presque était déterminé par l'instinct.

Le chef aux cheveux blancs parcourait le vaisseau sans suivre un chemin précis. À l'instar de ses congénères, il interrompait sa marche quand des gémissements montaient d'une cellule. Et lorsqu'il reprenait sa route, il se portait dans la direction d'où venaient les cris d'un autre Ocre qui avait besoin de son aide. Il visitait l'alvéole concernée et pulvérisait, sur le Conquérant boursouflé, du liquide nutritif et des médicaments qui devaient freiner le processus de reproduction.

Ce recours à la pharmacopée s'imposait car la partition ne pouvait entrer dans sa phase décisive qu'une fois atteints les lieux aclars.

Y'Xanthymona, qui sue...

Il avait donné à la flotte le signe du départ en migration. Mille cinq cents vaisseaux-ruches emportant trois milliards d'Ocres prêts pour la naissance avaient quitté la base planétaire et, accompagnés de cinq mille escorteurs, s'avançaient dans l'espace intersidéral.

Les premiers préparatifs pour la division à venir furent

effectués. La température à l'intérieur des énormes nefs augmenta lentement, de même que la pesanteur.

Les Petits Pourpres, qui possédaient une constitution extraordinaire mais étaient accoutumés à une température de moins vingt degrés, commencèrent à transpirer. Ils n'en interrompirent pas pour autant leur œuvre consolatrice.

Leur chef n'enregistrait pas consciemment la sueur qui perlait sur son front. Une grosse goutte coula et fut déviée par ses épaisses arcades sourcilières. Il supportait ces désagréments avec humilité et, faisant abstraction de son bien-être personnel, il continuait à prodiguer son aide à ceux qui, dans les alvéoles, enduraient les souffrances de la division. Il le ferait jusqu'à ce que les lieux aclars soient prêts.

Y'Xanthymona, qui tue…

Jamais encore l'Idole n'avait tué pour tuer. Elle n'avait abattu que ceux qui s'en prenaient à ses créatures.

Le Pourpre à la crinière blanche passa devant une cellule d'où ne provenait aucune plainte. Pourtant, il s'arrêta. Son instinct infaillible lui soufflait que quelque chose n'allait pas. Sans s'attarder à son réflexe de méfiance, il pénétra dans le conteneur.

D'abord, il nota que la température et la pesanteur avaient augmenté de la même manière que partout ailleurs. Cela le rassura, mais il n'était pas encore complètement satisfait.

Il parcourut l'antichambre qui recelait les dispositifs techniques du bloc de transport, puis gagna le local d'incubation proprement dit.

Stupeur !

Tous ses sens transmirent simultanément les mêmes données alarmantes à son cerveau : il avait devant lui l'un de « ceux qui sont dans l'attente d'une division aberrante » ! Le corps de l'Ocre n'était nullement déformé ; au contraire, bien que secoué par une pulsation fébrile, il possédait encore sa silhouette d'origine, piriforme, et tant ses organes multifonctionnels que ses membres demeuraient inaltérés.

Tout cela était inquiétant mais, en soi, ne prouvait pas indubitablement que l'être fût contaminé. Le Pourpre en acquit la certitude quand l'individu s'approcha : il ne laissait sur le sol aucune trace visqueuse à signature hypnosuggestive. C'était le symptôme typique de la maladie !

Le chef à la peau rouge pivota sur lui-même et voulut se diriger vers l'antichambre pour déclencher l'alerte générale.

C'est là qu'il vit soudain, face à lui, deux étrangers à l'aspect monstrueux.

Une bouffée de haine le submergea brutalement : il se jeta sur l'un des intrus. Il se heurta à la tenue protectrice de son adversaire et s'y cassa les ongles. L'instant d'après, il fut frappé par un rayon qui court-circuita son système nerveux.

Avant de perdre conscience, il pensa encore :

Vengeance, Y'Xanthymona, toi qui ris, pleures, sues et tues en même temps !

— Que fait-on de ce petit, maintenant ? demanda Blazon Alpha d'un ton grincheux en rengainant son radiant-choc. Mon faisceau paralysant l'a touché de plein fouet. Il est K.O. pour une bonne douzaine d'heures, et nous n'y pouvons rien.

— *Quid* si l'on remarque sa disparition ? renchérit son frère.

— Je ne crois pas que cela arrivera.

— D'où tires-tu cette certitude ?

Blazon Alpha soupira.

— Les Pourpres sont guidés par l'instinct, nous le savons. Ce ne sont pas non plus des êtres grégaires. Ils exécutent leurs tâches quasiment sans se soucier les uns des autres. Ainsi, Blanche-Neige ne manquera à personne.

Pour Alpha, la question était résolue. Il changea de sujet. Après un regard aux instruments de son spatiandre, il déclara :

— Il fait plutôt chaud…

Bêta approuva d'un hochement de tête. Il serra ses lèvres minces, ce qui fit ressortir son long nez au milieu de son visage ridé.

— Je pense qu'en dépit de l'augmentation de la température et de la gravitation, nous avons fermé nos combinaisons pressurisées trop tôt. Nous aurions dû supporter un moment encore le changement des conditions environnementales. Si le vol dure trop longtemps, nos réserves d'énergie risquent de s'épuiser, et nous serons laminés par la chaleur et la pesanteur.

— Tu exagères, répondit Alpha.

Il examina l'écran semi-circulaire encastré dans la paroi opposée, sur lequel les deux Plophosiens pouvaient observer la flotte de vaisseaux-ruches et son escorte. Bientôt, cette armada atteindrait l'écran-enveloppe, le franchirait et s'engagerait dans l'espace libre, dans la Voie Lactée…

Quant à son destin et à celui de son frère, le joueur invétéré ne s'inquiétait pas. Ils avaient trouvé un allié précieux en Gahork – ainsi s'appelait le porteur sain avec qui ils partageaient ce bloc de transport. Et une fois les migrants sortis de l'Essaim, il ne serait pas trop difficile de contacter la *Bonne Espérance II*. Blazon Alpha était sûr que Perry Rhodan ne manquerait pas de remarquer ce rassemblement d'astronefs.

— La flotte devrait transiter d'ici une demi-heure, dit-il à Bêta. Bientôt, nous…

Il ne put aller plus loin.

L'alvéole ainsi que tout le vaisseau furent ébranlés dans leur structure. Dans un déchaînement d'énergie quintidimensionnelle, toutes les unités se dématérialisèrent en même temps et plongèrent dans l'hyperespace. À l'issue du saut soigneusement planifié, elles furent éjectées de ce continuum d'ordre supérieur où elles ne pouvaient exister de façon stable, et resurgirent dans l'univers standard.

L'escadre venait d'effectuer sa première transition.

Blazon Alpha et son frère n'en savaient encore rien : dès les premières millisecondes du processus, ils avaient perdu conscience…

***

Une violente douleur irradiait dans son corps. Il rouvrit les yeux et se redressa péniblement. À travers la vitre anti-buée de son casque, il ne distingua d'abord qu'un brouillard gris, qui se teinta progressivement de notes de couleur.

Du rouge et du jaune.

Le Petit Pourpre ! Et Gahork, l'Ocre !

Des formes se densifièrent. Les deux silhouettes devinrent identifiables – le chef pourpre encore allongé, immobile, et Gahork, qui s'était rapproché.

— Bientôt, nous aurons atteint les lieux aclars, entendit Blazon Alpha.

La voix synthétique de son translateur restituait les paroles du Conquérant.

Machinalement, le Plophosien regarda le moniteur encastré dans la paroi. Cela ne durerait plus très longtemps, en effet. Le premier saut les avait menés à quelques centaines de kilomètres seulement de l'écran-film enveloppant. Celui-ci occupait tout le champ visuel et s'étendait tel un mur de cristal luminescent, sur lequel les vaisseaux se détachaient comme autant de points sombres.

Tels des moustiques autour d'une lanterne, se dit Blazon Alpha. *Bientôt, l'écran cristallin va s'ouvrir et les Conquérants Jaunes vont se répandre dans la Voie Lactée.*

La pensée des trois milliards de créatures sur le point de se reproduire et la menace que cela faisait peser sur un monde encore inconnu ramenèrent le savant à la réalité.

— Cette épreuve démontre une fois de plus que j'ai une meilleure constitution que toi, déclara son frère, à côté de lui. J'étais sur pied près de sept secondes avant toi.

— Mes félicitations, répliqua Alpha en se tournant vers Gahork. Vous semblez avoir surmonté le choc de la transition. Est-ce exact, ou avez-vous besoin de notre aide ?

Les frères Blazon vouvoyaient le Conquérant pour manifester leur respect.

Sur l'organe multisensoriel inséré au sommet du corps piriforme, la membrane bougea, puis les mots sortirent du translateur :

— Je n'ai pas besoin d'aide, seulement de calme. Je voulais vous annoncer que je souhaiterais être en paix, à partir de maintenant. Il est temps que je me consacre exclusivement et me dédie entièrement à l'événement qui approche.

Blazon Alpha n'avait pas manqué de noter qu'à intervalles réguliers, des tressaillements parcouraient le corps de Gahork, sur lequel des renflements se formaient puis se résorbaient en laissant ridée la peau d'ordinaire lisse. La savant comprenait que l'Ocre ne voulait pas résister plus longtemps à la pression intérieure de la scission qui s'amorçait. Il avait attendu cet instant durant dix-huit cents ans et vivait comme un supplice le maintien prolongé de l'effet cytostatique. D'autre part, il était un allié trop précieux. Son don télépathique, qui lui permettait de prendre contact avec les autres porteurs sains présents dans la flotte, était sans prix. Gahork était une source d'informations à laquelle Alpha n'avait pas l'intention de renoncer.

Il hocha la tête avec bienveillance.

— Je sais l'effet qu'ont sur vous la grande chaleur et la pesanteur croissante : elles vous rendent impossible le report du processus de division cellulaire.

— Je pourrais m'y contraindre, malgré les conditions idéales. Cependant, pourquoi devrais-je le faire ?

— Parce que nous avons encore besoin de vous.

— Ce n'est pas une raison suffisante.

Blazon Bêta intervint.

— Vous avez encore une dette envers nous, Gahork.

Ou avez-vous oublié que c'est grâce à nous que vous et les autres vous trouvez à bord de ce vaisseau-ruche ?

— Vos actes ne sont pas désintéressés, fit observer l'Ocre.

— Ce n'est pas entièrement vrai, se hâta de dire Alpha avant que son frère ne se laisse aller à une autre remarque inconsidérée. Ce n'est pas comme si nous exigions le sacrifice d'une vie. Mais si vous vous coupez maintenant de votre environnement, comment saurez-vous que l'occasion se présentera de vous venger de ceux qui vous ont bannis sur Cocon, vous et vos frères ?

Ses mots semblèrent porter. Le Plophosien avait trouvé le talon d'Achille du Conquérant.

Gahork fut saisi de spasmes, puis répondit :

— J'attendrai encore et je conseillerai à mes compagnons d'infortune de faire de même.

L'Ocre voulait se retirer, mais Blazon Alpha le retint et, profitant du lien mental qui unissait leur allié avec les porteurs sains disséminés dans l'escadre, il se renseigna :

— Y a-t-il des choses à signaler sur d'autres navires ? Quelle est la situation ?

— La situation est inchangée. Ceux qui servent les serviteurs conduisent la flotte vers son but désigné, conformément à la tradition.

Au même instant, les deux frères observèrent qu'une fenêtre s'ouvrait dans l'écran enveloppant, pour laisser le passage aux six mille cinq cents vaisseaux.

Pour la troisième fois, une migration de milliards de Conquérants Jaunes quittait l'Essaim.

— Quel monde a été choisi comme lieu de naissance ? s'interrogea Alpha. À deux reprises, ce furent des planètes semblables à la Terre, et de surcroît, habitées. Il est probable qu'il n'en ira pas autrement cette fois. Ne pouvons-nous rien faire pour empêcher une catastrophe telle que celle qui a frappé Diane ?

— Nous avons déjà apporté notre contribution, mon

frère, répondit Bêta. Pense aux huit cents porteurs du virus répartis à bord des vaisseaux-ruches. Le temps travaille pour nous.

— Mais combien de temps nous reste-t-il ?

— Plus beaucoup, en effet. En tout cas, jusqu'à la prochaine plongée hyperspatiale. Nous sommes hors du conglomérat stellaire, la fenêtre structurale s'est refermée derrière la flotte. Préparons-nous au choc de la transition. Je parie que je me réveille avant toi.

Alpha lui fit signe de se taire. Il attendait la dématérialisation. Mais il attendit en vain. Il n'y eut pas de saut quintidimensionnel. Il se passa autre chose…

CHAPITRE XVII

*Quatorze mai 3442, à bord de l'*Intersolaire *et de la* Bonne Espérance II

Quand l'alerte générale se déclencha, ce fut comme une libération pour les équipages.

Perry Rhodan avait repris ses quartiers à bord du croiseur léger. Il s'était retiré dans sa cabine, mais bondit sur ses pieds dès la première sonnerie. Avant qu'il n'ait franchi la porte, Fellmer Lloyd se manifesta par intercom. Depuis le départ en mission d'Alaska Saedelaere, c'était le télépathe qui dirigeait la centrale de détection de la *Bonne Espérance II.*

— Les hypersenseurs montrent qu'une importante flotte sort de la tête de l'Essaim, annonça-t-il. Nous ne disposons pas encore d'un dénombrement précis vu la distance, mais d'après les premières estimations, il pourrait s'agir d'environ six mille navires.

— Je serai au poste de commandement dans une minute ! répondit le Stellarque, puis il se rua hors de son logement.

Quand il arriva au central, la vaste rotonde bourdonnait d'activité. Le premier émo-astronaute, Senco Ahrat, était assis dans son siège et avait coiffé sa résille T.R.E.S. La place du deuxième émo-pilote était vide, et pour cause : Mentro Kosum se trouvait avec la cinquième colonne infiltrée à l'intérieur de l'Essaim.

— Préparez une courte étape linéaire, Ahrat ! ordonnait Atlan quand Rhodan entra. Objectif : cette flotte qui vient de surgir de derrière l'écran. Centralcom ! appela-t-il ensuite. Joak, informez Bull de nos intentions. Que l'*Intersolaire* se tienne lui aussi prêt à effectuer une manœuvre linéaire rapide.

Perry, qui avait entendu les dispositions prises par le Lord-Amiral, rejoignit le tableau de bord principal.

— Plongez immédiatement ! intima-t-il au pilote.

Senco Ahrat obéit aussitôt. Sur la galerie panoramique, les étoiles et le ruban miroitant de l'Essaim s'effacèrent et firent place au gris de l'entr'espace. Sur l'écran de navigation s'inscrivait la cible du vol interdimensionnel : l'escadre adverse.

Rhodan s'adressa à Atlan.

— La détection a-t-elle obtenu des précisions sur cette flotte ?

Fellmer Lloyd, qui écoutait via l'intercom général, répondit avant l'Arkonide.

— Elle compte six mille cinq cents astronefs, de différentes tailles. Mille cinq cents d'entre eux correspondent par la masse aux vaisseaux-ruches que nous connaissons. Une centaine d'unités pourraient être des navires-champignons. Nous n'avons pas pu identifier le reste jusqu'à maintenant.

— C'est suffisant, répliqua le Stellarque en se tournant vers Atlan.

— Nous faut-il plus de preuves s'il s'agit d'une migration ? demanda celui-ci. Fellmer parlait de quinze cents vaisseaux-ruches. Cela représente trois milliards de Conquérants Jaunes qui vont s'abattre sur un monde florissant et le détruire.

— Nous essaierons de les en empêcher, promit Rhodan.

À dix millions de kilomètres de l'escadre, la *Bonne Espérance II* retomba dans le continuum standard. Les observations optiques confirmèrent les premiers résultats obtenus par Fellmer Lloyd grâce aux hyperdétecteurs. Les Terraniens se trouvaient bien face à une flotte qui emmenait des individus sur le point de se diviser, forte de mille cinq cents transporteurs et cinq mille navires d'escorte.

— Cette fois, il faudra opérer avec détermination si tu veux éviter une seconde Diane, Perry, commenta Atlan.

— Avant de décider du cours de notre action, nous devons établir la destination de la migration.

— Tu ne crois tout de même pas, par hasard, que les Conquérants Jaunes vont choisir une planète inhabitée comme monde de naissance ? s'enquit l'Arkonide avec une intonation légèrement ironique.

— Rien n'interdit d'espérer.

Le Stellarque donna l'ordre de calculer la trajectoire probable de l'armada et de localiser tous les systèmes stellaires jusqu'à une distance de sept cents années-lumière sur cette trajectoire.

Pendant que les positroniques traitaient la question, Reginald Bull se manifesta depuis l'*Intersolaire*.

— Perry, je propose que nous attaquions cette flotte avec toute notre puissance de feu.

— Et qu'escomptes-tu d'une telle manœuvre ? demanda Rhodan.

— Au moins, nous sèmerons la confusion chez les maîtres de l'Essaim, et peut-être renonceront-ils. Allons ! Nous voulons en premier lieu empêcher les Conquérants Jaunes de procéder à l'ajustement secondaire sur une planète et d'y détruire toute vie. Ne veux-tu pas, cette fois, tenter de t'y opposer ?

— Nous ne pouvons rien faire contre six mille cinq cents vaisseaux, affirma le Stellarque.

Le visage de Reginald prit une expression furieuse.

— Bla bla bla ! Il y a un mois, sur Diane, nous avons clairement vu que les navires de l'Essaim n'ont rien de comparable à nos canons transformateurs. Nous sommes parfaitement en mesure de porter un coup décisif à cette flotte, et ce avant même qu'elle n'exécute sa prochaine transition. Tu devrais te décider en vitesse, Perry !

Bull n'avait pas tout à fait tort. Il aurait été possible d'infliger à l'adversaire des pertes importantes avec la seule puissance de feu de l'*Intersolaire*. Mais Rhodan considérait que c'eût été une pure opération de destruction qui n'apporterait rien au final. Peut-être anéantiraient-ils quelques centaines de navires avant que n'ait lieu la transition. Cependant, le reste de l'escadre aurait toujours la capacité d'envahir le monde choisi pour la phase de partition des Conquérants Jaunes.

— Non, Bully, je ne suis pas d'accord.

Le Stellarque était quelque peu peiné de voir un tel comportement agressif chez son ami par ailleurs si pacifique. Mais probablement les terribles images de Diane étaient-elles encore trop présentes à sa mémoire.

— Nous devons, ajouta Rhodan, d'abord savoir où les Conquérants Jaunes se rendent. Il n'est pas encore prouvé qu'un monde habité soit menacé.

— Mais il est prouvé, répliqua le rouquin, que les Conquérants Jaunes ne choisissent que des planètes à biosphère oxygénée pour le processus de division. Et celles-ci sont presque toujours habitées.

— Nous devons attendre, répéta Perry. Nous ne prendrons une décision qu'une fois établie la route de cette flotte.

Les résultats des positroniques furent rapidement disponibles. Il avait été calculé que l'armada s'éloignait de l'Essaim avec une allure relative d'un quart de la vitesse luminique et volait à une vélocité intrinsèque trois fois plus élevée. Les navires n'ayant pas procédé à un changement de trajectoire, l'extrapolation de celle-ci avait montré que sur une distance de sept cents années-lumière, elle ne rencontrait que deux étoiles. L'une, à cinq cent trente-cinq années-lumière, était une géante rouge avec un unique satellite, de type jovien, donc inhabitable. La seconde, éloignée de trois cent trente-huit années-lumière seulement, appartenait à la classe spectrale G et possédait sept planètes. Ce système stellaire, désigné sous le nom d'Ex-Héléva, avait jadis été découvert et cartographié par un *Explorateur.* Les données recueillies sur les sept planètes remplissaient plusieurs pages du catalogue astronautique de la flotte d'exploration, qui figurait dans les banques mémorielles de l'*Intersolaire* et de la *Bonne Espérance*.

La majeure partie des informations concernaient le monde numéro trois. C'était un globe de type tellurique qui avait reçu des découvreurs le nom de Trantus-Tona. Y vivaient les descendants de colons arkonides qui avaient perdu le contact avec la civilisation-mère depuis des millénaires. Ils étaient retombés à un stade de développement primitif, qui correspondait *grosso modo* au XVe siècle terrien.

Puisque Trantus-Tona était habitée, une nouvelle colonisation avait été exclue. Vu sa position insignifiante sur le plan militaire et son absence d'intérêt économique, on avait même renoncé à y établir un comptoir commercial. Le système d'Ex-Héléva était tombé dans l'oubli.

Aujourd'hui, la visite prochaine d'une flotte de migration lui conférait une importance toute particulière.

— Il n'y a aucun doute : Héléva constitue la destination des Conquérants Jaunes, déclara Atlan. Et de ses sept satellites, seule Trantus-Tona entre en ligne de compte comme monde de naissance.

— As-tu encore des objections vis-à-vis d'une attaque contre les vaisseaux ennemis ? s'enquit Reginald Bull par hypercom.

— Ta proposition n'est pas rationnelle, dit fermement Rhodan. Nous devons trouver une autre solution.

— Si tu tardes davantage, ils vont effectuer leur hypertransition, et les cinq cents millions d'habitants de Trantus-Tona subiront le même sort que les amazones de Diane ! proféra Bully d'un ton accusateur.

— Trop tard, intervint Atlan en montrant la galerie panoramique.

Perry suivit des yeux la main tendue de l'Arkonide. Toutefois, il ne comprit pas immédiatement. Il s'était attendu à observer une plongée en masse de l'armada migratoire. Cependant, il devait constater que les six mille cinq cents navires ne disparaissaient pas d'un seul coup, mais séparément et progressivement.

— Voilà qui est nouveau ! s'étonna-t-il. Jusqu'à maintenant, jamais les unités d'une flotte de division n'ont procédé à des transitions individuelles.

— Il ne peut pas s'agir de transitions, annonça Fellmer Lloyd depuis la centrale de détection. Nous n'avons enregistré aucun ébranlement de structure caractéristique d'une pénétration dans l'hyperespace.

— Cela ne peut signifier qu'une chose : ces astronefs sont équipés de propulseurs linéaires, interpréta Rhodan. Nous avons là la preuve définitive que les Conquérants Jaunes maîtrisent parfaitement les hypertransitions, mais qu'ils sont également capables d'utiliser l'entr'espace.

— Nous le supposions depuis un certain temps, rappela simplement Atlan sans quitter des yeux son ami.

— Plongée ! ordonna celui-ci à Senco Ahrat. Nous resterons sur leur piste grâce au traqueur linéaire.

CHAPITRE XVIII

Le convertisseur spécial équipant les traqueurs linéaires modifiait les impulsions quadridimensionnelles stables afin de les rendre compatibles avec l'état énergétiquement neutre de la zone de libration. Devenues ondes réflexes interdimensionnelles, elles étaient diffusées par un émetteur, réfléchies par les éventuels vaisseaux qui circulaient dans l'entr'espace, et les échos résultants étaient captés par un récepteur approprié. Ainsi, l'on pouvait repérer des objets en mouvement dans le domaine constituant la frange entre continuums par un principe analogue au radar.

Sur l'écran de visualisation du traqueur, l'ensemble de l'escadre migratoire se dessinait clairement. Dans le central de la *Bonne Espérance II*, le personnel de service n'avait pas encore complètement assimilé le fait que les vaisseaux avaient entrepris non une transition hyperspatiale mais une plongée dans la zone de libration.

Le cosmopsychologue Sophtorn Pienager se fendit d'un exposé :

— Nous devons nous résigner au fait que des groupes ou des populations différentes agissent de manière différente. Il nous a d'abord semblé que l'Essaim constituait une sorte d'organisme complexe dans lequel chaque partie avait sa tâche dédiée et précisément programmée. Force nous est aujourd'hui de reconnaître que les peuples de l'Essaim présentent une certaine flexibilité. Il se peut que certains d'entre eux préfèrent recourir exclusivement aux transitions hyperspatiales, alors que d'autres ne pratiquent que le vol linéaire, et qu'une troisième catégorie utilise l'une ou l'autre méthode en fonction de la situation. Peut-être, d'ailleurs, ne font-ils pas ce choix de leur propre initiative, mais exécutent-ils les instructions d'instances de coordination, voire directement des maîtres de l'Essaim.

Rhodan l'écoutait pensivement. Quand le scientifique eut terminé, le Stellarque lui demanda :

— Si je vous comprends bien, nous ne pouvons pas tirer de conclusions sur les intentions de cette escadre en nous basant sur le comportement des deux flottes précédentes.

Sophtorn Pienager hocha affirmativement la tête.

— La manœuvre linéaire que nous venons d'observer prouve qu'il ne nous est pas possible de prévoir les actions des Conquérants Jaunes. Nous devons nous adapter à leur flexibilité.

Perry regarda triomphalement Atlan.

— C'est pour nous un avantage que d'avoir débarqué sans tambours ni trompettes, dit-il.

— Reste à voir si notre discrétion nous rapportera quelque chose, répliqua l'Arkonide.

*
* *

Un peu plus tard, les vaisseaux s'effacèrent les uns après les autres du moniteur du traqueur linéaire. Senco Ahrat ramena de même la *Bonne Espérance II* dans le continuum einsteinien. Aussitôt, l'écran panoramique fut illuminé par un soleil jaune. Il ne fallut pas de mesures détaillées pour se rendre compte que la flotte de migration avaient bien choisi la destination qui avait été calculée par la positronique du croiseur terranien. Devant eux se trouvait le système d'Héléva, et c'était vers lui que fonçaient les quinze cents vaisseaux-ruches et leur cinq mille escorteurs.

— Ils font route vers la troisième planète, précisa Fellmer Lloyd.

— Comme on pouvait s'y attendre, grogna Atlan. Bientôt, le glas sonnera pour les cinq cents millions d'habitants de Trantus-Tona. À moins que tu ne te décides à intervenir, Perry.

Celui-ci s'irrita.

— Nous interviendrons ! Cependant, je ne vais pas provoquer un affrontement inutile. Nous devons frapper au point faible des Conquérants Jaunes.

— Tu as un plan ? demanda avec intérêt l'Arkonide.

À ce moment, trois mille unités de différents types se séparèrent de l'escadre et disparurent brièvement dans l'espace linéaire. Elles en émergèrent au voisinage immédiat de la troisième planète. Parmi ce groupe se trouvaient quatre-vingts vaisseaux-champignons des Installateurs de l'Essaim.

Reginald Bull rappela de l'*Intersolaire*.

— Tu sais ce que cela signifie, Perry ! La tâche de cette avant-garde est de préparer Trantus-Tona pour qu'elle devienne un monde de naissance. Ces engins vont effectuer l'ajustement secondaire qui augmente la température et la pesanteur ! C'est la mort à brève échéance pour cinq cents millions de personnes !

Les Terraniens savaient que, des vaisseaux-ruches de huit kilomètres de longueur, seules retournaient à l'Essaim les plates-formes propulsives, qui faisaient la moitié de la taille totale. Les deux mille blocs incubateurs et leurs stations d'alimentation énergétique restaient sur les mondes de naissance. Une fois amorcé le processus aboutissant aux conditions nécessaires à la division, les Installateurs regagnaient le conglomérat stellaire à bord des navires d'escorte.

Joak Cascal se manifesta depuis le centralcom.

— Nous recevons des impulsions radio en provenance de l'escadre migratoire !

Rhodan bondit sur l'intercom.

— Pouvez-vous les déchiffrer ?

Il avait posé la question sans s'attarder sur le fait qu'il s'agissait là d'un événement extraordinaire : jamais encore il n'avait été possible d'établir l'existence de quelque forme de radiocommunication entre les navires d'une flotte de transport.

— Nous avons aussitôt entrepris un décodage, hélas sans succès pour l'instant, dit Cascal.

Il ajouta, s'excusant presque :

— Les impulsions ne nous parviennent que depuis deux minutes à peine. Elles ont d'abord été émises par les vaisseaux-ruches en direction des escorteurs présents autour de la troisième planète. Puis on y a répondu, les échanges ont augmenté, et maintenant, chaque unité se trouve pratiquement en liaison permanente avec les autres. Il est désormais difficile de distinguer les messages individuellement.

— Relayez l'un de ces messages sur l'intercom !

Joak fit ce qu'avait demandé le Stellarque. Du haut-parleur tomba une rapide cascade d'aigus. Perry se remémora fugitivement un antique disque trente-trois tours passé en soixante-dix-huit tours. On aurait dit de l'intergalacte prononcé en accéléré. Ce ramage rappelait aussi la langue des Bleus, mais avec des différences marquées. Plusieurs indices plaidaient cependant en faveur d'une émission compressée.

— Si vous arrivez à déchiffrer une de ces communications, faites-le-moi aussitôt savoir, exigea Rhodan.

Il envoya au centralcom Tahonka-No, le squelettique natif de Gedynker-Crocq, dans l'espoir qu'il connaissait peut-être la langue utilisée. En outre, il fit porter à Cascal le translateur récupéré par Sandal Tolk.

Malheureusement, ni l'un ni l'autre ne furent d'aucun secours.

— Les échanges entre les unités sont de plus en plus

intenses, rapporta Joak. J'ai l'impression que quelque chose d'imprévu s'est produit et a plongé les responsables dans la panique.

— Cette fois, vous pourriez bien avoir raison, approuva le Stellarque. Nous devons absolument découvrir ce qui a ainsi affolé tous les commandants. C'est pourquoi il *faut* élucider le contenu de ces messages.

— Le décodeur fait ce qu'il peut, répliqua laconiquement Cascal.

Perry s'adressa à Senco Ahrat.

— Rapprochons-nous des transporteurs. Peut-être les détecteurs nous révéleront-ils la raison de cette excitation.

L'émo-astronaute effectua une courte plongée linéaire qui amena son navire à cinquante mille kilomètres d'un vaisseau-ruche. Immédiatement, un escorteur qui présentait la forme d'un gigantesque tire-bouchon s'interposa. Toronar Kasom avait les doigts sur le pupitre de tir, mais il n'eut pas besoin d'y recourir car le nouveau venu ne montrait aucun signe d'hostilité.

L'*Intersolaire* émergea de l'entr'espace derrière la *Bonne Espérance*.

— Pourquoi diable t'occupes-tu des vaisseaux-ruches alors que les Installateurs et leurs champignons volants ont presque atteint Trantus-Tona ? demanda Reginald Bull par hypercom.

— C'est très simple, répondit Rhodan. Parce que les premières communications sont parties de l'un des vaisseaux-ruches. C'est donc là que se trouve la raison de l'effervescence qui agite toute la flotte.

— Tu poursuis des chimères, Perry.

Le centralcom revint en ligne.

— Avez-vous déchiffré les messages ? interrogea le Stellarque avec espoir.

— Hélas non ! avoua Cascal avec une grimace. Cependant, nous en avons reçu un qui était parfaitement intelligible, et sur la fréquence de l'Astromarine.

— D'où provient-il ?

— De l'escadre, et plus précisément de l'un des vaisseaux-ruches !

***

— Nous sommes dans la zone de libration, conclut avec étonnement Blazon Alpha après une longue observation du moniteur mural de l'alvéole. Les Ocres ont toujours un lapin à sortir de leur chapeau. Gahork ! Pourquoi la flotte effectue-t-elle une plongée linéaire et non une hypertransition ?

Le sas menant à la chambre d'incubation était demeuré ouvert afin que les jumeaux puissent à tout moment s'entretenir avec leur allié. Mais le Conquérant Jaune s'était retiré dans l'angle le plus éloigné et ne semblait plus réagir.

— Gahork ! cria Blazon Bêta.

L'Ocre sursauta.

— Ceux qui servent les serviteurs vivent à leur façon ou selon ce qui leur est ordonné, déclara-t-il.

Sur son corps piriforme, de nouvelles excroissances bourgeonnaient puis se résorbaient.

— Vous ne devez pas vous laisser aller ! lui rappela Bêta. Gahork ! Vous nous avez promis de retarder l'événement pendant un moment encore !

L'interpellé se mit lentement en mouvement. Il se glissa à travers la salle. La membrane de son organe multifonctions vibrait, signe qu'il s'adressait aux deux Terraniens. Le translateur restitua l'interprétation des sons étranges qu'émettait le Conquérant.

— Il est difficile de réprimer la pression au voisinage des lieux aclars.

— Je vous ai demandé quelque chose, Gahork, insista le Plophosien.

— Ceux qui servent les serviteurs vivent à leur façon ou selon ce qui leur est ordonné, redit l'Ocre.

Bêta allait s'énerver, mais Alpha le calma à temps.

— Laisse, mon frère ! Ne le torture pas avec tes questions. Il a assez de mal à lutter contre la pression croissante de la partition à venir. En outre, il t'a répondu, à sa manière.

— Tu crois que je ne l'ai pas compris ? gronda Bêta. Je sais ce qu'il voulait dire. Le barbare d'Exota-Alpha, Sandal Tolk, a expliqué que plusieurs peuples de l'Essaim nomment les Ocres « Premiers Serviteurs d'Y'Xanthymr ». Gahork lui-même se désigne comme un auxiliaire, mais quand il parle des serviteurs, il évoque évidemment les équipages des vaisseaux de la flotte migratoire. Et il signifie tout simplement que ces gens utilisent le mode de propulsion qui leur est prescrit par de plus hautes instances.

— Voilà qui est très sensé, commenta Alpha d'un ton moqueur. Dis-moi alors pourquoi tu agaces malgré tout Gahork avec tes questions !

— Je voulais focaliser son esprit sur autre chose que la division, se défendit Bêta. Si nous ne le distrayons pas, il sera submergé par la pression. N'oublie pas l'importance des informations qu'il nous procure.

Alpha ne répondit pas. Il connaissait assez bien son frère pour savoir qu'il adorait faire enrager les gens mais n'irait pas jusqu'à tourmenter une créature pour se réjouir de sa douleur. Aussi ravala-t-il la remarque qu'il avait sur le bout de la langue.

— Tu parlais de « plus hautes instances », dit-il au bout d'un moment. Je trouve l'appellation pertinente. En conséquence, les Petits Pourpres et les Installateurs de l'Essaim seraient une instance inférieure, et les maîtres l'instance la plus haute. Combien d'échelons y a-t-il dans cette hiérarchie ? Et quelle place les Ocres y occupent-ils ? Ils se situent au-dessus des Pourpres et des Installateurs, c'est assez clair, mais quels sont leurs rapports avec les maîtres ?

Blazon Bêta adressa à son frère un sourire dédaigneux.

— Sur Cocon, nous avons appris des porteurs sains quelques détails intéressants. Entre autres choses, qu'ils doivent quitter l'Essaim à l'occasion de la phase de naissance et ce, précisément à l'instigation de la plus haute instance. On peut en déduire que pour Y'Xanthymr, ou pour ceux qui détiennent le pouvoir dans l'Essaim, quels qu'ils soient, les Conquérants sont une charge.

Ce fut au tour d'Alpha de sourire.

— S'ils sont une charge, les maîtres devraient être contents de se débarrasser d'eux. Mais dans ce cas, je te le demande, pourquoi les Ocres sont-ils rapatriés à l'intérieur de l'Essaim une fois le processus de division achevé, et ce en nombre sept fois plus élevé ?

Bêta regarda avec perplexité son frère, qui poursuivit :

— Je suis convaincu qu'on les réintègre parce qu'ils exercent une fonction très importante dans le conglomérat stellaire.

— Et tu sais aussi laquelle, peut-être ?

— Tu devrais le demander à Gahork.

Ils se tournèrent simultanément vers la chambre d'incubation. La température avaient entre-temps dépassé les cinquante degrés et la pesanteur atteignait deux g. Le porteur du virus était maintenant calme, son corps piriforme s'était plus ou moins effondré sur lui-même et commençait à présenter de légères boursouflures plus stables.

— Gahork !

L'interpellé tressaillit, puis la membrane de son organe multifonctions vibra.

— Les lieux aclars ! émit le translateur.

L'Ocre se redressa de toute sa taille et reprit plus ou moins sa silhouette originale.

— Les lieux aclars ! répéta-t-il. Nous arrivons !

*
* *

Le gigantesque vaisseau-ruche quitta l'entr'espace en même temps que le reste de la flotte. Sur l'écran encastré dans la paroi de l'alvéole, les étoiles brillaient de nouveau. La luminosité du bouclier cristallin avait quant à elle disparu.

La flotte de migration était arrivée à destination.

Les deux savants plophosiens n'avaient guère eu de peine à trouver comment fonctionnaient les commandes de réglage du moniteur. Ils n'avaient pas touché aux autres appareils pour éviter de déclencher une alarme ou un dispositif de défense anti-intrusion.

L'armada avait émergé dans le continuum standard aux limites d'un système solaire relativement étendu. Les Blazon localisèrent cinq satellites, mais rien n'indiquait qu'il n'y en eût pas davantage de l'autre côté de l'étoile. Grâce aux instruments dont étaient équipés leurs spatiandres, il leur fut possible de réaliser une analyse planétologique sommaire. Ils établirent que deux mondes – de leur point de vue les troisième et quatrième – orbitaient dans la zone de vie de leur astre tutélaire, le troisième bénéficiant de la distance la plus favorable. Cette caractéristique convainquit les Terraniens que c'était lui qui constituait la destination de l'expédition.

Les vaisseaux-ruches et une partie des escorteurs réduisirent leur allure. Trois mille unités se séparèrent de l'escadre. Parmi eux se distinguaient quatre-vingts redoutables navires-champignons, ceux qu'utilisaient les Installateurs pour opérer l'ajustement secondaire sur les mondes de naissance. Ces astronefs avaient une longueur de cinq kilomètres, et leur dôme un diamètre de sept pour une hauteur de deux. Ils se posaient à la verticale sur le pied cylindrique du champignon ; c'est pourquoi les tuyères des propulseurs n'étaient pas installées à son extrémité inférieure, mais bien à la base du « chapeau ».

Quand Alpha procéda au grossissement de l'image, cadrant l'un de ces vaisseaux, lui et son frère se rendirent compte non sans surprise qu'ils avaient ici à faire à un type modifié : la partie sommitale n'était pas en forme de dôme mais ovoïde, avec une taille dépassant d'un millier de mètres celle du modèle standard.

C'était Atlan qui avait pour la première fois observé une telle architecture, lors d'un vol de reconnaissance dans le système d'Opus-Nurmo. Ces navires-champignons-là n'avaient pas provoqué l'ajustement secondaire ; ils avaient, par une unique transition, déplacé tout le système stellaire de plus de cinq cents années-lumière !

— Crois-tu que les Installateurs se proposent de faire transiter ce système lui aussi ? demanda Alpha à son frère.

Bêta haussa les épaules, geste qui passa quasi inaperçu à cause de la lourde tenue que portaient les deux Terraniens.

— Peut-être. Cependant, il est également possible que cette fois, les unités de ce type soient utilisées pour réaliser l'ajustement. Nous venons d'apprendre que tous les peuples de l'Essaim n'appliquent pas les mêmes techniques de vol spatial. Il pourrait en aller de même dans d'autres domaines.

Trois mille nefs se glissèrent dans l'entr'espace alors que le reste de la flotte pénétrait dans le système stellaire à demi vitesse luminique. Elle dépassa la planète la plus extérieure à une distance de deux millions de kilomètres.

Soudain, Blazon Alpha capta des communications radio. Elles ne durèrent pas plus de dix secondes, mais cela suffit au Plophosien pour localiser la position de l'émetteur : il se situait sur leur propre vaisseau-ruche.

— On dirait un pépiement d'oiseau, commenta Bêta, qui avait lui aussi reçu les impulsions.

— Aurait-on découvert la disparition de Blanche-

Neige ? s'inquiéta son frère en montrant le Pourpre paralysé, étendu dans un coin de la cellule.

Le conversation fut interrompue par une deuxième émission, encore plus courte que la première. Elle provenait de l'intérieur du système stellaire. À peine fut-elle terminée que plusieurs transporteurs y répondirent simultanément. Ensuite, un trafic radio intense s'établit entre les navires qui avaient effectué la plongée linéaire et l'arrière-garde de l'escadre.

— Toute cette excitation à cause d'un unique Pourpre… ? s'interrogea Bêta, manifestement sceptique.

— Demandons à Gahork de quoi il s'agit, proposa Alpha.

De la chambre d'incubation s'éleva alors un long hurlement.

Les deux frères se précipitèrent vers l'Ocre.

— Qu'est-ce que ça signifie ? questionna Alpha par l'intermédiaire du microphone extérieur de sa tenue de combat.

Le translateur convertit les mots dans le langage des Conquérants.

Gahork était debout, son corps agité de pulsations. Les membranes de ses deux organes multi-sensoriels se mirent à vibrer, et un nouveau cri retentit.

— Victoire ! Victoire ! clama l'appareil de traduction.

Le chaos parut exploser dans tout l'astronef. Les couloirs bruissaient du trottinement des Petits Pourpres, qui se mêlait en un effroyable tumulte aux couinements des Ocres sur le point de se diviser.

Bêta s'approcha de leur allié et le saisit au-dessous de la ramification de ses bras secondaires.

— Vous ne pouvez pas laisser tomber *maintenant*, Gahork ! vocoféra-t-il en essayant de le secouer, sans succès car un petit Plophosien n'était pas assez vigoureux face à cette masse de deux mètres. Vous avez promis d'attendre jusqu'au moment décisif !

— Le moment décisif est arrivé ! triompha le Conquérant.

Les deux frères se regardèrent. La même idée leur était venue à l'esprit, mais ils n'osaient pas y croire. Ils voulaient une certitude.

— Que s'est-il passé ? Parlez, Gahork ! insista Blazon Bêta.

— Je m'abandonne à la douce souffrance, comme tous mes compagnons d'infortune.

— Et votre vengeance ? rappela le Plophosien. L'avez-vous oubliée ?

— Notre vengeance est accomplie.

— Cela veut dire que d'autres Conquérants Jaunes… (Alpha hésitait avant de formuler sa pensée.) Que d'autres Conquérants Jaunes ont été contaminés ?

Le porteur sain se tassa sur lui-même. Les changements dans sa conformation étaient à présent nettement observables.

— Rien ne trouble plus la joie des lieux aclars.

— Des Conquérants sains jusqu'ici ont-ils été infectés ?

— Oui. Mes compagnons d'infortune me l'ont annoncé.

— Combien ?

— Plusieurs… Beaucoup !

— Des milliers ?

— Davantage.

— Des centaines de milliers ?

— De nombreuses centaines de milliers ! exulta Gahork. Ils sont des millions à partager désormais mon sort et celui des miens.

Les deux physiciens le laissèrent à son bonheur.

— Tout s'explique, dit Alpha avec un sourire. Quand les commandants de la flotte de migration ont appris que le virus s'est répandu et a frappé en masse ceux qui vont se reproduire, ils ont cédé à une panique très compréhensible. D'où les échanges de communications.

— Nous avons réussi, mais Alaska Saedelaere n'avait

certainement pas imaginé un succès aussi rapide, ajouta Bêta. Quand nous avons introduit les huit cents porteurs sains dans le contingent en partance, personne ne pouvait deviner que l'infection se répandrait à une telle vitesse.

— Moi, je m'en doutais. N'oublie pas que les immunisés avaient, avant même le départ, été en contact avec beaucoup de leurs congénères et pu les contaminer. À leur tour, ces premières victimes en ont infecté d'autres. C'est une réaction en chaîne. En outre, nos huit cents infiltrés étaient bien répartis à bord des vaisseaux-ruches. Je parie que la maladie va se répandre de façon explosive.

Ils quittèrent la chambre d'incubation.

— Il est maintenant temps de prendre contact avec Perry Rhodan, dit Bêta, avant de se figer sur place. Eh ! Le Petit Pourpre a disparu !

À travers le sas d'accès, il se précipita dans l'étroit couloir. En pleine course, il dégaina son radiant.

— Nous n'avions pas envisagé que Blanche-Neige se réveillerait avant le délai normal, se reprocha sévèrement Blazon Alpha avant de suivre son frère hors de la salle, l'arme à la main.

Aucune trace du chef pourpre…

Les lamentations des Ocres entrés dans l'étape initiale de la phase de division emplissaient le corridor. À vingt mètres devant lui, Alpha vit son frère s'écrouler soudain. Il le rejoignit en quelques enjambées.

— Bêta ! Mon Dieu, Bêta !

Il le traîna dans l'alvéole la plus proche et referma le sas sur eux. Les cris qui montaient de la salle d'incubation étaient presque insupportables ; le Plophosien coupa son microphone extérieur. Tout en cherchant pourquoi son frère avait perdu connaissance, il commença à envoyer un hypermessage sur la fréquence de l'Astromarine Solaire.

— Commando Saedelaere appelle Perry Rhodan !

*
* *

Entre-temps, Joak Cascal avait commuté l'hypercom sur le poste de commandement.

— Commando Saedelaere appelle Perry Rhodan !

— Ici Perry Rhodan à bord de la *Bonne Espérance II*. Nous vous recevons très bien, Alaska !

Il y eut une pause, puis :

— Alaska Saedelaere et les autres sont encore à l'intérieur de l'Essaim. Ici Blazon Alpha. Mon frère et moi avons réussi à nous introduire dans un vaisseau-ruche. Mais ce fou de Bêta a voulu réduire son débit d'oxygène afin de l'économiser, et maintenant…

— A-t-il perdu conscience, ou bien… ? s'inquiéta le Stellarque.

— Il a seulement eu un bref passage à vide. J'ai augmenté son alimentation en air. Il revient justement à lui.

Une voix autre, plus faible, résonna dans les haut-parleurs.

— Que s'est-il passé, Alpha ? As-tu rattrapé le Pourpre ?

— Tu t'es évanoui. Le manque d'oxygène. Tu as mal calculé ton coup, mon frère.

— Et le Pourpre ?

— Il s'est échappé.

Rhodan intervint.

— Êtes-vous en difficulté ? Si un danger vous menace, nous pouvons foncer à travers la flotte avec la *Bonne Espérance* et vous repérer par goniométrie. Ce sera ensuite un jeu d'enfant pour Ras Tschubaï de vous ramener par téléportation.

— Ce ne sera pas nécessaire, refusa Alpha, qui rapporta ensuite l'incident avec le chef à la crinière blanche. Même s'il sonne l'alerte, je ne crois pas que l'on entreprendra une action de grande envergure contre nous. Au sein de l'armada, c'est la panique, ils ont déjà assez à faire pour résoudre leurs propres problèmes.

On entendit un ricanement étouffé. C'était Blazon Bêta.

— Nous avons procuré quelques frissons aux responsables de l'escadre de migration, dit-il.

— C'est donc vous qui êtes à l'origine de cette intensification du trafic radio entre les unités de la flotte ? demanda Perry avec étonnement.

— Seulement de manière indirecte, corrigea Alpha. Nous avons infiltré parmi les migrants huit cents Conquérants Jaunes porteurs d'une maladie hautement infectieuse. Elle s'est répandue à grande vitesse, de sorte que plusieurs millions d'individus ont déjà été contaminés.

— Voilà qui est intéressant ! Donnez-moi davantage de détails.

— Pour que vous ayez un meilleur aperçu, je dois remonter plus loin en arrière…

Le physicien fit une relation succincte de ce qu'avaient vécu les Terraniens à l'intérieur de l'Essaim.

Le Stellarque fut fasciné. Ce succès dépassait ses espérances les plus folles. Non seulement les hommes de Saedelaere avaient établi une base d'opérations, mais ils avaient aussi réussi un coup de grande envergure contre les Conquérants Jaunes. Il faudrait encore attendre afin de juger de toutes les conséquences ; cependant, les premiers pas étaient faits.

— Si vous pensez que vous ne courez pas de danger immédiat, je voudrais que vous demeuriez à bord du vaisseau-ruche, dit Rhodan quand Blazon Alpha eut terminé.

— Nous tiendrons la position, assurèrent les deux frères d'une seule voix.

— Ne craignez-vous pas qu'on localise vos hyperémetteurs ?

— Au milieu de cette confusion sur les ondes ? ricana Bêta.

— Vous avez raison, approuva Perry. Il est assez improbable que l'on puisse remonter jusqu'à vous. Toutefois, ne provoquons pas le destin. Nous reprendrons contact plus tard sur la même fréquence.

Il fit encore promettre aux deux Plophosiens qu'ils appelleraient la *Bonne Espérance* au moindre signe de menace, puis coupa la liaison.

Joak Cascal annonça que les messages de la flotte résistaient toujours au décryptage. Ce n'était cependant plus si grave, car on connaissait maintenant la raison de l'excitation qui régnait dans l'escadre de migration : parmi les trois milliards de Conquérants Jaunes, nombreux étaient ceux qui avaient été contaminés par une maladie virulente. Jusqu'à présent, si l'on exceptait les échanges de communications, les commandants de l'armada n'avaient pas réagi. Les vaisseaux-ruches continuaient leur progression dans le système d'Héléva. Les autres unités encerclaient Trantus-Tona.

— Les navires-champignons commencent à atterrir ! rapporta Lloyd depuis la centrale de détection.

Perry Rhodan ordonna à Senco Ahrat de se rapprocher de la planète par une courte plongée linéaire.

*
* *

Quelque trois mille unités formaient un cordon infranchissable autour de la troisième planète du système d'Héléva. Néanmoins, Fellmer Lloyd réussit à découvrir qu'au pôle nord comme au pôle sud du globe, s'étaient posés quarante champignons de type modifié. Atlan y puisa un nouvel espoir.

— Peut-être bénéficierons-nous d'un délai, jugea-t-il. L'utilisation de ce modèle de bâtiments pourrait vouloir dire que tout le système doit être déplacé par une mégatransition. S'il en est ainsi, l'ajustement secondaire aura lieu plus tard. Ce qui signifierait que l'épidémie pourra progresser encore parmi les Conquérants. Et peut-être sera-t-il même trop tard pour le processus de division.

Le Stellarque hocha négativement la tête.

— Je ne le crois pas. Je suppose plutôt que l'ajustement secondaire doit être accéléré grâce à l'emploi de ces navires spéciaux. Ils sont plus gros et sûrement plus performants. Ils peuvent accéder plus efficacement au réservoir d'énergie que constitue le soleil et garantissent une alimentation en énergie plus importante. C'est pourquoi ils devraient réaliser plus rapidement les modifications environnementales. Sur Diane, il a fallu quarante-huit heures mais ici, ce laps de temps pourrait être considérablement réduit grâce à un pompage solaire plus intense.

— Tu dépeins une situation encore plus sombre que Bully et moi ne le ferions ensemble, commenta Atlan. Si c'est ainsi que tu vois les choses, Perry, agis !

— Je vais risquer de recontacter les Blazon. Peut-être nous donneront-ils une information décisive.

Il fallut un moment à Joak Cascal pour rétablir la liaison hypercom avec les deux savants.

— Croyez-vous, leur demanda-t-il, que tout le système d'Héléva pourrait être déplacé ?

— C'est exclu, affirma Blazon Bêta. Pourquoi lui faire effectuer une transition ? Trois milliards de Conquérants Jaunes ont un impérieux besoin de trouver des conditions environnementales propices au processus de division. Les chefs de la flotte feront l'impossible pour réaliser sans retard les travaux préparatoires. Sans oublier que la maladie se répand toujours. Nous avons appris de Gahork – c'est l'un des porteurs sains du virus – que deux cents millions d'individus sont d'ores et déjà contaminés.. Et ça ne va pas se terminer de sitôt. C'est pourquoi les responsables *doivent* entreprendre d'urgence l'ajustement secondaire sur le monde de naissance.

— C'est ce que je pensais, dit sombrement Rhodan. Nous allons vous sortir de là. Laissez votre communicateur branché, afin que Lloyd vous repère.

Mais les frères Blazon réclamèrent un délai supplémentaire.

*
* *

Avant que les deux Terraniens ne se dissimulent dans une autre alvéole, Blazon Alpha fixa à la paroi du couloir une microcaméra qui faisait partie de son équipement très diversifié. Blazon Bêta fixa à son poignet un bracelet holovidéo qui leur permettrait d'observer ce qui allait se passer hors de la salle.

Ce qu'ils virent ne leur plaisait pas.

Le Petit Pourpre à la chevelure blanche descendait le corridor, accompagné de cinq de ses congénères. Il s'arrêta devant l'entrée de la loge de Gahork. Son escorte, arme au poing, se tenait prête à faire feu alors qu'il ouvrait le sas. Ils ne proféraient pas un son. Aucun coup ne fut tiré.

— Nous devrions venir en aide à notre allié, murmura Alpha, qui regardait par-dessus l'épaule de son frère l'image réduite mais très nette de la scène.

— Ils ne le dérangeront pas, prédit Bêta avec conviction.

Les six êtres à la peau rouge pénétrèrent dans la cellule de Gahork. Ils en ressortirent peu après et disparurent dans une contre-allée voisine.

— C'est déjà la deuxième fois qu'ils visitent le caisson d'incubation de Gahork, commenta Alpha. Ils reviendront.

— Et après ?

Bêta se disposa à quitter leur abri provisoire. Il avait coupé la retransmission, mais les cris des Conquérants Jaunes parvenaient toujours aux deux frères.

— D'habitude, tu es un fanatique de n'importe quelle sorte de jeu. Eh bien nous allons nous offrir une partie de cache-cache. Essai donc d'y mettre un peu d'enthousiasme !

Ils retournèrent auprès de leur allié. Comme l'avait correctement supposé Bêta, l'immunisé n'avait pas été malmené par les Pourpres. Il était accroupi au milieu de la chambre d'incubation. La moitié inférieure de son corps était boursouflée et animée de pulsations encore plus puissantes. Les bras principaux et leurs ramifications étaient parcourues de tremblements convulsifs. Les deux organes multisensoriels avaient perdu leur éclat, ils paraissaient usés, inexpressifs. L'Ocre poussa un couinement plaintif.

— Dominez-vous, Gahork ! l'apostropha Blazon Bêta.

— Laisse-le en paix, objecta Alpha. Il a mérité de pouvoir enfin répondre à cet élan qu'il a réprimé durant près de deux mille ans.

La membrane émit une série de sons articulés, qui furent convertis par le translateur.

— Ne parlez plus aux lointains invisibles. Cela peut vous être fatal.

Bêta allait s'emporter, mais Alpha le retint.

— Laisse-le, mon frère, insista-t-il. Il est comme enivré.

— Ta compassion est mal placée. Nous ne pouvons pas le laisser se bercer d'illusions : si notre plan réussit, cette flotte de migration n'atteindra jamais les lieux aclars, et le plus grand désir de notre ami ne sera pas comblé. Ne convient-il pas de l'y préparer dès maintenant et sans ménagement ?

Bêta avait raison. S'ils voulaient sauver la colonie arkonide, il ne fallait pas qu'elle subisse de modifications environnementales. Ce qui la rendrait impropre à la reproduction des Ocres. Il n'y aurait pas d'exception, pas même pour les porteurs sains. Ainsi en allait-il, malheureusement. Ce qui était utile aux Conquérants Jaunes était nuisible pour les Humains et les autres peuples de la Voie Lactée, et vice versa. Dans l'immédiat, on ne pouvait rien y changer.

Alpha avait gardé un œil sur l'écran mural de l'alvéole. Il pointa un doigt vers l'image. Bêta l'observa un moment puis commenta avec amertume :

— En effet… S'il ne se passe pas bientôt quelque chose, le grand désir de Gahork pourra bel et bien se réaliser. Inutile de t'inquiéter pour son bonheur, mon frère.

Le groupe de vaisseaux-ruches avait atteint la troisième planète. Les escorteurs déjà en orbite dégageaient pour eux un couloir d'atterrissage.

Blazon Bêta voulut parler, mais seul un grognement sortit de sa gorge desséchée. La température intérieure de son spatiandre avait, à la longue, grimpé jusqu'à des valeurs peu confortables ; or, il ne s'était pas risqué à pousser la climatisation. De toute façon, ils ne devaient pas s'attendre à trouver des conditions meilleures après l'atterrissage des transports sur la planète. Il était possible que l'ajustement secondaire ait déjà commencé. Dans ce cas, la chaleur et la pesanteur seraient aussi insupportables là-bas qu'à bord.

CHAPITRE XIX

Dès l'atterrissage des quarante vaisseaux-champignons au pôle nord de Trantus-Tona, l'ajustement secondaire fut déclenché. Du sommet des astronefs, à six mille mètres de haut, des rayons de pompage convergèrent à vitesse supraluminique à travers l'espace interplanétaire vers le soleil, et commencèrent à lui soutirer de la puissance. Le bilan énergétique de l'étoile en fut perturbé, elle se mit à flamboyer, à enfler en une sphère ardente et menaçante. Le flux ainsi détourné s'écoulait le long des rayons de pompage jusqu'aux navires-champignons. À leur bord, des machines inconnues s'activèrent afin de convertir cette puissance inimaginable et de l'orienter d'une part vers le champ magnétique de la planète, et d'autre part vers le noyau et l'atmosphère du globe.

Trantus-Tona était ainsi réchauffée en même temps par l'extérieur et par l'intérieur. La température s'accrût brusquement, la glace des pôles fondit. Simultanément, la pesanteur augmenta.

Les modifications furent beaucoup plus rapides que précédemment sur Aggrès et sur Diane. La gravitation avait littéralement bondi d'un coup. Quelques heures après l'atterrissage des premiers vaisseaux, les valeurs caractéristiques de 62,7134 degrés et 2,2156 g étaient atteintes.

Perry Rhodan tenait une dernière conversation avec les frères Blazon.

— Nous allons frapper, leur assura-t-il, et pas plus tard que maintenant !

Ce n'était pas une promesse vide de sens. La vitesse folle à laquelle l'ajustement secondaire avait été pratiqué mettait en danger extrême les cinq cents millions d'habitants de Trantus-Tona. Dans cette situation, il ne restait plus d'autre choix au Stellarque que d'engager tous les moyens dont il disposait.

Il avait hésité longtemps avant d'en venir à cette décision – trop longtemps, comme Reginald Bull le lui reprochait.

La *Bonne Espérance II* et l'*Intersolaire* opérèrent un vol d'approche à grande vitesse. Ils plongèrent, propulseurs hurlant, dans l'atmosphère de la planète et se ruèrent vers la région du pôle nord où les quarante vaisseaux-champignons avaient atterri. Dès qu'ils furent à portée de tir, les deux bâtiments ouvrirent simultanément le feu de toutes leurs pièces.

Les Installateurs de l'Essaim n'étaient pas en mesure de se protéger contre cette action éclair. Leurs astronefs périrent sous un déluge de bombes transformatrices et d'impulsions radiantes. Un quart d'heure après le début de l'attaque, il n'y avait plus, au pôle nord de Trantus-Tona, que quarante épaves incandescentes. Les rayons de pompage avaient cessé de soutirer l'énergie d'Ex-Héléva.

Peu après, la même scène se reproduisit aux antipodes. Les dispositifs de pompage solaire qui n'avaient pas été détruits étaient hors service.

Sur la planète, la température et la pesanteur cessèrent d'augmenter. Bientôt, les effets de l'ajustement secondaire se dissiperaient.

Les Trantusiens semblaient sauvés.

— Que vont maintenant entreprendre les Conquérants Jaunes ? s'interrogea Perry Rhodan.

*
* *

Les frères Blazon ouvrirent leurs casques. Alpha inspira à pleins poumons l'atmosphère étouffante de Trantus-Tona.

— Aaaah… se délecta-t-il.

— Que trouves-tu de si agréable à cet air ? lui demanda agressivement Bêta.

— Il est meilleur que de celui de nos spatiandres ! répliqua son jumeau.

Par un court message hypercom à Rhodan, il assura ensuite que tout allait bien, et remercia le Stellarque pour son intervention rapide.

— C'était nécessaire si nous voulions sauver le demi-milliard d'habitants de ce monde, expliqua Perry. Avez-vous constaté une quelconque réaction des Conquérants Jaunes à ce nouveau développement ?

Alpha regarda le gigantesque bloc alvéolaire qu'ils venaient de quitter. Il reposait à la surface de la planète et paraissait désert. Tout était calme.

— Aucune pour l'instant, répondit-il. Cependant, les échanges de communications entre les vaisseaux se sont de nouveau accrus.

— Nous l'avons également enregistré. S'il se passe quelque chose, informez-moi immédiatement. Nous restons en veille radio. Pouvez-vous tenir là en bas jusqu'à ce que nous y envoyions un commando ?

Le Plophosien lui certifia que oui, puis ils coupèrent la liaison.

— Vise donc qui arrive ! appela Blazon Bêta.

Son frère se retourna. Sur l'une des rampes de débarquement s'avançait un Conquérant Jaune dont le corps ne montrait que peu de traces du processus de division et possédait sa silhouette originale.

— C'est Gahork, s'étonna Alpha. Qu'est-ce qui l'a poussé à sortir de sa cellule ?

— Ne peux-tu pas l'imaginer ?

— Si. Le rythme du processus de division a été perturbé par l'arrêt soudain de l'ajustement secondaire. Cela pourrait l'avoir différé. (Il interpella leur allié via le translateur.) Ho, Gahork ! Pourquoi avez-vous quitté l'abri de votre alvéole ?

Le porteur de virus glissa droit dans leur direction. Il avait replié un bras vers l'arrière, de sorte que ses deux ramifications étaient cachées dans son dos.

— Je vous ai cherchés partout, déclara-t-il.

— Que pouvons-nous faire pour vous ? s'enquit Alpha.

— Vous devez vous arranger pour que l'adaptation environnementale se poursuive.

— L'ajustement secondaire ? Nous n'avons pas d'influence sur ce phénomène. Les navires des Installateurs de l'Essaim ont été détruits, les modifications de température et de gravitation définitivement arrêtées.

— Attention, frère ! murmura Bêta. Je suis sûr qu'il a dans son dos une surprise qui nous est destinée.

— Vous devez rétablir les conditions nécessaires au processus de naissance, exigea Gahork, qui se faisait pressant.

— Ce n'est pas possible, expliqua calmement Alpha. Nous devions empêcher l'ajustement pour sauver cinq cents millions d'individus d'une mort certaine. Ils auraient tous été tués si nous n'avions pas réduit la chaleur et la pesanteur.

— Cela n'est pas vrai. Nous devons seulement naître, pas tuer. Nous devons naître !

Encore cette logique contradictoire dont usent les Conquérants Jaunes lorsqu'ils parlent de la pression de la reproduction !

Ils avaient parfaitement conscience que sur leurs planètes-patries, l'ajustement secondaire serait préjudiciable à la flore, à la faune, et à la vie. Ainsi, ils s'étaient résignés à accomplir leur reproduction sur des mondes étrangers. Toutefois, ils ne voulaient pas admettre que sur ceux-ci aussi, la vie était menacée par les manipulations environnementales. Cette incohérence élémentaire semblait résulter d'un puissant instinct de conservation teinté d'un égocentrisme qui leur faisait placer leurs propres besoins loin au-dessus de tout le reste.

Les Conquérants Jaunes n'étouffaient pas sciemment leur perception des effets de l'ajustement. Il semblait plutôt qu'ils fussent affectés par un barrage mental naturel qui les empêchait de réaliser le péril qu'ils faisaient planer sur les planètes où ils allaient naître.

— Ne vous fermez pas à la réalité, Gahork, insista Blazon Bêta tout en posant, comme par hasard, la main droite sur la crosse de son radiant. Vous savez très bien que vous apportez la destruction et la mort à des êtres innocents et pacifiques quand vous vous reproduisez sur un monde.

— Nous ne voulons rien d'autre qu'accomplir notre destinée en paix, affirma l'Ocre. Chaque fibre de notre corps exige de nous que nous cédions à l'élan irrépressible. Nous devons nous diviser ! Allons, vous comprenez cela !

— Nous devrions vous comprendre alors que vous, vous ne manifestez pas la moindre considération pour nos problèmes ? rétorqua Alpha.

— Les mots sont inutiles, lui chuchota son frère. Nous arguments rentrent par un multi-organe et ressortent par l'autre.

Mais Alpha continuait imperturbablement :

— Vous ne pouvez pas exiger, Gahork, que nous sacrifions nos vies uniquement pour offrir à votre peuple les conditions favorables au processus de partition. Par ailleurs, il ne nous est plus possible de rétablir ces conditions. Personne ne le peut, puisque les installations de pompage stellaire ont été irrémédiablement détruites.

— Ne sommes-nous pas alliés ? rappela l'Ocre.

— Dans ce cas précis, nous devons sauvegarder nos propres intérêts.

— Alors, je vous contraindrai à nous aider.

Tout en parlant, il sortit l'un de ces bâtons radiants

qu'utilisaient les Pourpres. Blazon Bêta, qui s'attendait à quelque chose de ce genre, dégaina au même instant et abattit Gahork d'un tir bien ajusté.

— Y'Xanthymona !

L'appel perçant venait du sas du bloc alvéolaire. Plusieurs Petits Pourpres en émergeaient en trottinant, les armes à la main. Les premiers traits d'énergie frappèrent près des deux frères et enflammèrent feuilles, branches et troncs d'arbres.

— Filons d'ici !

Les Plophosiens activèrent leurs propulseurs dorsaux et décollèrent à pleine puissance. Les créatures à la peau rouge lâchèrent encore une salve mais ratèrent les fuyards.

— Maintenant, nous avons en plus contre nous les porteurs sains que nous avons infiltrés, dit Blazon Bêta. Gahork n'aura pas manqué d'informer ses compagnons par télépathie. Ils vont nous pourchasser.

— Pourquoi le feraient-ils ?

— Parce qu'ils pensent que nous pouvons lever l'interruption de l'ajustement secondaire. Ils ont oublié la haine qu'ils avaient accumulée depuis deux mille ans. Maintenant, ils veulent effectuer leur division, à l'instar de tous les autres Conquérants Jaunes, et ils mettront tout en œuvre afin de nous capturer.

— Il serait temps de demander à Rhodan de nous envoyer Ras Tschubaï…

— Attendons encore un peu.

Ils n'avaient parcouru que treize kilomètres quand le propulseur de Blazon Alpha se mit à tousser et à fonctionner par intermittence. Les deux physiciens durent atterrir à proximité d'une douzaine de blocs de transport déposés par différents vaisseaux-ruches dans un espace limité. Une vue étonnante et horrible se présenta à leurs yeux.

Les Conquérants Jaunes, déformés, boursouflés, agités de tressaillements convulsifs, s'avançaient en poussant des cris déchirants sur les rampes de débarquement. Ils ne prêtaient aucune attention à leurs congénères. Ils écartaient ceux qui les gênaient, grimpaient les uns sur les autres, glissaient des plans inclinés et tombaient dans les hautes herbes, où ils demeuraient affalés, parcourus de frissons et hurlants.

Les Petits Pourpres intervenaient énergiquement dans cette cohue, essayant d'aider les Ocres, pulvérisant sur eux des produits calmants. Mais ils ne réussissaient pas à les apaiser et à résorber la confusion générale, qui les avait eux aussi emportés.

***

Les communications entre les vaisseaux-ruches posés à la surface de Trantus-Tona et la flotte d'escorte en orbite avaient atteint une intensité frénétique.

Un chaos total semblait avoir éclaté.

Les deux Plophosiens contactèrent Perry Rhodan et décrivirent la situation, sans parler de leurs propres difficultés. Ils apprirent en retour que les vaisseaux émettaient aussi continuellement en direction de l'Essaim. Les hypermessages n'avaient toujours pas pu être déchiffrés.

Une fois l'entretien terminé, Blazon Alpha déclara :

— Il semble que les responsables de la flotte aient perdu le contrôle. Qu'ils aient appelé l'Essaim ne peut signifier qu'une chose : ils ont demandé de nouvelles instructions. (Il eut un sourire sombre.) Ce qui se passe aujourd'hui n'a pas dû arriver depuis bien longtemps, sinon jamais. Je serais juste curieux de savoir comment les hyperimpulsions franchissent l'écran-enveloppe.

Ils s'étaient éloignés des blocs alvéolaires, et leur chemin les avait menés à deux kilomètres d'une ville moyenâgeuse dont les murs de pierre s'élevaient au-dessus de la plaine.

— Je me demande quelle solution les maîtres de l'Essaim vont trouver, dit Bêta. Ils ne peuvent tout de même pas laisser tomber trois milliards de Conquérants, dont la moitié ont probablement déjà été contaminés par nos infiltrés.

— Peut-être enverront-ils une seconde vague de navires-champignons, suggéra Alpha.

Son frère hocha négativement la tête.

— Je ne crois pas. Nous savons que la maladie provoque chez les Ocres une prolifération tissulaire et un gonflement du corps. Ils ne peuvent pas contrôler ce phénomène, ils ne peuvent pas non plus influencer la division cellulaire. Cela signifie qu'ils ne peuvent plus accomplir le processus de naissance. Des vaisseaux-champignons ne seraient plus ici d'aucune utilité. Les maîtres devront imaginer autre chose.

Les Conquérants Jaunes contaminés se déversaient encore en masse des blocs alvéolaires. Leurs cris envahissaient la plaine. Quelques individus se déplaçaient dans la direction des deux frères, sans toutefois percevoir leur présence. Des Petits Pourpres, aucun danger ne viendrait, car ils étaient très occupés à tenter de contenir les malades, qui semblaient avoir perdu tout empire sur eux-mêmes.

Les deux frères s'imaginaient déjà en sûreté : ils avaient presque atteint les remparts de la cité. Vu que les Conquérants Jaunes ne pouvaient pas, à pied, se déplacer plus vite que cinq kilomètres à l'heure, ils croyaient être à l'abri d'une poursuite menée par leurs anciens alliés.

Ce en quoi ils se trompaient.

Alors qu'ils n'étaient plus qu'à trois cents mètres des murailles, une flottille de blocs de transport de vingt-cinq mètres de long se posa silencieusement autour d'eux.

— J'ignorais que cette flotte comprenait des éléments alvéolaires aptes au vol, s'étonna Bêta. Ça sent le roussi, mon frère…

Les immunisés débarquèrent des conteneurs.

Il eût été vain d'essayer de discuter avec eux. L'incident avec Gahork avait démontré qu'ils n'étaient pas accessibles aux arguments logiques. Ils voulaient seulement se diviser. Toutes leurs actions étaient subordonnées à cette motivation.

Les Blazon adoptèrent l'unique réaction envisageable en ces circonstances : ils tentèrent de se frayer une sortie à coups de paralysateurs. Les premiers Ocres s'écroulèrent, mais d'autres prirent leur place. Bien qu'ils fussent sans armes et plutôt malhabiles, leur supériorité numérique représentait une menace sérieuse pour les deux Plophosiens.

Alpha réussit à dériver les réserves d'énergie de son générateur d'écran protecteur vers ses antigravs, mais cela ne lui permit pas de se mettre hors de portée. Quand l'accumulateur délivra ses derniers watts, les Conquérants Jaunes encerclèrent le Terranien. Ils étaient trente ou davantage, qui se ruaient vers lui de tous les côtés.

Bêta, dont le propulseur individuel fonctionnait parfaitement, vint à l'aide de son frère. Dos à dos, tous deux repoussèrent leurs agresseurs par des tirs paralysants à large dispersion. Mais malgré l'efficacité de leur armement, il leur serait impossible de les éliminer tous.

— Il devient doucement temps pour nous de quitter cette planète et de ramener à Rhodan un rapport détaillé, dit Alpha.

Bêta activa son hypercom. Le Stellarque fut aussitôt en ligne.

— Je vous envoie Ras Tschubaï. Continuez à émettre afin qu'il puisse vous localiser et vous rejoindre par téléportation.

— Bien, Monsieur.

— N'avez-vous rien d'autre à m'annoncer ?

Bêta hésita, puis :

— Non, Monsieur.

— Ah… s'étonna Perry. Vous ne savez pas donc ce qui se passe autour de vous ? N'avez-vous pas observé les blocs alvéolaires ?

— Malheureusement non, Monsieur, avoua le Plophosien. Nous sommes beaucoup trop occupés par ailleurs.

— Dans ce cas, sachez que partout sur Trantus-Tona, les éléments transporteurs décollent pour retourner s'arrimer aux plates-formes et recomposer les vaisseaux-ruches.

— Quoi ? s'exclama Bêta. Mais alors, cela signifierait que la flotte de migration quitte la planète !

— C'est exactement ce qui se passe, confirma le Stellarque.

Dix minutes plus tard, quand Ras Tschubaï se rematérialisa avec les deux frères à bord de la *Bonne Espérance II*, le premier vaisseau-ruche sortait du système d'Héléva et remettait le cap sur l'Essaim.

***

Y'Xanthymona, qui pleure…

Il partageait la souffrance de « ceux qui sont dans l'attente douloureuse et néanmoins heureuse de la division » mais qui, par un funeste coup du destin, ne verraient pas leur espoir se réaliser.

La catastrophe avait été déclenchée par une poignée de malades. « Ceux qui sont dans l'attente d'une division aberrante » avaient infecté leurs congénères sains. Maintenant, dans toutes les chambres d'incubation, sévissait le germe de cette maladie qui menait à la division des cellules du corps et freinait le processus de naissance.

Y'Xanthymona, qui sue…

Il avait appelé à lui tous ses serviteurs qui étaient dans l'attente de la division, qu'ils fussent malades ou indemnes.

Et lui, le Petit Pourpre à la toison blanche, devait ramener les Conquérants Jaunes à bord des vaisseaux. Ce n'était pas facile car « ceux qui sont dans l'attente douloureuse et néanmoins heureuse de la division » ne voulaient pas s'en retourner alors qu'ils étaient si près du but.

Ils voulaient demeurer aux lieux aclars.

Les Pourpres durent déployer toutes leurs capacités pour les reconduire, infectés et sains, chacun jusqu'à sa loge. Cependant, dès que l'appel « Retour, retour aux lieux aclars de la dernière scission ! » retentit dans toutes les unités de la flotte de migration, ceux qui voulaient naître regagnèrent volontairement les chambres d'incubation devenues inutiles.

Leurs serviteurs à la peau rouge purent respirer, car leur activité en fut soulagée. Mais ils savaient qu'on avait leurré les Conquérants Jaunes. Ils ne seraient pas conduits aux lieux aclars où s'était déroulée la partition précédente car ils ne pouvaient pas naître ! Ils étaient perdus. On les trompait pour les forcer à rentrer. Le premier vaisseau-ruche s'était déjà réassemblé et montait vers l'espace sur la colonne de flammes de ses propulseurs.

Le Petit Pourpre à la toison blanche devait encore ramener quelques Ocres malades à leur bloc de transport. Il les pulvérisait avec une substance qui amoindrissait leur résistance mais, même ainsi, ils n'exécutaient ses instructions qu'avec réticence.

Soudain, de nouvelles difficultés apparurent.

Y'Xanthymona, qui tue…

Du ciel descendit un disque qui se posa non loin du bloc alvéolaire. En sortirent « ceux qui brûlent la chair ». Ils étaient enveloppés de leurs cocons protecteurs et armés. Les Petits Pourpres auraient négligé ces étrangers si ceux-ci n'avaient immédiatement montré des intentions hostiles. Ils s'approchèrent d'un Conquérant Jaune, l'abattirent d'un tir paralysant et le ramenèrent dans leur disque volant. Ils firent de même avec d'autres victimes.

Le chef aux cheveux blancs trouva étonnant qu'ils ne choisissent pas des individus sains, mais uniquement des malades.

— Y'Xanthymona !

Par ce cri, le Petit Pourpre invitait ses compagnons à

se jeter sur les agresseurs. Il fallait empêcher qu'ils ne repartent ne fût-ce qu'avec un seul de « ceux qui sont dans l'attente d'une division aberrante ».

Les étrangers devaient être tués afin qu'ils ne causent aucun préjudice.

Les Conquérants Jaunes avaient pris conscience du danger. Ils s'efforçaient maintenant d'atteindre au plus vite les blocs de transport. De nouveau, ce fut la cohue sur les rampes – et les rayons paralysants des étrangers frappaient, dans la masse, les Ocres dont les corps présentaient des déformations morbides.

Y'Xanthymona, qui jamais ne meurt…

Mais ses serviteurs, eux, étaient mortels. Devant le chef pourpre explosa un éclair qui l'aveugla – et le tua dans la même seconde…

***

La *Gazelle* avait atterri près du bloc alvéolaire d'incubation. Les hommes du petit commando mené par Atlan opérèrent avec une rapidité stupéfiante.

Ils paralysèrent des Conquérants clairement identifiés comme malades, les chargèrent sur des brancards antigrav et les embarquèrent à bord de leur aviso, sous la couverture de quelques-uns de leurs équipiers qui tenaient en respect les Petits Pourpres.

— Nous avons capturé quinze Ocres qui ont été contaminés par les porteurs sains, dit le Lord-Amiral de l'O.M.U. Cela devrait suffire pour ce que nous avons l'intention de faire. Regagnons la *Bonne Espérance* avant que les Pourpres n'appellent des renforts.

Les Terraniens se retirèrent sans cesser de combattre et refermèrent le sas. Dehors, les créatures à la peau rouge appelaient désespérément l'une de leurs idoles.

— Y'Xanthymona !

Le cri fut englouti par le rugissement des propulseurs

de la *Gazelle*. Le vaisseau discoïdal fonça à pleine puissance dans le ciel nocturne.

Atlan contacta Perry Rhodan par hypercom.

— Nous avons réussi, rapporta l'Arkonide. Nous avons embarqué quinze Ocres malades. C'est maintenant aux microbiologistes de jouer. Avec autant de sujets d'étude, ils devraient réussir à isoler l'agent pathogène dans le tissu cellulaire contaminé et à le cultiver ensuite. Je suis très confiant, Perry. Bientôt, nous disposerons d'une arme biologique contre les Conquérants Jaunes.

Le Stellarque sourit.

— Je te féliciterai plus tard pour cette idée. Elle est prometteuse. Mais nous avons engrangé d'autres succès. Les frères Blazon sont rentrés. D'après leur récit, nous avons acquis avec la planète Cocon une base presque imprenable à l'intérieur de l'Essaim. Ils sont justement en train de nous faire un rapport circonstancié de l'opération.

— As-tu d'autres bonnes nouvelles ? s'enquit Atlan. Qu'en est-il de la flotte migratoire ?

— Retraite sur toute la ligne. Les vaisseaux-ruches appareillent à toute allure dès qu'ils sont réassemblés. À l'instant, l'*Intersolaire* est aux prises avec les escorteurs. Cela ne durera que le temps de récupérer ta *Gazelle*.

— Et du côté de l'Essaim ?

— Calme plat. Nous le suivons grâce à la détection longue portée, mais nous n'avons constaté aucun changement. En conséquence, notre crainte initiale de voir débouler une deuxième vague de vaisseaux-champignons n'était pas justifiée. Au contraire, c'est l'hypothèse selon laquelle les maîtres retireraient toute la flotte qui semble se confirmer.

— C'est pour eux un sérieux revers.

— Sans aucun doute. Entre-temps, les échanges entre l'escadre et l'Essaim n'ont pas diminué, ce serait plutôt l'inverse. J'imagine que les dirigeants de l'Essaim ont tout envisagé pour tenir éloignés les Conquérants Jaunes contaminés, mais qu'il ne leur est pas resté d'autre choix que de les reprendre. Je me demande quel destin attend les individus porteurs du virus.

L'Arkonide se préoccupait d'une tout autre question : parviendrait-on à concrétiser son idée et à mettre au point des armes biologiques contre les Conquérants Jaunes ?

Il croyait pouvoir répondre par l'affirmative.

Cela n'éliminait pas le danger, il le savait, mais c'était un grand pas dans la lutte. Par ailleurs, l'Humanité avait pu obtenir quelques beaux succès. En tout état de cause, on avait réussi à préserver les cinq cents millions d'habitants de Trantus-Tona d'une mort qui paraissait certaine.

Atlan consulta le chronographe du pupitre de contrôle. Vingt mai 3442. Sans nul doute, ce jour ferait date dans l'Histoire Galactique…

Abandonné sur l'astroport de Terrania parce qu'il n'y avait pas assez d'individus jouissant de leurs facultés intellectuelles, le *Marco Polo*, l'énorme ultracroiseur porteur de la classe des Mères, va-t-il reprendre du service maintenant que les effets de la vague d'abrutissement se sont quelque peu estompés sur Sol III ? Et quelle va être la première destination opérationnelle choisie pour ce titan de l'espace, sinon l'Essaim lui-même ?

Tandis que des scientifiques se penchent sur le mystère de l'agent viral qui inhibe le processus normal de reproduction des Conquérants Jaunes et déclenche chez eux une prolifération cellulaire incontrôlable, les ressortissants de l'Empire Secret donnent bien du fil à retordre aux hommes de Perry Rhodan. Non seulement au commando spécial qui s'est lancé sur leur piste, mais aussi aux savants terraniens réfugiés sur le Monde-aux-Cent-Soleils des Bioposis, et qui vont y essuyer en première ligne les conséquences de L'EXPÉRIENCE DES CYNOS…

DÉCOUVREZ AUSSI ATLAN, LE SOLITAIRE DES SIÈCLES

Amiral d'Arkonis
Gnozal VIII, souverain du Grand Empire
Lord-Amiral de l'Organisation des Mondes Unis
et ami indéfectible de Perry Rhodan, Stellarque de Sol...

MAIS AVANT TOUT PRINCE DE CRISTAL

Dans ses années d'adolescence, 8 000 ans avant notre ère,
au cœur d'un fabuleux empire galactique
en proie à la tyrannie et à la guerre,
tout au long d'un passionnant itinéraire d'aventures
et d'initiation à de mystérieuses sciences de l'esprit...

RENDEZ-VOUS AVEC

« TRAQUE SUR GORTAVOR »
« LE PRINCE DE CRISTAL »
« LES PIÈGES DE KRAUMONN »
« LE MONDE DES MILLE TORTURES »
« LA BARRIÈRE COSMIQUE »
« LE BIO-PARASITE »
« LA ROUTE DES CRATÈRES »
« LE CHAOS ET L'INCRÉÉ »
« LA POSITRONIQUE OUBLIÉE »
« LA DÉESSE VENUE DE L'INFINI »
« L'ANNEAU DE LA TERREUR »
« LA CROISADE DES DISSOCIÉS »

LES DOUZE VOLUMES
DE NOTRE COLLECTION « ATLAN »
QUE NOUS SOMMES AU REGRET
DE NE PAS POURSUIVRE PLUS AVANT...

Fleuve Noir

Achevé d'imprimer sur les presses de

BUSSIÈRE

GROUPE CPI

à Saint-Amand-Montrond (Cher)
en février 2007

FLEUVE NOIR
12, avenue d'Italie
75627 Paris Cedex 13

— N° d'imp. : 70142. —
Dépôt légal : février 2007.

Imprimé en France